宋六十名家詞

四部備要

集部

中華書局據汲古閣本校刊

桐鄉陸費逵總勘

杭縣高時顯
吳汝霖輯校

杭縣丁輔之監造

竹屋癡語

目錄

竹屋癡語目錄

竹屋癡語

宋 高觀國

齊天樂

碧雲闕處無多雨愁與去帆俱遠倒葦沙閑枯蘭砌冷寥落寒江秋晚樓陰縱覽正魂怯清吟病多依黯怕揖西風袖羅香自去年減　風流江左久客舊遊得意處珠簾曾捲載酒春情吹簫夜約猶憶玉嬌香臉塵樓故苑嘆壁月空簷夢雲飛觀送絕征鴻楚峯煙數點

又 菊

叢幽一笑東籬曉霜華又隨香冷暈色黃嬌低枝翠婉來趁登高佳景誰偏管領是彭澤歸來未荒三徑最愜清觴道家標致自風韻　南山依舊翠倚採花無限思西風吹醒萬蕊金寒三秋夢好曾記餐英清詠爛斑淚沁怕節去蜂愁雨荒煙暝明日重陽爲誰簪短鬢

又 中秋夜懷梅溪

晚雲知有關山念澄霄捲開清霽素景分中冰盤正溢何啻嬋娟千里危闌靜倚正玉筦吹涼翠觴留醉記約清吟錦袍初喚醉魂起　孤光天地共影浩歌

誰與舞淒涼風味古驛煙寒幽垣夢冷應念秦樓十二歸心對此想斗插天南雁橫遼水試問姮娥有愁能爲寄時刻或于孤光天地共影下分毀非

玉樓春 擬宮詞

幾雙海燕來金屋香滿離宮三十六春風翦草碧纖纖春雨浥花紅樸樸 衛姬鄭女腰如束齊唱陽春新製曲曲終移宴起笙簫花下晚寒生翠縠

又 海棠題寅齋挂軸

胭脂染出春風錦生怕黃昏人有恨雨難揩淚玉環嬌煙不遮愁紅袖冷 醉魂吹斷香魂靜拂拂翠眉羞帶粉最憐新燕識風流只爲春寒消瘦損

又 春思

多時不踏章臺路依舊東風芳草渡鶯聲喚起水邊情日影炙開花上霧 謝娘不信佳期誤認得馬嘶迎繡戶今宵翠被不春寒只恐香穠春又去

又 憶舊

春煙澹澹生春水曾記芳洲蘭棹艤岸花香到舞衣邊汀草色分歌扇底 棹沈雲去情千里愁壓雙鴛飛不起十年春事十年心怕說濺裙當日事

玉蝴蝶 秋思○時刻不載

喚起一襟涼思未成晚雨先做秋陰楚客悲殘誰解此意登臨古臺荒斷霞斜照新夢黯微月疎砧總難禁盡將幽恨分付孤斟　從今倦看青鏡既遲勛業可負煙林斷梗無憑歲華搖落又驚心想蓴汀水雲愁凝閒蕙帳猿鶴悲吟信沈沈故園歸計休更侵尋

臨江仙 東越道中

俱是洛陽年少客才華迥出天真青衫慣拂軟紅塵酒狂因月舞詩俊爲梅新　寄語長安風月道鶯花緩作青春披風沐露問前津客中春不當歸去倍還人

又

風月生來人世夢魂飛墮仙津青春日日醉芳塵一鞭花陌曉雙槳柳橋春　前度詩留醉袖昨宵香浥羅巾小姬飛燕是前身歌隨流水咽眉學遠山顰

金人捧露盤 水仙花

夢湘雲吟湘月弔湘靈有誰見羅襪塵生淩波步弱背人羞整六銖輕娉娉嫋嫋暈嬌黃土色輕明　香心靜波心冷琴心怨客心驚怕珮解卻返瑤京杯擎清露醉春蘭友與梅兄蒼煙萬頃斷腸是雪冷江清

又 梅花

念瑤姬翻瑤珮下瑤池冷香夢吹上南枝羅浮夢杳
憶曾清曉見仙姿天寒翠袖可憐是倚竹依依　溪
痕淺雪痕凍月痕淡粉痕微江樓怨一笛休吹芳信
待寄玉堂煙驛雨淒遲新愁萬斛爲春瘦卻怕春知

又

楚宮閒金成屋玉爲闌斷雲夢容易驚殘驪歌幾疊
至今愁思怯陽關清音恨阻抱哀箏知爲誰彈　年
華晚月華冷霜華重鬢華斑也須念閒損雕鞍斜緘
小字錦江三十六鱗寒此情天闊正梅信笛裏關山

鳳棲梧

雲喚陰來鳩喚雨謝了江梅可踏江頭路拚卻一番
花信阻不成日日春寒去　見說東風桃葉渡岸隔
青山依舊修眉嫵歸雁不如爭上柱一行常見相思
苦

又題巖室

巖室歸來非待聘渺渺千崖漠漠江千頃明月清風
休弄影只愁踏破蒼苔徑　摘取香芝醫鶴病正要
臞仙相伴清閒性朝市不聞心耳靜一聲長嘯煙霞
冷

又湖頭卽席長翁同賦

西子湖邊眉翠嫵魂冷孤山誰是風煙主相喚吟詩天欲雨嫩涼不隔鷗飛處　移下天孫雲錦渚翠蓋牽風綽約凌波女清約已成君記取月明夜半魚龍舞

賀新郎　賦梅

月冷霜袍擁見一枝年華又晚粉愁香凍雲隔溪橋人不度的皪春心未縱清影怕寒波搖動更沒纖毫塵俗態倚高情預得春風寵沈凍蝶挂幺鳳　一杯正要吳姬捧想見那柔酥弄白暗香偷送回首羅浮今在否寂寞煙迷翠隴人爭奈桓伊三弄開徧西湖春意爛算羣花正作江山夢吟思怯暮雲重

喜遷鶯　代人弔西湖歌者

歌音淒怨是幾度訴春春都不管感綠鶯紅顰煙啼月長是爲春消黯玉骨瘦無一把粉淚愁多千點可憐損任塵侵粉蠹舞裙歌扇　轉盼塵夢斷峽裏雲歸空想春風面燕子樓空玉臺妝冷湖外翠峯眉淺綺陌斷魂名在寶篋返魂香遠此情苦問落花流水何時重見

又　秋懷

涼雲歸去再約著晚來西樓風雨水靜簾陰鷗閒菰

影秋到露汀煙浦試省喚回幽恨盡是愁邊新句倦
登眺動悲涼還在殘蟬吟處　淒楚空見說香鎖霧
扃心似秋蓮苦寶瑟彈冰玉臺窺月淺淡可憐偷聚
幾時翠溝題葉無復繡簾吹絮鬢華晚念庾郎情在
風流誰與

菩薩蠻　春思

春風吹綠湖邊草春光依舊湖邊道玉勒錦障泥少
年遊冶時　煙明花似繡且醉旗亭酒斜日照花西
歸鴉花外啼

又　蘇隄芙蓉

紅雲半壓秋波碧豔妝泣露嬌啼色佳夢入仙城風
流石曼卿　宮袍呼醉醒休捲西風錦明日粉香殘
六橋煙水寒

又　水晶膾

玉鱗熬出香凝軟并刀斷處冰絲顫紅縷間堆盤輕
明相映寒　纖柔分勸處膩滑難停筯一洗醉魂清
真成醒酒冰

又

玉闌秋色知誰主隔闌一架蒲萄雨綠蘚怕啼螿可
堪宮漏長　烏絲吟古怨清淚消塵硯夢冷不成雲

□峯峯外情

又 中秋

何須急管吹雲瞑高寒灩灩開金餅今夕不登樓一年空過秋　桂花香霧冷梧葉西風影客醉倚河橋清光愁玉簫

又 詠雙心水仙

雲嬌雲嫩羞相倚淩波共酌春風醉的皪玉臺寒肯教金醆單　只疑雙蝶夢翠袖和香擁香外有鴛鴦風流煙水鄉

青玉案

平生似欠西湖債每拚了金貂解嫵媚煙雲多變態雕鞍來處畫船歸去花柳春風隘　玉京相接蓬壺界入畫遙山翠分黛蘇小不來時節改一隄風月六橋煙水鷺約鷗盟在

醉落魄

鉤簾翠溼寒江上雨晴風急亂峯低處明殘日雁字成行界破暮天碧　故人天外長爲客倚闌一望情何極新來得個歸消息去棹回舟數過幾千隻

夜合花

斑駁雲開濛鬆雨過海棠花外寒輕湖山翠暖東風

正要新晴又喚醒舊遊情記年時今日清明隔花陰殘香隨笑語特地逢迎　人生好景難并依舊鞦韆巷陌花月蓬瀛春衫抖擻餘香半染芳塵念嫩約杳難憑被幾聲啼鳥驚心一庭芳草危闌晚日無限消凝

花心動　梅意

碧蘚封枝點寒英疏疏玉清冰瑩夢憶舊家春與新恩曾映壽陽妝額綠魂青袂南隣伴應怪我精神都別恨裹晚春風意思頓成羞怯　猶念橫斜性格惱和靖吟魂自來清絕斜傍勁松偷倚修篁總是歲寒相識綠陰結子當時意到如今芳心銷歇小橋夜清愁倦陪澹月

昭君怨　題春波獨載圖

一棹莫愁煙艇飛破玉壺清影水濺粉消寒綳雲鬟不肯凌波微步卻載春愁歸去風澹楚魂驚隔瑤京

杏花天　春愁

霽煙消處寒猶嫩乍門巷愔愔畫永池塘芳草魂初醒秀句吟春未穩　仙源阻春風瘦損又燕子來無芳信小桃也自知人恨滿面羞紅難問

又

遠山學得修眉翠看眉展春愁無際雨痕半溼東風外不管梨花有淚　西園路青鞵暗記怕行入鞦韆徑裏一春多少相思意說與新來燕子

又　題杏花春禽扇面挂軸

花凝露溼胭脂透是綵筆丹青染就粉綃帕入班姬手舒卷清寒時候　春禽靜來窺晴晝閒冷落芳心知否不愁院宇東風驟日日嬌紅如舊

又　杏花

玉壇消息春寒淺露紅玉嬌生靚豔小憐鬢溼胭脂染只隔粉牆相見　花陰外故宮夢遠想未識鶯鶯燕燕飄零翠徑紅千點桃李春風已晚

祝英臺近　荷花

擁紅妝翻翠蓋花影暗南浦波面澄霞蘭艇採香去有人水濺紅裙相招晚醉正月上涼生風露　兩凝佇別後歌斷雲閒嬌姿黯無語魂夢西風端的此心苦遙想芳臉輕顰淩波微步鎮輸與沙邊鷗鷺

又　閨思

一窗閒孤燼冷獨自箇春睡繡被熏香不似舊風味靜聽滴滴簷聲驚愁攪夢更不管庾郎心醉　念芳

意一併十日春寒梅花憔悴懶做新詞春在可憐
裏幾時挑菜踏青雲沈雨斷盡分付楚天之外

江城子代作

綠叢籬菊點嬌黃過重陽轉愁傷風急天高歸雁不
成行此去郎邊知近遠秋水闊碧天長　郎心如妾
妾如郎兩離腸一思量春到春愁秋色亦淒涼近得
新詞知□怨妾無訴泣蘭房

生查子詠芹

野泉春吐芽泥溼隨飛燕碧澗一杯羹夜韭無人翦
玉釵和露香鵝管隨春輭野意重殷勤持以君王
獻

又

芙蓉羞粉香倚竹窺煙霧眼帶楚波寒骨豔春風醉
誰傳側帽情想解遺鞭意紅葉可憐秋不寄相思
字

又史輔之席上歌者贈雲頭香乞詞

蓬萊一捻雲徹骨龍涎染風味韻而芳笑語柔而婉
花嬌綠鬢寒酒凝清歌怨翠幄已煙穠銀燭重休
翦

又木香

春籠雲潤香露溼青蛟瘦偷學漢宮妝舞徹霓裳後酥胸紫領巾氷翦柔荑手有意入羅囊不肯成春酒

又

飛花澹澹風被暖疎疎雨香潤玉階塵翠溼紗窗霧鈿箏離雁行寶篋留釵股唯有鳳樓魂夜夜江南路

又 梅 次韻

香驚楚驛寒瘦倚湘筠暮一笛已黃昏片月尤清楚沈沈氷玉魂漠漠煙雲浦酸淚不成彈又向春心聚

解連環 柳

露條煙葉惹長亭舊恨幾番風月愛細縷先牽輕黃漸拂水藏鴉翠陰相接纖輭風流眉黛淺三眠初歇奈年華又晚縈絆游蜂絮飛晴雪　依依灞橋怨別正千絲萬緒難禁愁絶悵歲久應長新條念曾繫花驄屢停蘭檝弄影搖晴恨閑損春風時節隔郵亭故人望斷舞腰瘦怯

又 春水

浪搖新綠漫芳洲翠渚雨痕初足蕩霽色流入橫塘

看風外漪漪皺紋如縠藻荇縈迴似留戀鴛飛鷗浴
愛嬌雲蘸色媚日挼藍遠迷心目　仙源漾舟岸曲
照芳容幾樹香浮紅玉記那回西洛橋邊濺裙翠傳
情玉纖輕擲三十六陂錦鱗渺芳音難續隔垂楊故
人望斷浸愁千斛

燭影搖紅

別浦潮平遠村帆落煙江冷征鴻相喚著行飛不耐
霜風緊雲意垂垂未定正慘慘雲橫疎影酒醒情緒
日晚登臨淒涼誰問　行樂京華輭紅不斷香塵噴
試將心事卜歸期終是無憑準寥落年華將盡誤玉
人高樓凝恨第一休負西子湖邊江梅春信

憶秦娥

棲烏驚隔窗月色寒於冰寒於冰簷移梅影冷印疎
櫺　幽香未覺魂先清無端勾起相思情相思情惱
人無睡直到天明

又　舟中書事

歌聲闌蘭舟只隔芙蓉灣芙蓉灣扇搖波影風捲雲
鬟　餘音嫋嫋留飲歡雙鴛飛處傳情難傳情難曲
終人去愁寄湖山

清平樂　秋葉

盤枝翦翠葉葉西風意吹上玉人雲鬢底無限新涼氣味　飄蕭露捲煙柔絕憐不逐宮流寄語多情宋玉悲秋得似宜秋

又

春蕪雨溼燕子低飛急雲壓前山羣翠失煙水滿湖輕碧　小蓮相見灣頭清寒不到青樓請上琵琶絲索今朝破得春愁

更漏子

玉簫閒清韻咽人倚畫闌愁絕雲惱月月羞雲半溪梅影昏　恨春風蕭散後夜夜數殘更漏情悄悄思依依天寒一雁飛

東風第一枝　爲梅溪壽

玉潔生英冰清孕秀一枝天地春早素盟江國芳寒舊約漢宮夢曉溪橋獨步看灑落仙人風表似妙句何遜揚州最惜細吟清峭　香暗度照影波渺春暗寄付情雲杳愛隨青女橫陳更憐素娥窈窕調羹雅意好贊助清時廊廟羨韻高只有松筠共結歲寒難老

又　壬戌立春日訪梅溪雨中同賦

燒色回清氷痕綻白嬌雲先釀酥雨縱寒不壓葭塵

應時已鞭黛土東君入夜怕預惱詩邊心緒意轉新無奈吟魂醉裏已題春句　香夢醒幾花暗吐綠睡起幾絲偷舞酒醅清惜重斟菜甲嫩憐細縷玉纖綵勝願歲歲春風相遇要等得明日新晴第一待尋芳去

山花子

嫋嫋天風響珮環鵲橋有女夜乘鸞也恨別多相見少似人間　銀浦無聲雲路渺金風有信玉機閒生怕河梁分袂處曉光寒

浣溪沙

遮坐銀屏度水沈障風羅幕皺沈金日遲宮院靜惜惜　繁杏半窺紅日薄小憐低唱綠窗深試拈犀管寫春心

又

魂是湘雲骨是蘭春風冰玉注芳顏誰招仙子在人間　濺水裙兒香霧皺唾花衫子碧雲寒洞簫聲絕却驂鸞

又

偷得韓香惜未燒吹簫人在月明橋草芳似待玉驄驕　吹絮繡簾春澹澹隔香羅帳夜迢迢楚魂須著

楚詞招

又

雲外峯巒翠欲埋雨沾黃葉溼青鞋小鷩春色入寒荄風月愁新空雁字神仙夢冷憶鸞釵淒涼不是好情懷

又 題湖樓壁

一色煙雲澹不消雨峯眉黛爲誰嬌春寒猶占木蘭橈燕子似甘愁寂寞海棠未肯醉妖嬈小園嫩約尚蕭條

蘭陵王 爲十年故人作

鳳簫咽花底寒輕夜月蘭堂靜香霧翠深曾與瑤姬恨輕別羅巾淚暗疊情人歌聲怨切殷勤意欲去又留柳色和秋爲重折 十年迥淒絕念髻怯瑤簪衣腿香空雙鱗不度煙江闊自春來人見水邊花外羞倚東風翠袖怯正愁恨時節 南陌阻金勒甚望斷青禽難倩紅葉春愁欲解丁香結整新歡羅帶舊香宦篋淒涼風景待見了更何說

又 春雨

洒塵閣冪冪天垂似幕春寒峭吹斷萬絲溼影和煙暗簾箔清愁曉來覺佳景惜惜過卻芳郊外鶯恨燕

愁不管鞦韆冷紅索　行雲楚臺約念今古凝情朝暮如昨啼紅溼翠春情薄漫一尊江上半篙隄外勾引輕陰趁暮角正孤緒寂寞　斑駁止還作聽點點簷聲沈沈春酌只愁入夜東風惡怕催教花放趁將花落溟濛煙草夢正遠恨怎託

水龍吟　雲意

舊家心緒如雲乍舒乍卷初無定西郊載雨東城隔霧還開晴景愛惱花陰喜移月地朦朧清影任無心有意溶溶曳曳蕭散處有誰問　朝暮如今難准枉教他慣春人恨遠峯依舊前蹤何在有時愁凝此與飄然不妨吹斷一川輕暝待良宵再入高唐夢裏覓巫陽信

又為放翁壽

道山玉府真仙去年再履論思地西清禁域香淙名重年高身退玉振金聲水增川湧德兼才貴愛知章引去安單穩駕軒冕付談笑外　蘭玉孫枝競秀奉親歡萊衣同戲蓬萊東接苧蘿西顧三山聳翠賜杖清朝命堂綠野放懷高致似太公出將衛公入相為蒼生起

又為夢庵壽

夜來曾跨青虬海風翩翩吹襟袖蓬萊誤入羣仙爭問劉郎安否玉塵冰壺日庭星角孕成奇秀看丹分寶鼎籙傳祕篋聞重寄長生酒　歸夢驚回曉漏正長庚輝纏南斗祥開華日菊香秋杪張黃霜後筆掃龍蛇句裁蟠錦俊才誰右看功勛鑷袞家聲再振數千齡壽

聲聲慢 元夕

壺天不夜寶炬生香光風蕩搖金碧月灩水痕花外峭寒無力歌傳翠簾儘捲誤驚回瑤臺仙跡禁漏促拚千金一刻未酬佳夕　捲地香塵不斷最得意輸他五陵狂客楚柳吳梅無限眼邊春色鮫綃暗中寄與待重尋行雲消息乍醉醒怕南樓吹斷曉笛

隔浦蓮 七夕

銀灣初霽暮雨鵲赴秋期去淺月窺清夜涼生一天風露纖巧雲暗度河橋路縹緲乘鸞女正容與　西廂舊約玉嬌誰見私語柔情不盡好似冰綃雲縷回首天涯又怨阻無語西風魂斷機杼

思佳客 秋扇

入手西風意已羞不須玉斧爲重修撲螢涼夜沈沈月障面清歌澹澹秋　休棄置且遲留可憐又向篋

中收莫教暗損乘鸞女漢殿淒涼萬古愁

又題太真出浴圖

寫出梨花雨後情凝脂洗盡見天真春從翠髻堆邊見嬌自紅綃脫處生　天寶夢馬嵬塵斷魂無復到華清恰如佇立東風裏猶聽霓裳羯鼓聲

又

有約湖山卻解襟書眠占得一庭深樹邊風色寒滋味愁裏年華雁信音　驚楚夢聽瑤琴黃花尚可伴孤斟斷雲萬一成疎雨卻向湖邊看晚陰

又

翦翠衫兒穩四停最憐一曲鳳清吟同心羅帕輕藏素合字香囊半影金　春思俏畫窗深誰能拘束少年心鶯來鶯碎風流膽踏動櫻桃葉底鈴

又立秋前一日西湖

不肯樓邊看畫船載將詩酒入風煙浪花濺白疑飛鷺荷芰藏紅似小蓮　醒醉夢喚吟仙先秋一葉莫驚蟬白雲鄉裏溫柔遠結得清涼世界緣

又中秋後一日借月意

白玉樓臺知幾重夜來望斷廣寒宮一分乍闕嬋娟影二八尤宜冰雪容　雲鬢露□釵風水晶簾幕正

玲瓏殷勤再爲天香醉可惜清光付曉鐘

永遇樂 次韻弔青樓

淺暈修蛾脆痕紅粉猶記窺戶香斷匳空塵生砌冷誰喚青鸞舞春風花信秋宵月約歷歷此心曾許啣芳恨千年怨結玉骨未應成土　木蘭艇子莫愁何在漫繫寒江煙樹事逐雲沈情隨佩冷短夢分今古一杯遙夜孤光難曉多少碎人腸處空淒黯西風細雨盡吹淚去

玲瓏四犯

水外輕陰做弄得飛雲吹斷晴絮駐馬橋西還繫舊時芳樹不見翠陌尋春問著小桃無語恨燕鶯不識閒情卻隔亂紅飛去　少年曾失春風意到如今怨恨難訴魂驚苒苒江南遠煙草愁如許此意待寫翠牋奈斷腸都無新句問甚時舞鳳歌鸞花裏再看仙侶

御街行 賦簾

香波半窣深深院正日上花陰淺青絲不動玉鉤閒看翠額輕籠蔥蒨鶯聲似隔篆煙微度愛橫影參差滿　那回低挂朱闌畔念悶損無人捲窺春偷倚不勝情彷彿見如花嬌面纖柔緩揭瞥然飛去不似春

風燕

又 賦轎

藤筠巧織花紋細稱穩步如流水踏青陌上雨初晴嫌怕溼文鴛雙履要人送上逢花須住纔過處香風起 裙兒挂在簾兒底更不把窗兒閉紅紅白白簇花枝恰稱得尋春芳意歸來時晚紗籠引道扶下人微醉

霜天曉角 春情

春雲粉色春水和雲溼試問西湖楊柳東風外幾絲碧 望極連翠陌蘭橈雙槳急欲訪莫愁何處旗亭在畫橋側

又

爐煙浥溼花露蒸沈液不用寶釵翻炷閒窗下嫋輕碧 醉拍羅袖惜春風偷染得占取風流聲價韓郎是舊相識

又 九日蘇隄

霜清水碧冷浸紅雲溼休說季倫錦帳山南岸更花密 露滴空翠羃雨峯開霽色不爲穠妝一醉西風帽爲誰側

眼兒媚

輕雲終被斷雲留不肯放春愁翠樓舊倚粉牆重見歌酒風流　今朝畢竟吟情澹芳意未全酬東風向晚鶯花有意吹轉船頭

卜算子　泛西湖坐間寅齋同賦○花庵作春晚

屈指數春來彈指驚春去檐外蛛絲網落花也要留春住　幾日喜春晴幾夜愁春雨十二雕窗六曲屏題徧傷春句

西江月

小舫半簾山色斷橋兩岸秋陰芙蓉消息已愁深紅染雲機翠錦　幾度煙波共酌半生風月關心飛來鷗鷺是知音一笑歌邊醉醒

點絳脣

天外青鸞幾時常向人間住斷歌零舞月上闌陰暮　憔悴潘郎不解爲花主知何處夢雲愁雨怕向西樓去

又

釣月篷閒載詩卻向旗亭醉翠蒲陰外莫放雙鷗起　水佩仙裳洒落煙雲意來相試玉綃新製要寫蓬壺記

踏莎行　九日西山

水減隄痕秋生屐齒瘦筇喚起登高意翠煙微冷夢淒涼黃花香晚人憔悴　懷古風流悲秋情味紫萸勸入旗亭醉玉人相見說新愁可憐又溼西風淚

又

花染煙香柳搖風翠春工寫出清明意翠灣還趁畫船開粉牆到處驕驄繫　歌喚紅裙酒招青旆吟情又許春風醉何妨日日爛芳遊今宵先向西城睡

戀繡衾

碧梧偷戀小窗陰恨芭蕉不展寸心暗語近陽臺遠奈秋宵砧斷漏沈　月明欲教吹簫去隔驂鸞空留怨音從此是天涯阻這一場愁夢更深

風入松　春晴

捲簾日日恨春陰寒食新晴馬蹄只向南山去長橋愛花柳多情紅外風嬌日暖翠邊水秀山明　杜郎歌酒過平生到處蓬瀛醉魂不入重城晚穠歡寄桃葉桃根繡被嫩寒清曉鶯聲喚醒春酲

又　聞鄰女吹笛

粉嬌曾隔翠簾看橫玉聲寒夜深不管柔荑冷櫻朱度香噴雲鬟霜月搖搖吹落梅花簌簌驚殘　蕭郎且放鳳簫閒何處驂鸞靜聽三弄霓裳罷魂飛斷愁

裏闕山三十六宮天近念奴卻在人間

南鄉子 賦十四絃

眞柱倚冰絃曾見胡兒馬上彈卻笑琵琶風韻古濺濺想像湘妃水一簾 塞恨曲中傳雨摺琴絲費玉纖不似江南風月好厭厭拍手齊看舞袖邊

洞仙歌 題眞

輕痕淺暈偷染春風面恰似西施影兒現擬新妝臨鑑一段天眞閒態度長恁香嬌玉輭 從今懷袖裏不暫相離似笑如顰在舒卷願芳容不老只似如今嬌不語無奈情深意遠便雨隔雲疎暫分攜也時展丹青見伊一見

柳梢青 柳

翠拂晴波煙垂古岸灞橋春色斜帶鵶啼亂縈鶯夢愁絲如織 爲憐張緒風流正瘦損宮腰裙碧綻綰同心留連不住天涯行客

少年遊 草

春風吹碧春雲映綠曉夢入芳煙輭襯飛花遠連流水一望隔香塵 萋萋多少江南舊恨翻憶翠羅裙冷落閒門淒迷古道煙雨正愁人

訴衷情

西樓楊柳未勝煙寒峭落梅天東風渡頭波晚一棹
木蘭船 花能態度酒因緣足春憐屏開山翠雨怯雲
嬌盡付愁邊

夜行船

翦水天風吹醉醒高樓外凍雲愁凝袖口香寒歌喉
春暖不管雁邊寒緊 瓊屑瑤花飛碎影應須待玉
田千頃小約梅英教吟柳絮春在繡紅鴛錦

滿江紅

擊碎空明滄浪晚棹歌飛入西山外紫霞吹斷赤塵
無迹飛上冰輪涼世界喚回天籟清肌骨看驪珠影
墮冷光斜蛟龍窟 長嘯外綸巾側輕露下纖絺溼
聽洞簫聲在臥虬陰北千萬江妃留醉夢二三沙鳥
驚吟魄任天河落盡玉杯空東方白

酬江月 靈巖弔古

萬巖靈秀拱崇臺飛觀憑陵千尺清磬一聲簾幕冷
無復宮娃消息響屧廊空採香逕古塵土成遺跡石
閒松老斷雲空鎖愁寂 專寵誰比輕顰楚腰吳豔
一笑無顏色風月荒涼羅綺夢輸與扁舟歸客舞闋
歌殘國傾人去青草埋香骨五湖波淼遠空依舊涵
碧

謁金門

煙墅暝隔斷仙源芳徑雨歇花梢魂未醒溼紅如有恨　別後香車誰整怪得畫橋春靜碧漲平湖三十頃歸雲何處問

留春令　淮南道中

斷霞低映小橋流水一川平遠柳影人家起炊煙髣髴似江南岸　馬上東風吹醉面問此情誰管花裏清歌酒邊情又何日重相見

又

粉綃輕試綠裙微褪吳姬嬌小一點清香著芳魂便添起春懷抱　玉臉窺人舒淺笑寄此情天渺酒醒羅浮角聲寒正月挂南枝曉

又

玉清冰瘦洗妝初見春風頭面等得黃昏月溪寒愛顧影臨清淺　歷盡冰霜空羞怨怨粉香消減江北江南舊情多奈笛裏關山遠

又

玉妃春醉夜寒吹墮江南風月一自情留館娃宮在竹外尤清絕　貪睡開遲風韻別向杏花休說角冷黃昏豔歌殘怕驚落胭脂雪

太常引

玉肌輕襯碧霞衣似爭駕翠鸞飛羞問武陵溪笑女伴東風醉時　不飄紅雨不貪青子冷淡卻相宜春晚湧金池閒一片將愁寄誰

浪淘沙 杜鵑花

啼魄一天涯怨入芳華可憐零血染煙霞記得西風秋露冷曾浼司花　明月滿窗紗倦客思家故宮春事與愁賒冉冉斷魂招不得翠冷紅斜

意難忘 代贈

仙子奇容是名花第一美占春風煙香籠淺罩露靚浥芳紅憐舞燕惜驚鴻想獨步吳宮料認得嬌雲媚雨來自巫峯　風流正與歡濃羨高樓並倚曲影闌東燭搖留醉枕塵墜戀歌鍾三弄笛五花驄莫行樂匆匆但看取天長地久笑語相逢

雨中花慢

旆拂西風客應漢星行參玉節征鞍緩帶輕裘爭看盛世衣冠吟倦西湖風月去看北塞關山過離宮禾黍故壘煙塵有淚應彈　文章俊偉穎露囊鋒巖動萬里呼韓知素有平戎手段小試何難情寄吳梅香冷夢隨隴雁霜寒立勛未晚歸來依舊酒社詩壇

八歸重陽前一日懷梅溪

楚峯翠冷吳波煙遠吹袂萬里西風關河迥隔新愁外遙憐倦客音塵未見征鴻雨帽風巾歸夢杳想吟思吹入飛蓬料恨滿幽苑離宮正愁黯文通　秋濃新霜初試重陽催近醉紅偷染江楓瘦節相伴舊遊回首吹帽知與誰同想萸囊酒醆暫時冷落菊花叢兩凝佇壯懷立盡微雲斜照中

瑞鶴仙　筇枝

一枝蒼玉冷愛露節霜根從他孤勁提攜遠塵境自清癯骨力歲寒心性登臨助興甚偏與芒鞵相稱笑葛洪陂外騰飛渺渺水閒煙迥　尋勝撥開林影斷破苔痕緩支幽徑分雲度嶺待隨處問梅信任香挑村醑寒拖夜月識盡江山好景扣禪關拗折歸來萬緣自靜

竹屋癡語

賓王詞草堂集不多選選入者如玉蝴蝶坊刻竟逸
去又如杏花天思佳客諸作混入他人先輩多拈出
以嘅時本之誤陳造序云高竹屋與史梅溪皆周秦
之詞所作要是不經人道語其妙處少游美成亦未
及也湖南毛晉識

夢窗甲藁

目錄

夢窗甲藁目錄

夢窗甲藁

宋　吳文英

鎖寒窗　玉蘭

紺縷堆雲清顋潤玉記人初見蠻腥未洗梅谷一懷悽惋渺征槎去乘閬風占香上國幽心展遺芳揜色真姿凝淡返魂騷畹　一盼千金換又笑伴鴟夷共歸吳苑離煙恨水夢杳南天秋晚比來時瘦肌更銷冷薰沁骨悲鄉遠最傷情送客咸陽佩結西風怨

尉遲杯　賦楊公小蓬萊

垂楊徑洞鑰啓時遣流鶯迎涓涓暗谷流紅應有緗桃千頃臨池笑靨春色滿銅華弄妝影記年時試酒新陰褪花曾采新杏　蛛窗繡網玄經纔石研開奩雨潤雲凝小小蓬萊香一掬愁不到朱嬌翠靚清尊伴人間永日斷琴和棊聲竹露冷笑從前醉臥紅塵不知仙在人境

渡江雲　西湖清明

羞紅顰淺恨晚風未落片繡點重茵舊隄分燕尾桂棹輕鷗寶勒倚殘雲千絲怨碧漸路入仙塢迷津腸漫回隔花時見背面楚腰身　逡巡題門惆悵墮履牽縈數幽期難准還始覺留情緣寬帶眼因春明朝

事與孤煙冷做滿湖風雨愁人山黛暝澄波淡綠無痕

霜葉飛 重九

斷煙離緒關心事斜陽紅隱霜樹半壺秋水薦黃花香噀西風雨縱玉勒輕飛迅羽淒涼誰弔荒臺古記醉踏南屏彩扇咽寒蟬倦夢不知蠻素 聊對舊節傳杯塵牋蠹管斷闋經歲慵賦小蟾斜影轉東籬夜冷殘蛩語早白髮緣愁萬縷驚飈從捲烏紗去漫細將茱萸看但約明年翠微高處

瑞鶴仙 秋感

淚荷抛碎璧正漏雲篩雨斜梢窗隙林聲怨秋色對小山不迭寸眉愁碧涼欺岸幘暮砧催銀屏翦尺最無聊燕去堂空舊幕暗塵羅額 行客西園有分斷柳淒花似曾相識西風破屐林下路水邊石念寒蛩殘夢歸鴻心事那聽江村夜笛看雪飛蘋底蘆稍未如鬢白

又 春感

晴絲牽緒亂對滄江斜日花飛人遠垂楊暗芙苑正旗亭煙冷河橋風暖蘭情蕙盼惹相思春根酒畔又爭如吟骨縈消漸把舊衫重翦 淒斷流紅千浪缺

月孤樓總難留燕歌塵凝扇待憑信拚分鈿試挑燈欲寫還依不忍牋幅偷和淚捲寄殘雲剩雨蓬萊也應夢見

又　贈絲鞵莊生

藕心抽瑩繭引翠鍼行處冰花成片金門從迴輦兩玉鳧飛上繡絨塵輭絲絇侍宴曳天香春風宛轉傍星辰直上無聲緩躡素雲歸晚　寄跡平康得意醉踏香泥潤紅沾線良工詫見吳蠶唾海沈檀任眞珠妝綴春巾客屨今日風流霧散待宣供禹步晨遊退朝燕殿

又　餞郎糾曹之嚴陵分韻得直字

夜寒吳館窄漸酒闌燭暗猶分香澤輕颺展爲翻送高鴻飛過長安南陌漁磯舊迹有陳蕃虛牀挂壁掩庭扉蛛網黏花細草靜搖春碧　還憶洛陽年少風露秋蘗歲華如昔長吟墮幘暮潮送富春客算玉堂不染梅花清夢宮漏聲中夜直正逋仙清瘦黃昏幾時覓得

又　贈道女陳華山內夫人

綵雲棲翡翠聽鳳笙吹下飛軿天際晴霞翦輕袂澹春姿雪態寒梅清泚東皇有意旋安排闌干十二早

不知爲雨爲雲盡日建章門閉　甚比紅綃纖素紫
燕輕盈內家標致游仙舊事星斗下夜香裏華峯紙
屏橫幅春色長供午睡更醉乘玉井秋風采花弄水

滿江紅　澱山湖

雲氣樓臺分一派滄浪翠蓬開小景玉盆寒浸巧石
盤松風送流花時過岸浪搖晴棟欲飛空算鮫宮祇
隔一紅塵無路通　神女駕淩曉風明月佩響丁東
對兩蛾猶鎖怨綠煙中秋色未教飛盡雁夕陽長是
墜疎鐘又一聲欸乃過前巖移釣篷

解連環　秋情

暮簷涼薄疑清風動竹故人來邈漸夜入閑引流螢
弄微照素懷暗呈纖白夢遠雙成鳳笙杳玉繩西落
掩練帷倦入又惹舊愁汗香闌角　銀瓶恨沈斷索
歎梧桐未秋露井先覺抱素影明月空閑早塵損丹
青楚山依約翠冷紅衰怕驚起西池魚躍記湘娥絳
綃暗解褪花墜萼

又　留別姜石帚

思和雲結斷江樓望睫雁飛無極正岸柳衰不堪攀
忍持贈故人送秋行色歲晚來時暗香亂石橋南北
又長亭暮雪點點淚痕總成相憶　杯前寸陰似擲

幾酬花倡月連夜浮白省聽風聽雨笙簫向別枕倦
醒絮颺空碧片葉愁紅趁一舸西風潮汐歎滄波路
長夢短甚時到得

夜飛鵲 蔡司戸席上南花

金規印遙漢庭淚無紋清雪冷沁花薰天街曾醉美
人畔涼枝移插烏巾西風驟驚散念枝懸愁結蔕翦
離痕中郎舊恨寄橫竹吹裂哀雲 空剩露華煙彩
人影斷幽芬深閉千門渾似飛仙入夢羅襪微步流
水青蘋輕冰潤恨今朝不共清尊怕雲槎來晚流紅
信杳縈斷秋魂

一寸金 贈筆工劉衍

秋入中山臂隼牽盧縱長獵見駭毛飛雪章臺獻穎
臞腰束縞湯沐疏邑笈管刊瓊牒蒼梧恨帝娥暗泣
陶郎老憔悴玄香禁苑猶催夜俱入 自歎江湖雕
龍心盡相攜蠹魚篋念醉魂悠颺折釵錦字黠髯掀
舞流觴春帖還倚荊溪檝金刀氏尚傳舊業勞君爲
脫帽篷窗寫情題水葉

又 秋感

秋壓更長看見姮娥瘦如束正古花搖落寒蛩滿地
參梅吹老玉龍橫笛霜被芙蓉宿紅錦香尚歎暗燭

年年記一種凄涼繡幌金圓挂香玉 頑老情懷都
無權事良宵愛幽燭數畫圖難倣橘村砧思笠蓑有
約蓴洲魚屋心景憑誰語商絃重袖寒轉軸疎籬下
試覓重陽醉擘青露菊

繞佛閣 旅思

暗塵四斂樓觀迥出孤館清漏將短厭聞夜久籤聲
動書幔桂花又滿閑步露草偏愛幽遠花氣清婉望
中迤邐城陰度河岸 倦客最蕭索醉倚斜陽穿柳
綫還似汴隄虹梁橫水面看浪颭春燈舟下如箭此
行重見歎故友難逢羈思空亂兩眉愁向誰舒展

拜新月慢 姜石帚以盆蓮數十置中庭宴客其
中

絳雪生涼碧霞籠夜小立中庭蕪地昨夢西湖老扁
舟身世歎遊蕩暫賞吟花酌露尊俎冷玉紅香罍洗
眼眩意迷古陶洲十里 翠參差淡月平芳砌甎花
滉小浪魚鱗起霧盎淺障青羅洗湘娥春膩蕩蘭煙
麝馥濃侵酒吹不散繡屋重門閑又怕便綠減西風
泣秋檠燭外

水龍吟 惠山酌泉

豔陽不到青山古陰冷翠成秋苑吳娃點黛江妃擁

髻空濛遮斷樹密藏溪草深迷市峭雲一片二十年舊夢輕鷗素約霜絲亂朱顏變　龍吻春霏玉濺煑銀瓶羊腸車轉臨泉照影清寒沁骨客塵都浣鴻漸重來夜深華表露零鶴怨把閑愁換與樓前晚色棹滄波遠

又　賦張斗墅家古松五粒

有人獨立空山翠髯未覺霜顏老新香秀粒濃光綠浸千年春小布影參旗障空雲蓋沈沈秋曉駟蒼虬萬里笙飛鳳女驂飛乘天風裊　般巧霜斤不到漢遊仙相從最早皺鱗細雨層陰藏月朱弦古調問訊東橋故人南嶺倚天嘯待淩霄謝了山深歲晚素心財表

又　壽尹梅津

望春樓外滄波舊年照眼青銅鏡煉成寶月飛來天上銀河流影紺玉鉤簾處橫犀塵天香分鼎記殿雲殿瑣裁花翦露曲江畔春風勁　槐省紅塵晝靜午朝回吟生晚興春霖繡筆鶯邊清曉金猊旋整閬苑芝仙貌生綃對綠窗深景弄瓊英數點宮梅信早占年光永

又　送萬信州

幾番時事重論座中共惜斜陽下今朝翦柳東風送客功名近也約住飛花暫聽留燕更攀情話問千牙過闕一封入奏忠孝事都應寫　聞道蘭臺清暇幾鴟夷煙江一舸貞元舊曲如今誰聽惟公和寡兒騎空迎舜瞳回盼玉階前借便急回暖律天邊海上正春寒夜

又癸卯元夕

淡雲籠月微黃柳絲淺色東風緊夜寒舊事春期新恨眉山碧遠塵陌飄香繡簾垂戶趁時妝面鈿車催去急珠囊袖冷愁如海情一綫　猶記初來吳苑未清霜飛驚霜鬢嬉遊是處風光無際舞窗歌舊陳迹征衫老容華鏡懽悰都盡向殘燈夢短梅花曉角爲誰吟怨

玉燭新春情

花穿簾隙透向夢裏消春酒中延晝嫩篁細掐相思字墮粉輕粘沾練袖章臺別後展繡絡紅蔫香舊□□□應數歸舟愁凝畫闌眉柳　移燈夜語西窗逗曉悵迷香問何時又素紈乍試還憶是繡懶思酸時候□蘭清蕙總未比蛾眉螓首誰愬與惟有金籠春篁細奏

解語花 梅花

門橫皺碧路入蒼煙春近江南岸暮寒如翦臨溪影一一半斜清淺飛霙弄晚蕩千里暗香平遠端正看瓊樹三枝總似蘭昌見　酥瑩雲容夜暖伴蘭翹清瘦蕭鳳柔婉冷雲荒翠幽棲久無語暗申眷怨東風半面料准擬何郎詞卷歡未闌煙雨青黃宜晝陰庭館

慶宮春 旅思 附清真

雲接平岡山圍寒野路回漸轉孤城衰柳啼鴉驚風驅雁動人一片秋聲倦途休駕淡煙裏微茫見星塵埃憔悴生怕黃昏離思牽縈　華堂舊日逢迎花豔參差香霧飄零絃管當頭偏憐嬌鳳夜深簧暖笙清眼波傳意恨密約幽怨未成許多煩惱只為當時一餉留情

宴清都 連理海棠

繡幄鴛鴦柱紅情密膩雲低護秦樹芳根兼倚花梢鈿合錦屏人妒東風睡足交枝正夢枕瑤釵燕股障灩蠟滿照歡叢嫠蟾冷落羞度　人間萬感幽單華清慣浴春盎風露連鬟並暖同心共結向承恩處憑誰為歌長恨暗殿鎖秋燈夜語敘舊期不負春盟紅

朝翠暮

又　壽榮王夫人

萬壑蓬萊路非煙霽五雲城闕深處璇源媲鳳瑤池種玉煉顏金娩長虹夢入僊懷便洗日銅華翠渚向瑞世獨占長春蟠桃正飽風露　殷勤漢殿傳卮隔江雲起暗飛青羽南山壽石東周寶鼎千秋鞏固何時地拂龍衣待迎入玉京閬圃看賸擁湖船三千綵御

又　秋感

萬里關河眼愁凝處渺渺殘照紅斂天低遠樹潮分斷巷路迴淮甸吟鞭又指孤店對玉露金風送晚恨自古才子佳人此景此情多感　吳王故苑別來良朋雅集空歎蓬轉揮毫記燭飛觴邀月夢消香斷區區去情何限倩片紙丁寧過雁寄相思寒雨燈窗芙蓉舊院

齊天樂　齊雲樓

淩朝一片陽臺影飛來太空不去棟與參橫簾鉤斗曲西北城高幾許天聲似語便閶闔輕排虹河平遡問幾陰晴霸覇吳平地漫今古　西山橫黛瞰碧眼明應不到煙際沈鷺臥笛長吟層霾乍裂寒月溟濛千

里憑虛醉舞夢凝白闌干化爲飛霧淨洗青紅驟飛滄海雨

又　春暮

新煙初試花如夢疑收楚峯殘雨茂苑人歸秦樓燕宿同惜天涯爲旅遊情最苦早柔綠迷津亂莎荒圃數樹梨花晚風吹墮半汀鷺　流紅江上去遠翠尊曾共醉雲外別墅淡月鞦韆幽香巷陌愁結傷春深處聽歌看舞駐不得當時柳蠻櫻素睡起懨懨洞簫誰院宇

又　別情

煙波桃葉西陵路十年斷魂潮尾古柳重攀輕漚聚別陳迹危亭獨倚涼颸乍起渺煙磧飛帆暮山橫翠但有江花共臨秋鏡照憔悴　華堂燭暗送客眼波回盼處芳豔流水素骨凝冰柔葱蘸雪猶憶分瓜深意清尊未洗夢不溼行雲漫沾殘淚可惜秋宵亂蛩疎雨裏

又　壽榮王夫人

玉皇重賜瑤池宴瓊筵第二十四萬象澄秋羣裾曳玉清澈冰壺人世鼇峯對起許分得鈞天鳳絲龍吹翠羽飛來舞鸞曾賦曼桃字　鶴胎曾夢電繞桂根

看驟長玉幹金蕊少海波新芳第露滴涼入堂階綵
戲香霖乍洗擁蓮媛三千羽裳風珮聖姚朝元煉顏
銀漢水

又 贈姜石帚

餘香纔潤鸞綃汗秋風夜來先起霧鎖林深藍浮野
闊一笛漁蓑漚外紅塵萬里就中決銀河冷涵空翠
岸嘴沙平水楊陰下晚初艤 桃溪人住最久浪吟
誰得到蘭蕙疏綺研色寒雲籤聲亂葉蘄竹簟紋如
水笙歌醉裏步明月丁東靜傳環珮更展芳塘種花
招燕子

掃花遊 西湖寒食

冷空淡碧帶翳柳輕雲護花深霧豔晨易午正笙簫
競波綺羅爭路驟捲風埃半掩長娥翠嫵散紅縷漸
紅溼杏泥愁燕無語 乘蓋爭避處就解珮旗亭故
人相遇恨春太妒濺行裙更惜鳳鉤塵汙酹入梅根
萬點啼痕暗樹峭寒暮更蕭蕭隴頭人去

又 春雪

水雲共色漸斷岸飛花雨聲初峭步帷素裊想玉人
誤惜章臺春老岫斂愁蛾半洗鉛華未曉艤輕棹似
山陰夜晴乘興初到 心事春縹緲記徧地梨花弄

月斜照舊時鬭草恨淩波路鎖小庭深窈凍澁瓊簫
漸入東風郢調暖回早醉西園亂紅休掃

又 贈芸隱

草生夢碧正燕子簾幃影遲春午倦茶薦乳看風籤
亂葉老沙昏雨古簡蟫篇種得雲根療蠹最清楚帶
明月自鋤花外幽圃 醒眼看醉舞到應事無心與
閒同趣小山有語恨逋僊占卻暗香吟賦暖逼書牀
帶草春搖翠露未歸去正長安輭紅如霧

又 送春古江村

水園沁碧驟夜雨飄紅竟空林島豔春過了有塵香
墜鈿尚遺芳草步繞新陰漸覺交枝徑小醉深窈愛
綠葉翠圓勝看花好 芳架雪未掃怪翠被佳人困
迷清曉柳絲繫棹問閶門自古送春多少倦蝶慵飛
故撲簪花破帽酹殘照掩重城暮鐘不到

應天長 吳門元夕

麗花鬭靨清麝濺塵春聲偏漏芳陌竟路障空雲幕
冰壺浸霞色芙蓉詞賦客競繡筆醉嫌天色作窄素
娥下小駐輕鑣眼亂紅碧 前事頓非昔故苑年光
渾與世相隔向暮巷空人絕殘燈耿塵壁淩波恨簾
戶寂聽怨寫墮梅哀笛竚立久雨暗河橋譙漏疎滴

風流子 芍藥

金谷已空塵薰風轉國色返春魂半斂雪醉霜舞低鸞翅絳籠蜜炬綠映龍盆窈窕繡窗人睡起臨砌脈無言慵整墮鬟怨時遲暮可憐憔悴啼雨黃昏 輕橈移花市秋娘渡飛浪濺溼行裙二十四橋南北羅薦香分念碎劈芳心縈思千縷贈將幽素偷翦重雲終待鳳池歸去催詠紅翻

又前題

溫柔酣紫曲揚州路夢繞翠盤龍似日長傍枕墮妝偏髻霑露濃如酒微醉敲紅自別楚嬌天正遠傾國見吳宮銀燭夜闌暗聞香澤翠陰秋寂重返春風 芳期嗟輕誤詫君去腸斷妾若為容惆悵舞衣疊損露綺千重料繡窗曲理紅牙拍碎禁階敲徧白玉盂空猶記弄花相謔十二闌東

過秦樓 芙蓉

藻國淒迷麴塵澄映怨入粉煙藍霧香籠麝水膩漲紅波一鏡萬妝爭妒湘女歸魂珮環玉冷無聲凝情誰想又江空月墮淩波塵起綵鴛愁舞 還暗憶鈿合藍橈絲牽瓊腕見的更憐心苦玲瓏翠屋輕薄冰綃穩稱錦雲留住生怕哀蟬暗驚秋被紅衰啼珠零

露能去聲西風老盡羞趁東風嫁與

還京樂 箏笙琵琶方響迭奏

宴蘭漵促奏絲縈莞裂飛繁響似漢宮人去夜深獨語胡沙淒哽對雁斜玫柱瓊瓊弄玉臨秋影風吹遠河漢去槎天風吹冷 汎清商竟轉銅壺敲漏瑤牀二八青娥環珮再整菱歌四碧無聲變須臾翠翳紅暝歎梨園今調絕音希愁深未醒桂檝輕如翼歸霞時點清鏡

塞翁吟 贈宏庵

草色新宮綬還跨紫陌驕驄好花是晚開紅冷菊最香濃黃簾□□□夢燈外換幾秋風敘往約桂花宮爲別翦珍叢 雕櫳行人去秦腰褪玉心事稱吳女暈濃向春夜閨情賦就想初寄上國書時唱入眉峯歸來共酒窈窕紋囱蓮卸新蓬

丁香結 秋日海棠

香嫋紅霏影高銀燭曾縱夜遊濃醉正錦溫瓊膩被燕踏暖雪驚翻庭砌馬嘶人散後秋風換故園夢裏吳霜融曉陡覺晴動偷春花意 還似海霧似僊山喚覺環兒半睡淺薄朱脣嬌羞豔色自傷時背簾外寒挂淡月向日鞦韆地懷春情不斷猶帶相思舊字

六幺令 七夕

露蛩初響機杼還催織婺星爲情慵懶佇立明河側
不見津頭艇子望絶南飛翼雲梁千尺塵緣一點回
首西風又陳迹　那知天上計拙乞巧樓南北瓜果
幾度淒涼寂寞羅池客人事回廊縹緲誰見金釵擘
今夕何夕杯殘月墮但耿銀河漫天碧

隔浦蓮近 泊長橋過重午

榴花依舊照眼愁褪紅絲腕夢繞煙江路汀菰綠薰
風晚年少驚送遠吳蠶老恨緒縈抽繭　旅情懶匾
舟繫處青帘濁酒須換一番重午旋買香蒲浮琖新
月湖光蕩素練人教紅衣香在南岸

荔支香近 送人遊南徐

錦帶吳鉤征思橫淮水夜吟敲落霜紅船傍楓橋繫
相思不管年華喚酒吳娃市因話駐車新隄步秋綺
淮楚尾暮雲送人千里細雨南樓香密錦溫曾醉
花谷依然秀靨偷春小桃李爲語夢窗憔悴

又七夕

睡輕時聞晚鵲噪庭樹又說今夕天津西畔重歡遇
蛛絲暗鎖紅樓燕子穿簾處天上未比人間更情苦
秋鬢改妒月姊長眉嫵過雨西風數葉井梧愁舞

夢入藍橋幾點疎星映朱戶淚溼沙邊凝竚

浪淘沙慢 賦李尚書山園

夢仙到吹笙路杳度巘雲滑溪谷冰綃未裂金鋪晝鎖乍掣見竹靜梅深春海闊有新燕簾底說念漢履無聲跨鯨遠年年謝橋月 曲折畫闌盡日憑熱半餐起玲瓏樓閣畔縹緲鴻去絕飛絮颺東風天外歌闋睡紅醉纈還是催寒食看花時節花下蒼苔盛羅襪銀燭短漏壺易竭料池柳不攀風送別倩玉兔別搗秋香更醉踏千山冷翠飛晴雪

西平樂慢 春感 重過西湖先賢堂

岸壓郵亭路欹華表隄樹舊色依依紅索新晴翠陰寒食天涯倦客重歸歎綠平煙帶苑幽渚塵香蕩晚當時燕子無言對立斜暉 追念吟風賞月十載事夢惹緣楊絲畫船爲市夭妝豔水日落雲沈人換春移誰更與苔根澆石菊井招魂漫省連車載酒立馬臨花猶認蔫紅傍路枝歌斷燕闌榮華露草冷落山邱到此徘徊細雨西城羊曇醉後花飛

瑞龍吟 送梅津

黯分袖腸斷去水流萍住船繫柳吳宮曉月嬈花曉月當作嬌月醉題恨倚蠻江豆蔻吐春繡筆底麗情

多少眼波眉岫新園鎖卻愁陰露黃迷漫委寒香半畝還背垂虹秋去四橋煙雨一宵歌酒猶憶翠微攜壺烏帽風驟　西湖到日重見梅鈿皺誰家聽琵琶未了朝驄嘶漏印剖黃金籥待來共凭齊雲話舊莫唱朱櫻口生怕遣樓前行雲知後淚鴻怨角空教人瘦

又　德清清明競渡

大溪面遙望繡羽衝煙錦梭飛練桃花三十六陂鮫宮睡起嬌雷乍轉去如箭催趁戲旗遊鼓素瀾雪濺東風冷溼蛟腥淡陰送晝輕霏弄晚洲上青蘋生處鬬春不管懷沙人遠殘日半開一川花影零亂　山屏醉纈連棹東西岸闌干倒千紅妝豔鉛香不斷傍暝疎簾捲翠漣皺淨笙歌未散簪柳嬌桃嫩猶自有玉龍黃昏吹怨重雲暗閣春霖一片

大餔　春雨　附清真

對宿煙收春禽靜飛雨時鳴高屋牆頭青玉旆洗鉛霜都盡嫩梢相觸潤逼琴絲寒侵枕障蟲網吹粘簾竹郵亭無人處聽簷聲不斷困眠初熟奈愁極頻驚夢輕難記自憐幽獨　行人歸意速最先念流潦妨車轂奈向蘭成憔悴樂廣清羸等閒時易傷心目未

怪平陽客雙淚落笛中哀曲况蕭索青蕪國紅糝鋪
地門外荊桃如菽夜共誰秉燭

又 荷塘小隱

峭石帆收歸期差林沼半銷紅碧漁蓑樵笠畔買佳
鄰翻蓋涴花新宅地鑿桃陰天澄藻鏡聊與漁郎分
席滄波耕不碎似藍田初種翠煙生壁料情屬新蓮
夢驚春草斷橋相識 平生江海客秀懷抱雲錦當
秋織任歲晚陶籬菊暗逋冢梅荒總輸玉井嘗甘液
忍棄紅香葉集楚裳西風催著正明月秋無極歸隱
何處門外垂楊天窄放船五湖夜色

解蹀躞 別情

醉雲又兼醒雨楚夢時來往倦蜂剛著梨花惹游蕩
還做一段相思冷波葉舞愁紅送人雙槳 暗凝想
情共天涯秋黯朱橋鎖深巷會稀投得輕分頓惆悵
此去幽曲誰來可憐殘照西風半妝樓上

倒犯 贈黃復菴

茂苑共鶯花醉吟歲華如許江湖夜雨傳書問雁多
幽阻清溪上慣來往扁舟輕如羽到與懶歸來玉冷
耕雲圃按瓊簫賦金縷 回首詞場動地聲名春雷
初啟戶枕水卧漱石數間屋梅一塢待共結良朋侶

載清尊隨花追野步要未若城南分取溪隈佳晝長
看柳舞

花犯 謝黃復庵除夜寄古梅枝

翦橫枝清溪分影脩然鏡空曉小窗春到憐夜令霜
娥相伴孤照古苔淚鎖霜千點蒼華人共老料淺雪
黃昏驛路飛香遺冷草 行雲夢中認瓊娘冰肌瘦
窈窕風前纖縞殘醉醒屏山外翠禽聲小寒泉貯紺
壺漸暖年事對青燈驚換了但恐舞一簾胡蝶玉龍
吹又杳

又 水僊

小娉婷清鉛素靨蜂黃暗偷暈翠翹欹鬢昨夜冷中
庭月下相認睡濃更苦淒風緊驚回心未穩送曉色
一壺葱蒨纔知花夢準 湘娥化作此幽芳淩波路
古岸雲沙遺恨臨砌影寒香亂凍梅藏韻薰爐畔旋
移傍枕又還見玉人垂紺鬢料喚賞清華池館臺杯
須滿引 重押鬢字

浣溪沙 觀吳人歲旦遊承天

千蓋籠花鬬勝春東風無力掃香塵盡沿高閣步紅
雲 閒裏暗牽經歲恨街頭多認舊年人晚鐘催散
又黃昏

又琴川慧日寺蠟梅

蝶粉蜂黃大小喬中庭寒盡雪微銷一般清瘦各無聊　窗下和香封遠訊牆頭飛玉怨鄰簫夜來風雨洗春嬌

又春情

門隔花深夢舊遊夕陽無語燕歸愁玉簫香動小簾鉤　落絮無聲春墮淚行雲有影月含羞東風臨夜冷於秋

又桂

曲角深簾隱洞房正嫌玉骨易愁黃好花偏占一秋香　夜氣清時初傍枕曉光分處未開窗可憐人似月中孀梨花欲謝恐難禁

玉樓春京市舞女

茸茸貍帽遮梅額金蟬羅翦胡衫窄乘肩爭看小腰身倦態強隨閑鼓笛　問稱家住城東陌欲買千金應不惜歸來困頓殢春眠猶夢婆娑斜趁拍

點絳脣春暮

時霎清明載花不過西園路嫩陰綠樹政是春留處　燕子重來往事東流去征衫貯舊寒一縷淚溼風

簾絮

又試燈夜初晴

捲盡愁雲素娥臨夜新梳洗晴塵不起酥潤凌波地輦路重來彷彿燈前事情如水小樓薰被春夢笙歌裏

訴衷情 春曉

陰陰綠潤暗啼鴉陌上斷香車紅雲深處春在飛出建章花 春此去那天涯幾煙沙忍教芳草狼籍斜陽人未歸家

又 春晴

柳腰空舞翠裙煙盡日不成眠花塵浪捲清晝漸變晚陰天 吳社水繫游船又經年東風不管燕子初來一夜春寒

又 七夕

西風吹鶴到人間涼月滿緱山銀河萬里秋浪重載客槎還 河漢女巧雲鬟夜闌干釵頭新約鍼眼嬌顰樓上秋寒

夜遊宮 竹窗聽雨坐久隱几就睡既覺見水仙娟娟于燈影中

窗外梢溪雨響映窗裏嚼花燈冷渾似瀟湘繫孤艇

見幽仙步凌波月邊影 香苦欺寒勁牽夢繞滄濤千頃夢覺新愁舊風景紺雲欹玉搔斜酒初醒

又 春晴

春語鶯迷翠柳煙隔斷晴波遠岫寒壓重簾幔拖繡袖鑪香倩東風與吹透 花訊催時候舊相思偏供閒晝春淡情濃半中酒玉痕消似梅花更清瘦

醉桃源 贈盧長笛

沙河塘上舊遊嬉盧郎年少時一聲長笛月中吹和雲和雁飛 驚物換歎星移相看兩鬢絲斷腸吳苑草淒淒倚樓人未歸

又 芙蓉

青春花姊不同時淒涼生較遲豔妝臨水最相宜風來吹繡漪 驚舊事問長眉月明僊夢回凭闌人但覺秋肥花愁人不知

又 會飲豐樂樓

翠陰濃合曉鶯隄春如日墜西畫圖新展遠山齊花深十二梯 風絮晚醉魂迷隔城聞馬嘶落紅微沁繡鴛泥鞦韆教放低

如夢令 春景

鞦韆爭鬧粉牆閒看燕紫鶯黃啼到綠陰處喚回淚

子閒忙春光春光正是拾翠尋芳

望江南 賦畫臨照女

衣白苧雪面墮愁鬟不識朝雲行雨處空隨春夢到人間留向畫圖看 慵臨鏡流水洗花顏自織蒼煙湘淚冷誰撈明月海波寒天淡霧漫漫

又 茶

松風遠鶯燕靜幽芳妝褪宮梅人倦繡夢回春草日初長藝碗試新湯 笙歌斷情與絮悠颺石乳飛時離鳳怨玉纖分處露花香人去月侵廊

定風波 春情

密約偷香□踏青小車隨馬過南屏回首東風消鬢影重省十年心事夜船燈 離骨漸塵橋下水到頭難滅景中情兩岸落花殘酒醉煙冷人家垂柳未清明

月中行 和黃復庵

疎桐翠竹早驚秋葉葉雨聲愁燈前倦客老貂裘燕去柳邊樓 吳宮寂寞空煙水渾不認舊采菱洲秋花旋結小盤虬蝶怨夜香留

虞美人 秋感

背庭緣恐花羞墜心事遙山裏小簾愁捲月籠明一

寸秋懷禁得幾蛩聲　井梧不放西風起供與離人
睡夢和新月未圓時起看簷蛛結網又尋思

菩薩蠻　春情

綠波碧草長隄色東風不管春狼籍魚沫細痕圓燕泥花唾乾　無情牽怨柳畫舸紅樓側斜日起憑闌垂楊舞曉寒

賀新郎　湖上有所贈

湖上芙蓉早向北山山深霧冷更看花好流水茫茫城下夢空指遊仙路杳笑蘿障雲屏親到雪玉肌膚春溫夜飲湖光山綠成花貌臨溯水弄清照　著愁不盡宮眉小聽一聲相思曲裏賦情多少紅日闌干鴛鴦枕那枉裙腰褪了算誰識垂楊枝裊不是秦樓無緣分點吳霜羞帶簪花帽但殢酒任天曉

又　爲德清趙令居賦小垂虹

浪影龜紋皺蘸平煙青紅半溼枕溪窗牖千尺晴霞慵臥冰萬疊羅屏擁繡慢幾度吳船回首歸雁五湖應不到問蒼茫釣雪人知否樵唱杳度深秀　重來趁得花時候記留連空山夜雨短亭春酒桃李新栽成蹊處盡是行人去後但東閣官梅清瘦欸乃一聲山水綠燕無言風定垂簾晝寒正悄韓吟袖

婆羅門引 為懷寧趙仇香賦

香霏沉酒瘴花初洗玉壺冰西風作入吳城吹徹玉笙何處曾說董雙成奈司空經慣未暢高情 瑤臺幾層但夢繞曲闌行空憶雙蟬□翠寂寂秋聲堂空露涼倩誰喚行雲來洞庭團扇月只隔煙屏

又郭清華席上為放琴客而新有所盼賦以見喜

風漣亂翠酒霏飄汗洗新妝幽情暗寄蓮房弄雪調冰重會臨水暮追涼正碧雲不破素月微行 雙成夜笙斷舊曲解明璫別有紅嬌粉潤初試霓裳分蓬調郎又拈惹花茸碧唾香波暈切一盼秋光

祝英臺近 悼得趣贈宏庵

黯春陰收燈後寂寞幾簾戶一片花飛人駕綵雲去應是蛛網金徽拍天寒水恨聲斷孤鴻洛浦 對君訴團扇輕委桃花流紅為誰賦□□□□從今醉何處可憐憔悴文園曲屏春到斷腸句落梅愁雨

又上元

晚雲開朝雪霽時節又燈市夜約遺香南陌少年事笙簫一片紅雲飛來海上繡簾捲湘桃春起 舊遊地素娥城闕年年新妝趁羅綺玉練冰輪無塵涴流

水曉霞紅處啼鴉良宵一夢畫堂正日長人睡

西子妝慢 夢窗自度腔 湖上清明薄遊

流水麴塵豔陽醅酒畫舸遊情如霧笑拈芳草不知名淩波斷橋西堍垂楊漫舞總不解將春繫住燕歸來問綵繩纖手如今何許 懽盟誤一箭流光又趁寒食去不堪衰鬢著飛花傍綠陰冷煙深樹玄都秀句記前度劉郎曾賦最傷心一片孤山細雨

江南春 杜衡山莊

風響牙籤雲寒古硯芳名猶在堂筠秋牀聽雨妙謝庭春草吟筆城市喧鳴轍清溪上小山秀潔便向此搜松訪石葺屋營花紅塵遠避風月 瞿塘路隨漢節記羽扇綸巾氣淩諸葛青天萬里料漫憶蓴絲鱸雪車馬從休歇榮華事醉歌耳熱天與此翁芳芷嘉名紉蘭佩兮瓊玦

夢芙蓉 趙昌芙蓉圖梅津所藏

西風搖步綺記長隄驟過紫騮十里斷橋南岸人在晚霞外錦溫花共醉當時曾共秋被自別霓裳應紅銷翠冷霜枕正慵起 慘淡西湖柳底搖蕩秋魂夜月歸環珮畫圖重展驚認舊梳洗去來雙翡翠難傳眼恨眉意夢斷瓊娘僊雲深路杳城影蘸流水

高山流水 丁基仲側室善絲桐賦詠曉達音呂備歌舞之妙

素絃一一起秋風寫柔情多在春葱徽外斷腸聲霜霄暗落驚鴻低顰處翦綠裁紅仙郎伴新製還賡舊曲映月簾櫳似名花並蔕日日醉春濃 吳中空傳有西子應不解換徵移宮蘭蕙滿襟懷唾碧總噴花茸後堂深想費春工客愁重時聽蕉寒雨碎淚溼瓊鍾恁風流也稱金屋貯嬌慵

霜花腴 重陽前一日汎石湖

翠微路窄醉晚風憑誰爲整欹冠霜飽花腴燭銷人瘦秋光做也都難病懷强寬恨雁聲偏落歌前記年時舊宿淒涼暮煙秋雨野橋寒 妝靨鬢英爭豔度清商一曲暗墜金蟬芳節多陰蘭情稀會晴暉稱拂吟牋更移畫船引珮環邀下嬋娟算明朝未了重陽紫萸應奈看

澡蘭香 淮安重午

盤絲繫腕巧篆垂簪玉隱紺紗睡覺銀瓶露井彩箑雲窗往事少年依約爲當時曾寫榴裙傷心紅綃褪萼黍夢光陰漸老汀洲煙蒻 莫唱江南古調怨抑難招楚江沈魄薰風燕乳暗雨梅黃午鏡澡蘭簾幕

念秦樓也擬人歸應翦菖蒲自酌但悵望一縷新蟾隨人天角

玉京謠　陳仲文自號藏一蓋取坡詩中萬人如海一身藏語爲度夷則商犯无射宮腔製此贈之

蝶夢迷清曉萬里無家歲晚貂裘弊載取琴書長安閒看桃李爛錦繡人海花場任客燕飄零誰計春風裏香泥九陌文梁孤壘　微吟怕有詩聲翳鏡慵看但小樓獨倚金屋千嬌從他鴛暖秋被蕙帳移煙雨孤山待對影落梅清泚終不似江上翠微流水

探芳新　吳中元日承天寺遊人

九街頭正輭塵潤酥雪消殘溜禊賞祇園花豔雲陰籠畫層梯空麝散擁淩波縈翠袖歎年端連環轉爛熳遊人如繡　腸斷迴廊竚久便寫意濺波傳愁蹙岫漸沒飄鴻空惹閒情春瘦椒杯香乾醉醒怕西窗人散後暮寒深遲回處自攀庭柳

鳳池吟　慶梅津自畿漕除右司郎官

萬丈巍臺碧罘罳外衮衮野馬遊塵舊文書几閣昏朝醉暮覆雨翻雲忽變清明紫垣敕使下星辰經年事靜公門如水帝甸陽春　長年父老相語幾百年

見此獨駕冰輪又鳳鳴黃幕玉霄平遡鵲錦輕恩事
省中書半紅梅子薦鹽新歸來晚待慶吟殿閣南薰

念奴嬌　賦德明縣圖明秀亭

思生晚眺岸烏紗平步春雲層綠罨畫屏風開四面
各樣鶯花結束寒欲殘時香無著處千樹風前玉遊
蜂飛過隔牆疑是金谷　偏稱晚色橫煙愁凝峩髻
淡生綃裙幅縹緲孤山南畔路相對花房竹屋溪足
沙明巖陰石秀夢冷吟亭宿松風古澗高調月夜清
曲

惜紅衣　余從姜石帚遊苕霅間三十五年矣重
來傷今感昔聊以詠懷

鷺老秋絲蘋愁暮雪鬢那不白倒柳移栽如今暗溪
碧烏衣細語傷伴惹茸紅曾約南陌前度劉郎尋流
花蹤跡　朱樓水側雪面波光汀蓮沁顏色當時醉
近繡箔夜吟三十六磯重到清夢冷雲南北買釣舟
溪上應有煙蓑相識

江南好　友人還中吳密圍坐客杯深情浹不覺
沾醉越翼日吾儕載酒問奇字時齋示江南
好詞紀前夕之事聊次韻

行錦歸來畫眉添嫵暗塵重拂雕籠穩瓶泉暖花隘

聞春容圍密籠香晻靄鬟頻纖手新點團龍溫柔處垂楊韡髻暗豆花紅　行藏多是客鶯邊話別橘下相逢算江湖幽夢頻繞殘鐘好結梅兄礬弟莫輕似西燕南鴻偏宜醉寒欺酒力簾外凍雲重

雙雙燕　賦題

小桃謝後雙雙燕飛來幾家庭戶輕煙曉暝湘水暮雨遙度簾外餘寒未捲共斜入紅樓深處相將占得雕梁似約韶光留住　堪舉翩翩翠羽楊柳岸泥香半和梅雨落花風輭戲從亂紅飛舞多少呢喃意緒盡日向流鶯分訴還過短牆誰會萬千言語

洞僊歌　方庵春日花勝宴客為得鷄慶花翁賦詞俾屬韻末

芳辰良宴人日春朝並細縷青絲裹銀餅更玉犀金綵沾座分簪歌圍暖梅曆桃脣鬭勝　露房花曲折鶯入新年添個宜男小山枕待枝上飽東風結子成陰藍橋去還覓瓊漿一飲料別館西湖最情濃爛畫舫月明醉宮袍錦

又　賦黃木香贈辛稼軒

花中慣識壓架瓏璁雪可見湘英閒瑱葉恨春風將了染額人歸留得個裊裊垂香帶月　鵝兒真似酒

我愛幽芳還比荼蘼又嬌絶自種古松根待黃龍亂飛上蒼髯𢄙五鬣更老仙添與筆端春敢喚起桃花問誰優劣

夢窗甲藁

夢窗乙藁

目錄

夢窗乙藁目錄

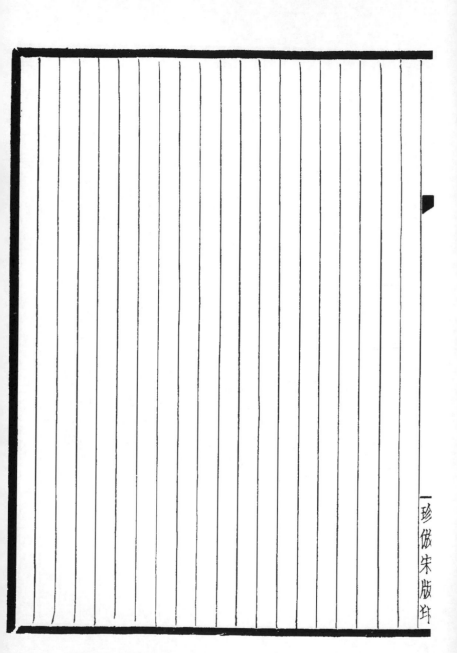

夢窗乙藁

江神子　李別駕招飲海棠花下

翠紗籠袖映紅霏冷香飛洗凝脂睡足嬌多還是夜深宜翻怕迴廊花有影移燭暗放簾垂　尊前不按駐雲詞料花枝妒蛾眉丁祝東風莫送片紅飛春重錦堂人盡醉和曉月帶花歸

又　送桂花吳憲時已有檢詳之命未赴闕

天街如水翠塵空建章宮月明中人未歸來玉樹起秋風寶粟萬釘花露重催賜帶過垂虹　夜涼沈水繡簾櫳酒香濃霧濛濛釵列吳娃腰褭帶金蟲三十六宮蟾觀冷留不住珮丁東

又　十日荷塘小隱賞桂呈翔翁

西風來晚桂開遲月宮移到東籬簌簌驚塵吹下半冰規擬喚阿嬌來小隱金屋底亂香飛　重陽還是隔年期蝶相思客情知吳水吳煙愁裏更多詩一夜看承應未別秋好處雁來時

又　送翁五峯自鶴江還都

西風一葉送行舟淺遲留艤汀洲新浴紅衣綠水帶香流應是離宮城外晚人竚立小簾鈎　新歸重省別來愁黛眉頭半痕秋天上人間斜月繡針樓湘淚

莫迷花蝶夢江上約負輕鷗

風入松 爲友人訪琴客賦

春風吳柳幾番黃懽事小蠻窗梅花正結雙頭夢玉龍吹散幽香昨夜燈前歛黛今朝陌上啼妝 最憐無侶伴雛鶯桃葉已春江曲屏先暖鴛衾慣夜寒深都是思量莫道藍橋路遠行雲只隔幽坊

又 春晚感懷

聽風聽雨過清明愁草瘞花銘樓前綠暗分攜路一絲柳一寸柔情料峭春寒中酒交加曉夢啼鶯 西園日日掃林亭依舊賞新晴黃蜂頻撲鞦韆索有當時纖手香凝惆悵雙鴛不到幽階一夜苔生

又 桂

蘭舟高蕩漲波涼愁被矮橋坊暮煙疏雨西園路誤秋娘淺約宮黃還泊郵亭喚酒舊曾送客斜陽 蟬聲空曳別枝長似曲不成商御羅屏底翻歌扇憶西湖臨水開窗和醉重尋幽夢殘衾已斷薰香

又 鄰舟妙香

畫船簾密不藏香飛作楚雲狂傍懷半捲金鑪燼怕暖消春日朝陽清馥晴薰殘醉斷煙無限思量 凭闌心事隔垂楊樓燕鎖幽妝梅花偏惱多情月慰溪

橋流水昏黃哀曲霜鴻悽斷夢魂寒蝶悠颺

豐樂樓 節齋新建此樓夢窗淳熙十一年二月甲子作是詞大書于壁望幸焉

天吳駕雲閬海凝春空燦綺倒銀海蘸影西城四碧天鏡無際綵翼曳扶搖宛轉雩龍降尾交新霽近玉虛高處天風笑語吹墜 清濯緇塵快展曠眼傍危闌醉倚面屏障一一鶯花薜蘿浮動金翠貫朝昏晴光雨色燕泥動紅香流水步新梯藐視年華頓非塵世 麟翁袞舄領客登臨座有誦魚美翁笑起離席而語敢詫京兆以後爲功落成奇事明良慶會賡歌熙載隆都觀國多閒暇遣丹青雅飾繁華地平瞻太極天街潤納璇題露牀夜沈秋緯 清風觀闕麗日罘罳正午長漏遲爲洗盡脂痕茸唾淨捲麴塵永晝低垂繡簾十二高軒駟馬峨冠鳴珮班回花底修禊飲御爐香分朝衣袂碧桃數點飛花湧出宮溝遡春萬里

又春晚感懷

殘寒政欺病酒掩沈香繡戶燕來晚飛入西城似說春事遲暮畫船載清明過卻晴煙冉冉吳宮樹念羈情遊蕩隨風化爲輕絮 十載西湖傍柳繫馬趁嬌

塵輭霧迷紅漸招入仙溪錦兒偷寄幽素倚銀屏春寬夢窄斷紅溼歌紈金縷暝隄空輕把斜陽總還鷗鷺　幽蘭旋老杜若還生水鄉尚寄旅別後訪六橋無信事往花委瘞玉埋香幾番風雨長波妒盼遙山羞黛漁燈分影春江宿記當時短檝桃根渡青樓彷彿臨分敗壁題詩淚墨慘澹塵土　危亭望極草色天涯嘆鬢侵半苧暗點檢離痕歡唾尚染鮫綃嚲鳳迷歸破鸞慵舞殷勤待寫書中長恨藍霞遼海沈過雁漫相思彈入哀箏柱傷心千里江南怨曲重招斷魂在否

又詠荷和趙修全韻

橫塘穿棹豔錦引鴛鴦弄水斷霞晚笑折花歸紺紗低護燈蘂潤玉瘦冰輕倦浴斜拖鳳股盤雲墜聽銀牀聲細梧桐漸覺涼思　窗隙流光過如迅羽愬空梁燕子誤驚起風竹敲門故人還又不至記琅玕新詩細掐早陳迹香痕纖指怕因循羅扇恩疎又生秋意　西湖舊日畫舸頻移嘆幾縈夢寐霞佩冷疊瀾不定麝靄飛雨乍溼鮫綃暗盛紅淚練單夜共波心宿處瓊簫吹月霓裳舞向明朝未覺花容悴嫣香易落回頭淡碧銷煙鏡空畫羅屏裏　殘蟬度曲唱徹

西園也感紅怨翠念省慣吳宮幽憩暗柳追涼曉岸參斜露零鷗起絲縈寸藕留連權事桃笙平展湘浪影有昭華穠李冰相倚如今鬢點淒霜半篋秋詞恨盈蠹紙

天香 蠟梅

蟫葉粘霜蠅苞綴凍生香遠帶風峭嶺上寒多溪頭月冷北枝瘦南枝小玉奴有姊先占立牆陰春早初試宮黃淡薄偷分壽陽纖巧 銀燭淚深未曉酒鍾慳貯愁多少記得短亭歸馬暮衙蜂鬧荳蔻釵梁恨裊但悵望天涯歲華老遠信難封吳雲雁杳

玉漏遲 春情

絮花寒食路晴絲罥日綠陰吹霧客帽欺風愁滿畫船煙浦綵柱鞦韆散後悵塵鎖燕簾鶯戶從閒阻夢雲無準鬢霜如許 夜久繡閣藏嬌記掩扇傳歌翦燈留語月約星期細把花鬚頻數彈指一襟怨恨漫空倩啼鵑聲訴深院宇黃昏杏花微雨

又 春情古腔

杏香飄禁苑須知自古皇州春早燕子來時繡陌亂薰芳草蕙圃夭桃過雨弄碎影紅篩碧沼深院悄綠楊晝日鶯聲爭巧 早是賦得多情更對景臨風鎮

享歡笑數曲闌干故人漫勞登眺天際微雲過盡亂峯鎖一竿殘照歸路杳東風淚零多少

金盞子 賦秋壑西湖小築

卜築西湖種翠蘿猶傍軟紅塵裏來往載清吟為偏愛吾盧畫船頻繫笑攜兩色晴光入春明朝市石橋鎖煙霞五百名仙第一人是　臨酒論深意流光轉鶯花任亂委泠然九秋肺腑應多夢巖局冷雲空翠漱流枕石幽情寫猗蘭綠綺轉城處他山小隊登臨待西風起

又吳城連日賞桂一夕風雨悉已零落獨寓窗晚花方作小蕾未及見開有新邑之役朅來西館籬落閒嫣然一枝可愛見似人而喜為賦此解

賞月梧園恨廣寒宮樹曉風搖落莓砌掃珠塵空腸斷薰爐燼消殘蕚殿秋尚有餘花鎖煙窗雲幄新雁又無端送人江上短亭初泊　籬角夢依約人一笑惺忪翠袖薄悠然醉魂喚醒幽叢畔淒香霧雨漠漠晚吹作顫秋聲早屏空金雀明朝想猶有數點蜂黃伴我斟酌

永遇樂 過李氏晚妝閣見壁閒舊所題詞遂再

賦

春酌沈沈晚妝的的仙夢遊慣錦漵維舟青門倚蓋還被籠鶯喚裴郎歸後崔娘沈恨漫客請傳芳卷聯題在頻經翠袖勝隔紺紗塵幔　桃根杏葉膠粘緗縹幾回凭闌人換峨髻愁雲蘭香膩粉都爲多情褪離巾拭淚征袍染醉強作酒朋花伴留連怕風姨浪妒又吹雨斷

又　探梅次時齋韻

閣雪雲低捲沙風急驚雁失序戶掩寒宵屏閑冷夢燈颭脣語似甚憐窗景都閑刺繡但續舊愁一縷鄰歌散羅襟印粉袖溼蒨桃紅露　西湖舊日留連清夜愛酒幾將花誤遺襪塵消題裙墨黯天遠吹笙路吳臺直下緗梅無限未放野橋香度重謀醉揉香弄影水清淺處

玉蝴蝶　秋感

角斷籤鳴疎點倦螢透隙低弄書光一寸悲秋生動萬種淒涼舊衫染唾凝花碧別淚想妝洗蜂黃楚魂傷雁汀沙冷來信微茫　都忘孤山舊賞水沈熨露岸錦宜霜敗葉題詩御溝應不到流湘數客路又隨淮月羨故人還買吳航雨凝望滿城風雨催送重陽

又 秋恨

晚雨未催宮樹可憐閑葉猶抱涼蟬短景歸秋吟思又接愁邊漏初長夢魂難禁人漸老風月俱寒想幽歡土花庭甃蟲網闌干 無端啼蛄攪夜恨隨團扇苦近秋蓮一曲當樓謝娘懸泪立風前故園晚強留詩酒新雁遠不致寒暄隔蒼煙楚香羅袖誰伴嬋娟

絳都春 元夕

融和又報作瑞靄霽色皇都春早翠幰競飛玉勒爭馳都門道鰲山綵結蓬萊島向晚景雙龍銜照絳綃樓上彤芝蓋底仰瞻天表 縹緲風傳帝樂慶三殿共賞羣仙同到迤邐御香飄滿人間聞嬉笑須臾一點星球小漸隱隱鳴鞘聲杳遊人月下歸來洞天未曉

又 為郭清華內子壽

香深霧暖正人在錦瑟年華深院舊日漢宮分得紅蘭滋吳苑臨池羞落梅花片弄水月初勻妝面紫煙籠處雙鸞共跨洞簫低按 歌管紅圍翠袖凍雲外似覺東風先轉繡畔晝遲花底天寬春無限仙郎驕馬瓊林宴待捲上珠簾教看更傳鶯入新年寶釵夢鷰

又爲李篔房量珠賀

情粘舞綫悵駐馬灞橋天寒人遠旋翦露痕移得春嬌栽瓊苑流鶯長語煙中怨恨三月飛花零亂豔陽歸後紅藏翠掩小坊幽院　誰見新腔按徹背燈暗共倚寶屏葱蒨繡被夢輕金屋裝深沈香換梅花重洗春風面正溪上參橫月轉並禽飛上金沙瑞香雲暖

又燕亡久矣京口適見似人悵怨有感

南樓墜燕又燈暈夜涼疎簾空捲葉吹暮喧花露晨晞秋光短當時明月娉婷畔悵客路幽扃俱遠霧鬢依約除非照影鏡空不見　別館秋娘乍識似人處最在雙波凝盼舊色舊香閑雨閑雲情終淺丹青難畫真真面便只作梅花頻看更愁花變梨雯又隨夢散畔當作伴

又余往來清華池館六年賦咏屢以感昔傷今益不堪懷乃復作此解

春來雁渚弄豔冶又入垂楊如許困舞瘦腰啼溼宮黃池塘雨碧沿蒼蘚雲根路尚追想淩波微步小樓重上憑誰爲唱舊時金縷　凝竚煙蘿翠竹欠羅袖爲倚天寒日暮強醉梅邊招得花奴來尊俎東風須

惹春雲住莫把飛瓊吹去便教移取薰籠夜溫繡戶

惜秋華 重九

細響殘蛩傍燈前似說深秋懷抱怕上翠微傷心亂煙殘照西湖鏡掩塵沙翳曉影秦鬟雲擾新鴻喚淒涼漸入紅萸烏帽　江上故人老視東籬秀色依然娟好晚夢趁鄰杵斷乍將愁到秋娘淚溼黃昏又滿城雨輕風小閣了看芙蓉畫船多少

又七夕

露罥蛛絲小樓陰墮月秋驚華鬢宮漏未央當時鈿釵送遺恨人間夢隔西風算天上年華一瞬相逢縱相疏勝卻巫陽無準　何處動涼訊聽露井梧桐楚騷成韻綵雲斷翠羽散此情難問銀河萬古秋聲但望中婺星清潤輕俊度金針漫牽方寸

又七夕前一日送人歸鹽官

數日西風打秋林棗熟還催人去瓜果夜深斜河擬看星度匆匆便倒離尊悵遇合雲銷萍聚留連有殘蟬韻晚時歌金縷　綠水暫如許奈南牆冷落竹煙槐雨此去杜曲已近紫霄尺五扁舟夜宿吳江正水珮霓裳無數眉嫵問別來解相思否

又木芙蓉

路遠仙城自玉郎去卻芳卿憔悴錦段鏡空重鋪步幢新綺凡花瘦不禁秋幻膩玉腴紅鮮麗相攜試新妝乍畢交扶輕醉　長記斷橋外驟玉驄過處千嬌凝睇昨夢頓醒依約舊時眉翠愁邊暮合碧雲倩唱入六么聲裏風起舞斜陽闌干十二大曲六么王子喬芙蓉城事有樓名碧雲

惜黃花慢　次吳江小泊夜飲僧窗惜別邦乂趙簿攜小妓侑尊連歌數闋皆清真詞酒盡已四鼓賦此詞餞尹梅津

送客吳皐正試霜夜冷楓落長橋望天不盡背城漸杳離亭黯黯恨水迢迢翠香零落紅衣老暮愁鎖殘柳眉梢念瘦腰沈郎舊日曾繫蘭橈　仙人鳳咽瓊簫悵斷魂送遠九辯難招醉鬟留盼小窗翦燭歌雲載恨飛上銀霄素秋不解隨船去敗紅趁一葉寒濤夢翠翹怨紅料過南譙

十二郎　垂虹橋　上有垂虹亭屬吳江

素天際水浪拍碎凍雲不凝記曉葉題霜秋燈吟雨曾繫長橋過艇又是賓鴻重來後猛賦得歸期纔定嗟繡鴨解言香鑪堪釣尚廬人境　幽興爭如共載越娥妝鏡念倦客依前貂裘茸帽重向淞江照影酹

酒滄茫倚歌平遠亭上玉虹腰冷迎醉面暮雪飛花
幾點黛愁山暝

燭影搖紅 壽嗣榮王

天桂飛香御花簇座千秋宴笑從王母摘仙桃瓊醴
雙金盞掌上龍珠照眼映羅圖星暉海潤浮槎遠到
水淺蓬萊秋明河漢 寶月將弦晚鉤斜掛西簾捲
未須十日便中秋爭看清光滿淨洗紅塵障面賀朝
霖催班正殿喜回天上紫府開筵瑤池宣勸

又賦德清縣圖古紅梅

莓鎖虹梁稽山祠下當時見橫斜無分照溪光珠網
空凝徧姑射青春對面駕飛虬羅浮路遠千年春在
新月苔池黃昏山館 花滿河陽爲君羞褪晨妝蒨
雲根直下是銀河客老秋槎變雨外紅鉛洗斷又晴
霞驚飛暮管倚闌只怕弄水鱗生乘東風便

醜奴兒 麓翁飛翼樓觀雪

東風未起花上纖塵無影峭雲溼凝酥深塢乍洗梅
青鉤簾愁絲冷浮虹氣海空明若耶門閉扁舟去懶
客思鷗輕 幾度問春倡紅冶翠空媚陰晴看真色
千巖一素天淡無情醒眼重開玉鉤簾外曉峯青相
扶輕醉越王臺上更最高層

又　雙清樓在錢塘門外

空濛乍斂波影簾花晴亂正西子梳妝樓上鏡舞青鸞潤逼風襟滿湖山色入闌干天虛鳴籟雲多易雨長帶秋寒　遙望翠凹隔江時見越女鬟低算堪羨煙沙白鷺暮往朝還歌管重城醉花春夢半香殘乘風邀月持杯對影雲海人間

木蘭花慢　陪倉幕遊虎邱時魏益齋已被親擢陳芬窗李方庵皆將滿秩

紫騮嘶凍草曉雲鎖岫眉顰正蕙雪初消松腰玉瘦憔悴真真輕藜漸穿險磴步荒苔猶認瘞花痕千古興亡舊恨半邱殘日孤雲　開尊重弔吳魂嵐翠冷洗微醺問幾曾夜宿月明起看劍水星紋登臨總成去客更輕紅先有探芳人回首滄波故苑落梅煙雨黃昏

又　重遊虎邱

步層邱翠莽處更春寒漸晚色催陰風花弄雨愁起闌干鷩翰帶雲去杳任紅塵一片落人間青塚麒麟有恨臥聽簫鼓遊山　年年葉外花前嬌豔楚鬟成潘嘆寶匳塵久青萍共化裂石空磐塵緣酒沾粉汙問何人從此濯清泉一笑掀髯付與寒松瘦倚蒼巒

又　重泊

酹清杯問水，慣曾見幾逢迎自越棹輕飛秋蓴歸後杞菊荒荆孤鳴舞鷗慣下又漁歌忽斷晚煙生雪浪閒銷釣石冷楓頻落江汀　長亭春恨何窮目易盡酒微醒悵斷魂西子淒波去杳環珮無聲陰晴最無定處破浮雲多翳鏡華明□曉東風霽色綠楊樓外山青

又　施芸隱隨繡節過浙東作詞留別用其韻以餞

幾臨流送遠漸荒落舊郵亭念西子初來當時望眼啼雨難晴娉婷素紅共載到越吟翻調倚吳聲得意東風去棹怎憐會重離輕　雲零夢轉浮鷁流水畔敘幽情恨賦筆分攜江山委秀桃李荒荆經行問春在否過汀洲暗憶百花名鶯縷爭堪細折御黃隄上重盟

喜遷鶯　同丁基仲過希道家看牡丹

凡塵流水正春在絳闕瑤階十二暖日明霞天香盤錦低映曉光梳洗故苑涴花沈恨化作妖紅斜紫困無力倚闌干還倩東風扶起　公子留意處羅蓋牙籤一一花名字小扇翻歌密圍留客雲葉翠溫羅綺

豔波紫金杯重人倚妝臺微醉夜和露翦殘枝點點花心清淚

又 福山蕭寺歲除

江亭年暮趁飛雁又聽數聲柔櫓藍尾杯單膠牙餳淡重省舊時羇旅雪舞野梅籬落寒擁漁家門戶晚風峭做初番花訊春還知否 何處圍豔冶紅燭畫堂博簺良宵午誰念行人愁先芳草輕送年華如羽自剔短檠不睡空索綵桃新句便歸好料鵝黃已染西池千縷

探芳信 與李方庵聯舟入杭時方庵至嘉興索舊燕同載是夕雪大作林麓洲渚皆瓊瑤方庵馳小序求詞且約訪蔡公甫

夜寒重見羽葆將迎飛瓊入夢整素妝歸處中宵按瑤鳳舞春歌夜棠梨岸月冷和雲凍畫船中太白仙人錦袍初擁 應過浯溪否試笑挹中郎還叩清弄粉黛湖山欠攜酒共飛輦洗杯時換銅瓶水待作梅花供問何時帶雨鋤煙自種

又 丙申歲吳燈市盛常年余借宅幽坊一時名勝遇合置杯酒接殷勤之懽甚盛事也分鏡字韻

暖風定正賣花吟春去年曾聽旋自洗幽蘭銀瓶釣金井斗窗香暖慳留客街鼓還催瞑調雛鶯試遣深杯喚將愁醒　燈市又重整待醉勒遊韁緩穿斜徑暗憶芳盟綃帕淚猶凝吳宮十里吹笙路桃李都羞靚繡簾人怕惹飛梅翳鏡

聲聲慢 詠桂花

藍雲籠曉玉樹懸秋交加金釧霞枝人起昭陽禁寒粉粟生肌濃香最無著處漸冷香風露成霏繡茵展怕空階驚墜化作螢飛　三十六宮愁重問誰持金鍤和月都移掣鎖西廂清尊素手重攜秋來鬢華多少任烏紗醉壓花低正搖落嘆淹留客又未歸

又四香○友人以梅蘭瑞香水仙供客曰四香分韻得風字

雲深山塢煙冷江皐人生未易相逢一笑燈前釵行兩兩春容清芳夜爭真態引生香撩亂東風探花手與安排金屋懊惱司空　憔悴欹翹委珮恨玉奴消瘦飛趁輕鴻試問知心尊前誰最情濃連呼紫雲伴最小丁香纔吐微紅還解語待攜歸行雨夢中最當作醉

又飲時貴家即席三姬求詞

春星當戶眉月分心羅屏繡幕圍香歌緩輕塵暗簌文梁秋桐泛商絲雨恨未回飄雪垂楊連寶鏡更一家姊妹曾入昭陽　鶯燕堂深誰到爲殷勤須放醉客疎狂暈減離懷孤負蘸甲清觴曲中倚嬌佯誤算只圖一顧周郎花鎮好駐年華長在鎖窗

又　宏庵宴席客有持桐子侑俎者自云其姬親剝之

寒簫驚墜香豆初收銀牀一夜霜深亂寫明珠金盤來薦清斟綠窗細剝檀皺料水晶微損春簪風韻處惹手香酥潤櫻口脂侵　重省追涼前事正風吟莎井月碎苔陰顆顆相思無情漫攪秋心銀臺翦花杯散夢阿嬌金屋沈沈甚時見露拾香釵燕墜金

又　贈藕花洲

六銖衣細一葉舟輕黃蘆堪笑浮槎何處汀洲雲瀾錦浪無涯秋姿淡凝水色豔真香不染春華笑歸去傍金波開戶翠屋爲家　回首紅妝青鏡與一川平綠五月晴霞蘋玉杯中西風不到窗紗端的舊連深意料采菱新曲羞誇秋瀲灩對年年人勝似花

又　餞魏繡使泊吳江爲友人賦

旋移輕鷁淺傍垂虹還因送客遲留淚雨橫波遙山

眉上新愁行人倚闌心事問誰知只有沙鷗念聚散幾楓丹霜渚蓴綠春洲　漸近香菰炊黍想紅絲織字未遠青樓寂寞漁鄉爭如連醉溫柔西窗夜深翦燭夢頻生不放雲收共悵望認孤煙起處是洲

又夏景

梅黃金重柳細絲輕園林暮煙如織殿角風微簾外燕喧鶯寂池塘綵鴛乍起露荷翻千點珠滴閒畫永稱瀟湘竿曳爛柯仙客　日午槐陰低轉茶甌罷清風頓生雨腋撚玉盤中朱李淨沈寒碧朋儕閒歌白雪卸紗巾尊俎狼籍有皓月照黃昏眠又未得

高陽臺豐樂樓

脩竹凝妝垂陽駐馬憑闌淺畫成圖山色誰題樓前有雁斜書東風緊送斜陽下弄舊寒晚酒醒餘自銷凝能幾花前頓老相如　傷春不在高樓上在燈前欹枕雨外薰爐怕艤遊船臨流可奈清癯飛紅若到西湖底攪翠瀾總是愁魚莫愁來吹盡香綿淚滿平蕪

又落梅

宮粉雕痕仙雲墮影無人野水荒灣古石埋香金沙鎖骨連環南樓不恨吹橫笛恨曉風千里關山半飄

零庭上黃昏月冷闌干　壽陽宮理秋愁鸞問誰調玉髓暗補香瘢細雨歸鴻孤山無限春寒離魂難倩招清此二夢縞衣解珮溪邊最愁人啼鳥晴明葉底清圓

又 送王歷陽以右曹赴闕

淝水秋寒淮隄柳色別來幾換年光紫馬行遲纔生夢草池塘便乘丹鳳天邊去禁漏催春殿稱觴過松江雪弄飛花冰解鳴璫　芳洲酒社詞場賦高臺陳迹曾醉吳王重上連山詩清月瘦昏黃春風侍女衣篝畔早鵲袍已暖天香到東園應費新題千樹苔蒼

又 壽毛荷塘

風裊垂楊雪消蕙草何如清潤潘郎風月襟懷揮毫倚馬成章仙都觀裏桃千樹映麴塵十里荷塘未歸來應戀花洲醉玉吟香　東風晴晝濃如酒正十分皓月一半春光燕子重來明朝傅夢西窗朝寒幾暖金爐燼料洞天日月偏長杏園詩應待先題嘶馬平康

倦尋芳 上元

海霞倒影空霧飛香天市催晚暮靨宮梅相對晝樓簾捲羅襪輕塵花笑語寶釵爭豔春心眼亂簫聲正風柔柳弱舞肩交燕　念窈窕東鄰深巷燈外歌沈

月上花淺夢雨離雲點點漏壺清怨珠絡香銷空念住紗窗人老羞相見漸銅壺閉春陰曉寒人倦

三姝媚 詠春情

吹笙池上道為王孫重來旋生芳草水石清寒過半春猶自燕沈鶯悄稚柳闌干晴蕩漾禁煙殘照往事依然爭忍重聽怨紅淒調 曲榭方亭初掃印蘚迹雙鴛記穿林窈頓隔年華似夢回花上露晞平曉恨逐孤鴻客又去清明還到便乾牆頭歸騎青梅已老

又 過都城舊居有感

湖山經醉慣漬春衫啼痕酒痕無限又客長安嘆斷衿零袂汙塵誰浣紫曲門荒沿敗井風搖青蔓對語東鄰猶是曾巢謝堂雙燕 春夢人間須斷但惟得當年夢緣能短繡屋秦箏傍海棠偏愛夜淺開宴舞歇歌沈花未減紅顏先變竚久河橋欲去斜陽淚滿

畫錦堂有感

舞影燈前簫聲酒外獨鶴華表重歸舊雨殘雲仍在門巷都非愁結春情迷醉眼老憐秋鬢倚蛾眉難忘處猶恨繡籠無端誤放鶯飛 當時征路遠懽事差十年輕負心期楚夢秦樓相遇共嘆相違淚香沾溼孤山雨瘦腰折損六橋絲何時向窗下翦殘紅燭夜

杪參移

又 過種山即越文種墓

帆落迴潮人歸故國山椒感慨重遊弓折霜寒機心已墮沙鷗燈前寶劍清風斷正五湖雨笠扁舟最無情巖上閑花腥染春愁　當時白石蒼松路解勒回玉輦霧掩山羞木客歌闌青春一夢荒邱年年古苑西風到雁怨啼綠水葒秋暮登臨幾樹殘煙西北高樓

漢宮春 追和尹梅津賦俞園牡丹

花姥來時帶天香國豔羞掩名姝日長半嬌半困宿酒微蘇沈香檻北比人間風異烟殊春恨重盤雲墜髻碧花翻吐瓊盂　洛苑舊移仙譜向吳娃深館曾奉君娛猩脣露紅未洗客鬢霜鋪蘭詞沁壁過西園重載雙壺休漫道花扶人醉醉花卻要人扶

花心動 郭清華新軒

入眼青紅小玲瓏飛簷度雲微溼繡檻展春金屋寬花誰管采菱波狹翠深知是深多少都不放夕陽紅入待妝綴新漪漲翠小圓荷葉　此去春風滿篋應時鎖蛛絲淺虛塵榻夜雨試燈晴雪次梅趁取玳簪重盍捲簾不解招新燕春須笑酒慳歌澀半窗掩日

長困生翠睫

又 柳

十里東風裊垂楊長似舞時腰瘦翠館朱樓紫陌青門處處燕鶯晴晝乍看搖曳金絲袖春淺映鵝黃如酒嫩陰裏煙滋露染翠嬌紅溜 此際離鞍去久空追念郵亭短枝盈首海角天涯寒食清明淚點絮花沾袖遠年折贈行人遠今年恨依然纖手斷腸也羞眉畫應未就

八聲甘州 陪庾幕諸公遊靈巖

渺空煙四遠是何年青天墜長星幻蒼崖雲樹名娃金屋殘霸宮城箭徑酸風射眼膩水染花腥時靸雙鴛響廊葉秋聲 宮裏吳王沈醉倩五湖倦客獨釣醒醒問蒼天無語華髮奈山青水涵空闌干高處送亂鴉斜日落漁汀連呼酒上琴臺去秋與雲平

又 姑蘇臺和施芸隱韻

步晴霞倒影洗閑愁深杯灔風漪望越來清淺吳歛杳靄江雁初飛輦路凌空九險粉冷濯妝池歌舞煙霄頂樂景沈暉 別是青紅闌檻對女牆山色碧澹空眉問當時遊鹿應笑古臺非有誰招扁舟漁隱但寄情西子卻題詩閑風月暗消磨盡浪打鷗磯

又　和梅津

記行雲夢影，步凌波仙衣，翦芙蓉念杯前燭下十香搵袖玉暖屏風分種寒花舊盎蘚土蝕吳蚕人遠雲槎渺煙海沈蓬　重訪樊姬鄰里怕等閑易別那忍相逢試潛行幽曲心蕩匆匆井梧凋銅鋪低亞映小眉暫見立驚鴻空惆悵醉秋香畔往事朦朧

新雁過妝樓　秋感

夢醒芙蓉風簷近渾疑珮玉丁東翠微流水都是惜別行蹤宋玉秋花相比瘦賦情更苦似秋濃小黃昏紺雲暮合不見征鴻　宜城當時放客認燕泥舊迹返照樓空夜闌心事燈外敗壁寒蛩江寒夜楓怨落怕流作題情腸斷紅行雲遠料澹蛾人在秋香月中

又　中秋後一夕李方庵月庭延客命小妓過新水令坐間賦詞

閬苑高寒金樞動冰宮桂樹年年翦秋一半難破萬戶連環織錦相思樓影下鈿釵暗約小簾間共無眠素娥慣得西墜闌干　誰知壺中自樂正醉圍夜玉淺鬬嬋娟雁風自勁雲氣不上涼天紅牙潤沾素手聽一曲清歌雙霧鬟徐郎老恨斷腸聲在離鏡孤鸞

淒涼調　合肥巷陌皆種柳秋風夕起騷騷然余

客居闔戶時聞馬嘶出城四顧則荒煙野草不勝淒黯乃著此解琴有淒涼調假以爲名凡曲言犯者謂以宮犯商商犯宮之類如道調宮上字住雙調亦上字住所住字同故道調曲中犯雙調或于雙調曲中犯道調其他準此唐人樂書云犯有正旁偏側宮犯宮爲正宮犯商爲旁宮犯角爲偏宮犯羽爲側此說非也十二宮所住字各不同不容相犯十二宮特可犯商角羽耳余歸行都以此曲示國工田正德使以啞觱篥吹之其韻極美亦曰瑞鶴仙影

綠楊巷陌秋風起邊城一片離索馬嘶漸遠人歸甚處戍樓吹角情懷甚惡更衰草寒煙淡薄似當時將軍部曲迤邐度沙漠　追念西湖上小舫攜歌晚花行樂舊遊在否想如今翠凋紅落漫寫羊裙等新雁來時繫著怕匆匆不肯寄與誤後約

尾犯

夜雨滴空階孤館夢回情緒蕭索一片閑愁想丹青難摸秋漸老蛩聲正苦夜將闌燈花漸落最無端處忍把良宵只恁孤眠卻　佳人應怪我自別後寡信

輕諾記得當時翦香雲爲約甚時向幽閨深處按新
詞流霞共酌再同歡笑肯把金玉珠珍博

東風第一枝 情

傾國傾城非花非霧春風十里獨步勝如西子妖嬈
更比太真淡竚鉛華不御漫道有巫山洛浦似恁地
標格無雙鎮鎖畫樓深處 曾被風容易送去曾被
月等閑留住似花翻使花羞似柳任從柳妒不教歌
舞恐化綵雲輕舉信下蔡陽城俱迷看取宋玉詞賦

夜合花 自鶴江入京泊葑門外有感

柳暝河橋鶯暗臺苑短縈頻惹春香當時夜泊溫柔
便入深鄉詞韻窄酒杯長翦蠟花壺箭催忙共追遊
處淩波翠陌連棹橫塘 十年一夢淒涼似西湖燕
去吳館巢荒重來萬感依前喚酒銀缸溪雨急岸花
狂趁殘鴉飛過滄茫故人樓上憑誰指與芳草斜陽

夢窗乙藁

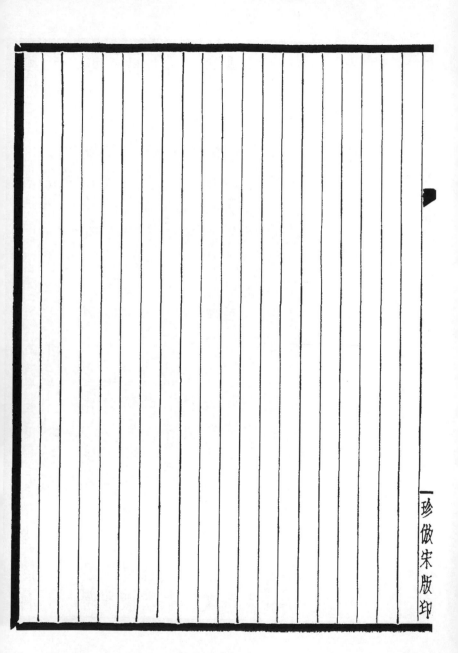

夢窗詞稿目錄

丙稿

絕筆

夢窗補遺

夢窗詞稿目錄

夢窗丙稿

宋　吳文英

丹鳳吟 賦陳宗之芸居樓

麗錦長安人海避影繁華結廬深寂燈窗雪戶光映夜寒東壁心彫鬢改鏤冰刻水縹簡離離風籤索索怕遺花蟲蠹粉自採秋芸熏架香泛纖碧　更上新梯窈窕暮山淡著城外色舊雨江湖遠問桐陰門巷燕曾相識吟壺天小不覺翠蓬雲隔桂斧月宮三萬手計元和通籍輭紅滿路誰聘幽素客

喜遷鶯 甲辰冬至寓越兒輩尚留瓜涇蕭寺

冬分人別渡倦客晚潮傷頭俱雪雁影秋空蝶情春蕩幾處路窮車絕把酒共溫寒夜倚繡添慵時節又底事對愁雲江國離心還折　吳越重會面檢點舊吟同看燈花結兒女相思年華輕送鄰戶斷簫聲噎待移杖藜雪後猶怯蓬萊寒闊晨起嬾任鴉林催曉梅窗沈月

柳梢青 與龜翁登研意觀雪懷癸卯歲臘朝斷橋並馬之游

斷夢遊輪孤山路杳越樹陰新流水凝酥征衫沾淚都是離痕　玉屏風冷愁人醉爛熳梅花翠雲傍夜

船回惜春門掩一鏡香塵

生查子 稽山對雪有感

暮雲千萬重寒夢家鄉遠愁見越溪娘鏡裏梅花面
醉情啼枕冰往事分釵燕三月灞陵橋心翦東風
亂

玉漏遲 中秋

雁邊風訊小飛瓊望杳碧雲先晚露冷闌干定怯藕
絲冰腕淨洗浮雲片玉勝花影春燈相亂秦鏡滿素
娥未肯分秋一半 每圓處卽良宵甚此夕偏饒對
歌臨怨萬里嬋娟幾許霧屏雲幔孤兎淒涼照水曉
風起銀河西轉摩淚眼瑤臺夢回人遠

一翦梅 贈友人

遠目傷心樓上山愁裏長眉別後蛾鬟暮雲低壓小
闌干教問孤鴻因甚先還 瘦倚溪橋梅夜寒雪欲
銷時淚不禁彈翦成釵勝待歸看春在西窗燈火更
闌

點絳脣 越山見梅

春未來時酒攜不到千巖路瘦還如許晚色天寒處
無限新愁難對風前語行人去暗銷春素橫笛空
山暮

絳都春 題蓬萊閣燈屏

螺屏暖翠正霧捲暮色星河浮霽路幕遮香街馬衝塵東風細梅槎凌海橫鼇背倩穩載蓬萊雲氣寶街斜轉冰娥素影夜清如水 應記千秋化鶴舊華表認得山川猶是暗解繡囊爭擲金錢游人醉笙歌曉度晴霞外又上苑春生一葦便教接宴鶯花萬紅鏡裏

祝英臺近 除夜立春

翦紅情裁綠意花信上釵股殘日東風不放歲華去有人添燭西窗不眠侵曉笑聲轉新年鶯語 舊尊俎玉纖曾擘黃柑柔香繫幽素歸夢湖邊還迷鏡中路可憐千點吳霜寒銷不盡又相對落梅如雨

燭影搖紅 元夕微雨

碧澹山姿暮寒愁沁歌眉淺障泥南陌潤輕酥燈火深深院入夜笙歌漸暖綵旗翻宜男舞徧恣游不怕素襪塵生行裙紅濺 銀燭籠紗翠屏不照殘梅怨洗妝清靨溼春風宜帶啼痕看楚夢留情未散素娥愁天長信遠曉窗移枕酒困香殘春陰簾捲

掃花游 賦瑤圃萬象皆春堂

暖波印日倒秀影秦山曉鬟梳洗步帷豔綺正梁園

未雪海棠猶睡藉綠盛紅怕委天香到地畫船繫舞西湖暗黃虹臥新霽　天夢春枕被和鳳笻東風宴歌曲水海宮對起燦驪光乍溼杏粱雲氣夜色瑤臺禁蠟初傳翡翠喚春醉問人間幾番桃李

西江月　賦瑤圃青梅枝上晚花

枝梟一痕雪在葉藏幾豆春濃玉奴最晚嫁東風來結梨花幽夢　香力添熏羅被瘦肌猶怯冰綃綠陰青子老溪橋羞見東鄰嬌小

宴清都　餞嗣榮仲享還京

翠羽飛粱苑連催發暮檣留話江燕塵階墮珥瑤扉乍鑰綵繩雙冒新煙暗葉成陰效翠嫵西陵送遠又趁得蕊露天香春留建章花晚　歸來笑折仙桃瓊樓宴萼金漏催箭蘭亭秀語烏絲潤墨漢宮傳甊紅歌醉玉天上倩鳳尾時題畫扇問幾時重駕巫雲蓬萊路淺

桃源憶故人

越山青斷西陵浦一岸密陰疏雨潮帶舊愁生暮曾折垂楊處　桃根桃葉當時渡嗚咽風前柔艣燕子不留春住空寄離檣語

浣溪沙　題史菊屏扇

門巷深深小畫樓闌干曾識凭春愁新蓬遮却繡鴛游　桃觀日斜香掩戶蘋溪風起水東流紫萸玉腕又逢秋

木蘭花慢　壽秋壑

記瓊林宴起輭紅路幾西風想漢影千年荊江萬頃杳信長通金狨錦韉賜馬又霜橫漢節棗仍紅細柳春陰喜色四郊秋事年豐　從容歲晚玉關長不閉靜邊鴻訪武昌舊壘山川相繆日費詩筒蘭宮繫書翠羽帶天香飛下玉芙蓉明月瑤笙奏徹倚樓黃鶴聲中

水龍吟　過秋壑湖上舊居寄贈

小湖北嶺雲多小園暗碧鶯啼處朝回勝賞墨池香潤吟船繫雨霓節千妃錦颿一箭攜將春去算歸期未卜青煙散後春城詠飛花句　黃鶴樓頭月午奏玉龍江梅解舞熏風紫禁嚴更清夢思懷幾許秋水生時賦情還在南屏別墅看章臺走馬長隄種取柔絲千樹

夜行船　贈趙梅壑

碧甃清漪方鏡小綺疏淨半塵不到古鬲香深宮壺花換留取四時春好　樓上眉山雲窕窈香衾夢鎮

疎清曉並蒂蓮開合歡屏屏暖玉漏又催朝朝早

朝中措 贈趙梅壑

吳山相對越山青湘水一春平粉字情深題葉紅波香染浮萍 朝雲暮雨玉壺塵世金屋瑤京晚雨西陵潮汎沙鷗不似身輕

塞翁吟 錢梅津除郎赴闕

有約西湖去移棹曉折芙蓉算終是稱心紅染不盡熏風千桃過眼春如夢還認錦疊雲重弄晚色舊香中旋撐入深叢 從容情猶賦冰車健筆人未老南屏翠峯轉河影浮查信早素妃叫海月歸來太液池東紅衣卸了結子成蓮天勁秋濃

風入松 壽梅壑

一颿江上暮潮平騎鶴過瑤京湘波山色青天外紅香蕩玉珮東丁西圃仍圓夜月南風微弄秋聲 阿咸才俊翠壺冰王母最憐生萬年枝上千年葉垂楊鬢春共青青連喚碧筩傳酒雲回一曲雙成

燭影搖紅 越上霖雨應禱

秋入燈花夜深簷影琵琶語越娥青鏡洗紅埃山鬬秦眉嫵相鬬金茸翠畝認城陰春耕舊處晚春相應新稻炊香疎煙林莽 清磬風前海沈宿褭芙蓉炷

阿香秋夢起嬌啼玉女傳幽素人駕海查未渡試梧
桐聊分宴俎採菱別調留取蓬萊霎時雲住

尾犯 贈浪翁重客吳門

翠被落紅妝流水膩香猶共吳越十載江楓冷霜波
成纈燈院靚涼花乍翦桂園深幽香旋折醉雲吹散
晚樹細蟬時替離歌咽 長亭曾送客偷賦錦雁留
別淚接孤城渺平蕪煙闊半菱鏡青門重售採香隄
秋蘭共結故人憔悴遠夢越來溪畔月

水龍吟 壽嗣榮王

望中璇海波新訊查又匝銀河轉金風細裊龍枝聲
奏鈞簫秋遠南極飛仙夜來催駕祥光重見紫霄承
露掌瑤池蔭密蟠桃秀蘂蓮綻 新棟晴暈凌漢半
涼生蘭繁書卷繡裳五色昆臺十二香深簾捲花萼
樓高處連清曉千秋傳宴賜長生玉字鸞迴鳳舞下
蓬萊殿

宴清都 壽秋壑

翠匝西門柳荊州昔未來時正春瘦如今賸舞西風
舊色勝東風秀黃粱露溼秋江轉萬里雲檣蔽晝正
虎落馬靜晨嘶連營夜沈刁斗 含章換幾桐陰千
官邃幄韶鳳還奏席前夜久天低燕密御香盈袖星

槎信約長在醉與渺銀河賦就對小弦月挂南樓涼
浮桂酒

聲聲慢 壽方泉

鶯團橙徑鱸躍蓴波重來雨過中秋酒市漁鄉西風
勝似春柔宿春去年村墅看黃雲還委西疇鳳池去
信吳人有分借與遲留　應是香山續夢又凝香追
詠重到蘇州青鬢江山足成千歲風流圍腰御仙花
底襯月中金粟香浮夜燕久攬秋雲平倚畫樓

永遇樂 乙巳中秋風雨

風拂塵徽雨侵涼榻纔動幽思緩酒消更移燈傍影
淨洗芭蕉耳銅華滄海愁霾重嶂燕北雁南天外算
陰晴渾似幾番渭城故人離會　青樓舊日高歌取
醉玉妃□□梳洗紅葉流光蘋花雨鬢心事成秋水
白凝虛曉香吹輕爐倚窗小瓶疏桂問深宮嫦娥正
在姮雲第幾

西江月 登蓬萊閣看桂

清夢重遊天上古香吹下雲頭簫聲三十六宮愁高
處花驚風驟　客路羈情不斷闌干晚色先收千山
濃綠未成秋誰見月中人瘦

朝中措 題陸桂山詩集

殿雲凋葉晚晴初籬落認奚奴纔近西窗燈火旋收殘夜琴書　秋深露重天空海闊玉界香浮木落秦山清瘦西風幾許工夫

秋蕊香　和吳見山賦落桂

寶月驚塵墮曉愁鎖空枝殘照古苔幾點露螢小銷減秋光旋少　佩丸尚憶春酥裹故人老斷香忍和淚痕掃魂返東籬夢杳

惜秋華　八月飛翼樓登高

思渺西風悵行蹤浪逐南飛高雁怯上翠微危樓更堪凭晚蓬萊對起幽雲澹埜色山容愁捲清淺瞰滄波靜銜秋痕一綫　十載寄吳苑慣東籬深處把露黃偷翦移暮景照越鏡意銷香斷秋娥賦得閒情倚翠尊小眉初展深勸待明朝醉巾重岸

聲聲慢　和沈時齋八日登高韻

憑高入夢搖落關情寒香吹盡空巖墜葉銷紅欲題秋訊難緘重陽正隔殘照趁西風不響雲尖乘半暝看殘山濯翠剩水開匳　暗省長安年少幾傳杯弔甫把菊招潛身老江湖心隨飛雁天南烏紗倩誰重整映風林鉤玉纖纖漏聲起亂星河入影畫簷

點絳脣　和吳見山韻

金井空階枕痕歷盡秋聲鬧夢長難曉月樹愁鴉悄
梅壓檐梢寒蝶尋香到窗黏了翠池春小波冷鴛
鴦覺

又 有懷蘇州

明月茫茫夜來應照南橋路夢遊熟處一枕啼秋雨
可惜人生不向吳城住心期誤雁將秋去天遠青
山暮

慶春宮 題錢得閒園池

春屋圍花秋池沿草舊家錦籍川原蓮尾分津桃邊
迷路片紅不到人閒亂篁蒼暗料惜把行題共刪小
晴簾捲獨占西牆一鏡清寒 風光未老吟潘嘶騎
征塵秪付憑闌鳴琵傳杯辟邪翻燼繫船香斗春寬
晚林青外亂鴉著斜陽幾山粉銷莫染猶是秦宮綠
擾雲鬟

蝶戀花 和吳見山韻

明月枝頭香滿路幾日西風落盡花如雨倒照秦眉
天鏡古秋明白鷺雙飛處 自摘霜蔥宜薦俎可惜
重陽不把黃花與帽墮笑憑纖手取清歌莫送秋聲
去

玉樓春 和吳見山韻

闌干獨倚天涯客心影暗彫風葉寂千山秋入雨中青一雁暮隨雲去急　霜花強弄春顏色相弔年光澆大白海煙沈處倒殘霞一杼鮫綃和淚織

柳梢青　題錢得閒四時圖畫

翠嶂圍屏留連迅景花外油亭淡色煙昏濃光清曉一幅閒情　輞川落日漁罾寫不盡人閒四并亭上秋聲鶯能春語難入丹青

燭影搖紅　餞馮深居翼日深居初度

飛蓋西園晚秋恰勝春天氣霜花開盡錦屏空紅葉新裝綴時放清杯泛水暗淒涼東風舊事夜吟不就松影闌干月籠寒翠　暮唱陽關但憑綵袖歌千歲秋星入夢隔明朝十載吳宮會一棹回潮渡葦正西窗燈花報喜柳蠻櫻素試酒爭憐不教不醉

齊天樂　與馮深居登禹陵

三千年事殘鴉外無言倦憑秋樹逝水移川高陵變谷那識當時神禹幽雲怪雨翠萍溼空梁夜深飛去雁起青天數行書似舊藏處　寂寥西窗坐久故人慳會遇同翦燈語敗蘚殘碑零圭斷壁重拂人閒塵土霜紅罷舞漫山色青青霧朝煙暮岸鎖春船畫旗賽鼓

水龍吟 壽梅津

杜陵折柳狂吟硯波尚溼紅衣露仙桃宴早江梅春近還催客句宮漏傳雞禁門嘶騎宦情熟處正黃編夜展天香字暖春葱剪紅蜜炬 宮帽鸞枝醉舞思飄颻臞仙風舉星羅萬卷雲驅千陣飛豪海雨長壽杯深探春腔穩江湖同賦又看看便繫金狨鶯曉傍西湖路

又 用見山韻餞別

夜分谿館漁燈巷聲乍寂西風定河橋送遠玉簫吹斷霜絲舞影薄絮秋雲澹蛾山色宦情歸興怕煙江渡後桃花又汎宮溝上春流緊 新句欲題還省透香煤重牋誤隱西園已負林亭移酒松泉薦茗攜手同歸處玉奴喚綠窗春近想驕驄又踏西湖二十四番花訊

浣溪沙 陳少逸席上用聯句韻有贈

秦黛橫愁送暮雲越波秋淺暗啼昏空庭春草綠如裙 綵扇不歌原上酒青門頻返月中魂花開空憶倚闌人

又

一曲鸞簫別綵雲燕釵塵澀鏡華昏灞橋舞色褪藍

裙　湖上醉迷西子夢江頭春斷倩離魂旋緘紅淚寄行人

探春慢　龜翁下世後登研意

苔徑曲深深不見故人輕敲幽戶細草春回目送流光一羽重雲冷哀雁斷翠微空愁蝶舞遲鳴鞭游蓬小夢枕殘鶯寤　還識西湖醉路向柳下並鞍銀袍吹絮事影難追那負燈牀聞雨冰谿憑誰照影有明月乘興去暗相思梅孤瘦共江亭暮

塞垣春　丙午歲旦

漏瑟侵瓊筦潤鼓借烘爐暖藏鉤怯冷畫雞臨曉鄰語鶯轉殢綠窗細呪浮梅琖換蜜炬花心短夢驚回林鴉起曲屏春事天遠　迎路柳絲裙看爭拜東風盈灞橋岸髻落寶釵寒恨花勝遲燕漸街簾影轉還似新年過郵亭一相見南陌又燈火繡囊塵香淺

一翦梅　賦處靜以梅花枝見贈

老色頻生玉鏡塵雪澹春姿越看精神溪橋人去幾黃昏流水泠泠都是啼痕　細雨輕寒暮掩門萼綠燈前酒帶香溫風情誰道不因春春到一分花瘦一分

木蘭花慢　餞韓似齋赴江東鹺幕

潤寒梅細雨捲燈火暗塵香正萬里昏濤流花漲膩春共東江雲檣未傳燕語過罘罳垂柳舞鵝黃留取行人繫馬輭紅深處聞鶯　霽月清風凝望久悠颺鄖山蒼又紫簫一曲還吹別調楚際吳旁仙方袖中祕寶遺蓬萊弱水變飛霜寒食春城秀句趁花飛入宮牆

探芳信　賀雲麓先生祕閣滿月

探春到見綵花釵頭玉燕來早正紫龍眠重明月弄清曉夜塵不沁銀河水金盎供新澡鎮帷犀護緊東風秀藏芝草　星斗燦懷抱問霧暖藍田玉長多少禁苑傳香柳邊語聽鶯報片雲飛趁春潮去紅輭長安道試回頭一點蓬萊翠小

燕歸梁　對雪醒坐上雲麓先生

一片游塵拂鏡鸞素影護梅殘行人無語看春山背東風雨蒼顏　夢飛不到梨花外孤館閉更寒誰憐消渴老文園聽溪聲瀉冰泉

解語花　立春風雨并餞翁處靜江上之役

簷花舊滴帳燭新啼香潤殘冬被澹煙疏綺淩波步暗阻傍牆挑薺梅痕似洗空點點年華別淚花鬢愁釵股籠寒綵燕沾雲膩　還鬬辛盤葱翠念青絲牽

恨曾試纖指雁回潮尾征帆去似與東風相避泥雲萬里應翦斷紅情綠意年少時偏愛輕憐和酒香宜睡

祝英臺近 錢陳少逸被倉臺檄行部

問流花尋夢草雲暖翠微路錦雁峯前淺約晝行處不教嘶馬飛春一奩越鏡那銷盡紅吟綠賦 送人去長絲初染柔黃晴和曉煙舞心事偷占鶯漏漢宮語趁得羅蓋天香歸來時候共留取玉闌春住

烏夜啼 題趙三畏舍館館海棠

醉痕深暈潮紅睡初濃寒食來時池館舊東風 銀燭換月西轉夢魂中明日春和人去繡屏空

浪淘沙 有得越中故人贈楊梅者爲賦贈

綠樹越溪灣過雨雲殷西陵人去暮潮還鉛淚結成紅粟顆封寄長安 別味帶生酸愁憶眉山小樓燈外練花寒衫袖醉痕花唾在猶染微丹

踏莎行

潤玉籠綃檀櫻倚扇繡圈猶帶脂香淺榴心空疊舞裙紅艾枝應壓愁鬟亂 午夢千山窗陰一箭香瘢新褪紅絲腕隔江人在雨聲中晚風菰葉生秋怨

齊天樂 與江湖諸友泛湖

麴塵猶沁傷心水歌蟬暗驚春換露藻清啼煙蘿淡碧先結湖山秋怨波簾翠捲嘆霞薄輕綃汜人重見傍柳追涼暫疎懷袖負紈扇　南花清鬬素靨畫船應不載坡靜詩卷泛酒芳筩題名蠹壁重集湘鴻江燕平蕪未翦怕一夕西風鏡心紅變望眼愁生暮天菱唱遠

繞佛閣　與沈野逸東皋天街盧樓追涼小飲

夜空似水橫漢靜立銀浪聲杳瑤鏡奩小素娥乍起樓心弄孤照絮雲未巧梧韻露井偏借秋早暗情多少怕教徹膽寒光見懷抱　浪迹尚爲客恨滿長安千古道還記暗螢穿簾街語悄歎步影歸來人鬢花老紫簫天渺又露飲風前涼墮輕帽酒杯空數星橫曉

秋蕊香　七夕

孏浴新涼睡早雪靨酒紅偎笑倚樓起把繡針小月冷秋波夢覺　怕聞井葉西風到恨多少粉河不語墮秋曉雲雨人閒未了

疏影　賦墨梅○舊刻暗香非

占春壓一捲峭寒萬里平沙飛雪數點酥鈿□□□□淩曉東風吹裂獨自曳橫梢瘦影入廣平裁冰詞

筆記五湖清夜推篷臨水一痕微月　何遜揚州舊事五更夢半醒胡調吹徹若把南枝圖入淩煙香滿玉樓瓊闕相將初試紅鹽味到煙雨青黃時節想雁空北落冬深澹墨晚天雲闊

聲聲慢　饑漕廨建新樓上梅津

清漪街苑御水分流阿階西北青紅朱拱浮雲碧窗宿霧濛濛璇題淨橫秋影笑南飛不過新鴻延桂景見素娥梳洗微步瓊空　城外湖山十里想無時長敞罨奁盡簾櫳暗柳回隄何須繫馬金狨驚花翰林千首綵毫飛海雨天風鳳池上又相思春夜夢中

木蘭花慢　送翁五峯遊江

送秋雲萬里算卷舒總何心歎路轉羊腸人營燕壘霜滿蓬簪愁侵庾塵滿袖便封侯那羨漢淮陰一醉蓴絲膾玉忍教菊老松深　離音又聽西風金井樹動秋唫向暮江目斷鴻飛渺渺天色沈沈沾襟四絃夜語問楊瓊往事到寒砧爭似湖山歲晚靜梅香底同斟

瑞鶴仙　丙午重九

亂雲生古嶠記舊遊惟怕秋光不早人生斷腸草歎如今搖落暗驚懷抱誰臨晚眺吹臺高霜歌縹緲想

西風此處留情肯著故山衰帽　聞道萸香西市酒熟東隣浣花人老金鞭腰裹追吟賦倩年少想重來新雁傷心湖上銷減紅深翠窈小樓寒睡起無聊半簾晚照

浪淘沙 九日從吳見山覓酒

山遠翠眉長高處凄涼菊花清瘦杜秋娘淨洗綠杯牽露井聊薦幽香　烏帽壓吳霜風力偏狂一年佳節過西廂秋色雁聲愁幾許都在斜陽

水調歌頭 賦方泉望湖樓

屋下半流水屋上幾青山賞心千頃明鏡入座玉光寒雲起南峯未雨雲斂北峯初霽健筆寫青天俯瞰古城堞不礙小闌干　繡鞍馬輭紅路乍回班層梯影轉停午信手展緗編殘照游船收盡新月書簾纔捲人在翠壺閒天際笛聲起塵世夜漫漫

思佳客 賦半面女髑髏

釵燕櫳雲睡起時隔牆折得杏花枝青春半面妝如畫細雨三更花又飛　輕愛別舊相知斷腸青冢幾斜暉亂紅一任風吹起結習空時不點衣

垂絲釣 雲麓先生以畫舫載洛花燕客

聽風聽雨春殘落花門掩乍倚玉闌旋翦天豔攜醉

醫放遡溪游纜波光掩映燭花黯澹　碎霞澄水吳宮初試菱鑑舊情頓減孤負深杯灩衣露天香染通夜飲問漏移幾點

喜遷鶯　賦王臞庵與閑堂

煙空白鷺乍飛下似呼行人相語細縠春波微痕秋月曾認片帆來去萬頃素雲遮斷十二紅簾鉤處黯愁遠向虹腰時送斜陽凝竚　輕許孤夢到海上幾宮玉冷深窗戶遙指人閒隔江燈火漠漠水蘋搖暮看葺斷磯殘釣替却珠歌雪舞吟未了去匆匆清曉一闌煙雨

西河　陪鶴林先生登花園

春乍霽清漣畫舫融洩螺雲萬疊黯凝秋黛蛾照水漫將西子比西湖溪邊人更多麗步危徑攀豔蕊掬霞到手紅碎青蛇細折　小迴廊去天半尺畫闌入暮起東風棋聲吹下人世海棠藉雨半繡地殘寒退初卸羅綺除酒消春何計高沙頭更續斜陽一醉雙玉杯和流花洗

點絳脣

推枕南窗楝花寒入單紗淺雨簾不捲空凝調雛燕一握柔蔥香染榴巾汗音塵斷盡羅閒扇山色天

涯遠

滿江紅 錢方蕙叢赴闕

竹下門敲又呼起蝴蝶夢清閒裏看隣牆梅子幾度仁生燈外江湖多夜雨月邊河漢獨晨星向草堂清曉卷琴書猿鶴驚 宮漏靜朝馬鳴西風起已關情料希音不在女瑟媧笙蓮蕩折花香未晚野舟橫渡氷初晴看高鴻飛上碧雲中秋一聲

祝英臺近 春日客龜溪遊慶圃

採幽香巡古苑竹冷翠微路鬬草溪根沙印小蓮步自憐兩鬢清霜一年寒食又身在雲山深處 晝閒度因甚天也慳春輕陰便成雨綠暗長亭歸夢趁風絮有情花影闌干鶯聲門徑解留我霎時凝竚

珍珠簾 春日客龜溪過貴人家隔牆聞簫鼓聲疑是按舞竚立久之

蜜沈爐暖餘煙裏竚立行人官道麟帶壓愁香聽舞簫雲渺恨縷情絲春絮遠悵夢隔銀瓶難到寒峭有東風垂柳學得腰小 還近綠水清明歎孤身如燕將花頻繞細雨溼黃昏半醉歸懷抱蠹損歌紈人去久謾淚沾香蘭如笑書杳念客枕幽單看春漸老

滿江紅 甲辰歲盤門外寓居過重午

結束蕭仙嘯梁鬼依還未滅荒城外無聊閒看野煙一抹梅子未黃愁夜雨榴花不見簪秋雪又金羅紅字寫香詞年時節　簾底事憑燕說合歡縷雙條脫自香銷紅臂舊情都別湘水離魂菰葉怨揚州無夢銅華闕倩臥簫吹裂晚天雲看新月

木蘭花慢　錢趙山臺

指罘罳曉月動涼信又催歸正玉漲松波花穿畫舫無限紅衣青絲傍橋淺繫問笛中誰奏鶴南飛西子冰綃冷處素娥寶鏡圓時　清奇好借秋光臨水色寫瑤卮向醉中織就天孫雲錦一杼新詩依稀數聲禁漏又東華塵染帽簷緇爭似西風小隊便乘鱸膾秋肥

極相思　題陳藏一水月梅扇

玉纖風透秋痕涼與素懷分乘鸞歸後生綃淨翦一片冰雲　心事孤山春夢在到思量猶斷詩魂水清月冷香銷瘦影人立黃昏

醉蓬萊　和方南山韻

碧天書信斷寶枕香留淚痕盈袖誰識秋娥比行雲纖瘦象尺熏爐翠鎚金縷記倚妝同繡月韓瓊梳冰銷粉汗南花熏透　盡是當時少年清夢臂約痕深

帊綃紅縐憑鵲傳音恨語多輕漏潤玉留情沈郎無
奈向柳陰期候數曲催闌雙鋪深掩風鐶鳴獸

三部樂 賦姜石帚漁隱

江鷗初飛蕩萬里素雲際空如沫詠情吟思不在秦
箏金屋夜潮上明月蘆花傍釣蓑夢遠句清敲玉翠
罌汲曉欸乃一聲秋曲　片篷障雨乘風半竿渭水
伴鷺汀幽宿那知暖袍挾錦低簾籠燭鼓春波載花
萬斛帆鬣轉銀河可掬風定浪息滄茫外天浸寒綠

秋思耗 荷塘爲括蒼名姝求賦聽雨小閣

堆枕香鬟側驟夜聲偏稱畫屏秋色風碎串珠潤侵
歌板愁壓眉窄動羅箑清商寸心低訴敘怨抑映夢
窗零亂碧待漲綠春深落花香泛料有斷紅流處暗
題相憶　歡夕簷花細滴送故人粉黛重飾漏侵瓊
瑟丁東敲斷弄晴月白怕一曲霓裳未終催去驂鳳
翼歎謝客猶未識漫瘦卻東陽燈前無夢到得路隔
重雲雁北

法曲獻仙音 賦秋晚紅白蓮

風拍波驚露零秋覺斷綠衰紅江上豔拂潮妝澹凝
冰靨別翻翠池花浪過數點斜陽雨啼綃粉痕冷宛
相向　指汀洲素雲飛過清麝洗玉井曉霞珮響寸

藕折長絲何郎心似春風蕩半掬微涼嬌蟬聲遠度菱唱伴鴛鴦秋夢酒醒月斜輕帳

愁春未醒 侍雲麓先生登飛翼樓觀雲

東風未起花上纖塵無影峭雲溼凝酥深塢洗梅清釣捲愁絲冷浮虹氣海空明若耶門閉扁舟去嬾客思鷗輕　幾度問春倡紅冶翠空媚陰晴看真色千巖一素天澹無情醒看重開玉鉤簾外曉峯青相扶輕醉越山更上臺最高層

月中行 和黃復庵

疏桐翠井蚤驚秋葉葉雨聲愁燈前倦客老貂裘燕去柳邊樓　吳宮寂寞空煙水渾不認舊采菱洲秋花旋結小盤虬蝶怨夜香留

夢窗丙稿

夢窗丁稿

瑞龍吟 賦蓬萊閣 ○舊刻雙調非

墮紅際層觀冷翠玲瓏五雲飛起玉虬縈結城痕淡煙半野斜陽半市 瞰危梯門巷去來車馬夢游宮蟻秦鬟古色凝愁鏡中暗換明眸皓齒 東海青桑生處勁風吹淺瀛洲清沚山影汎出碧樹人世旗槍芽焙綠曾試雲根味巖流濺涎香怕攪驕龍春睡露草啼清淚酒香斷文邱廢隧今古秋聲裏情漫黯寒鴉孤村流水半空裏畫角落月地

瑞鶴仙 壽方蕙巖寺簿

轆轤秋又轉記旋草新詞江頭憑雁乘槎上銀漢想車塵纔踏東葉紅輭何時賜見漏聲涼移宮夜半問蓴鱸今幾西風未覺歲華遲晚 一片丹心白髮滴露研朱雅陪清燕班回柳院蒲團底小禪觀望冥息明月初圓此夕應共嬋娟茂苑願年年玉兔長生聳秋井幹

思佳客 閏中秋

丹桂花開第二番東籬展卻宴期寬人間寶鏡離仍合海上仙槎去復還 分不盡半涼天可憐閑剩此嬋娟素娥未隔三秋夢贏得今宵又倚闌

沁園春 賦方泉

澄碧西湖輭紅南陌銀河地穿見華星影裏仙棋局靜清風行處瑞玉圭寒斜谷山深望春樓遠無此峭嶸小渭川春一泓地解不波不涸獨障狂瀾 老蘇雨後拔仙繼菊井佳名相與傳試摩挲勁石無令折角丁寧明月莫涴規圓漫結鷗盟那知魚樂心止中流別有天無塵壓夜聽吾伊正在秋水闌干

齊天樂 毘陵陪兩別駕宴丁園

竹深不放斜陽入橫波澹墨林沼斷莽平煙殘荷剩水宜得秋深深纔好荒亭旋掃正著酒寒輕弄花春小障錦西風半圍歌袖半吟草 游清興易嬾景饒人未勝樂事長少柳下停車尊前岸幘同撫雲根一笑秋香未老漸風雨西城暗欹客帽背日移舟亂鴉溪樹晚

玉樓春 爲故人壽母

華堂宿讌連清曉醉裏笙歌雲窈裊釀成千日酒初香過卻重陽秋更好 阿兒早晚成名了玉樹階前春滿抱天邊金鏡不須磨長與妝樓慚晚照

醉落魄 題藕花洲尼扇

春溫紅玉纖衣學翦嬌鴉綠夜香燒短銀屏燭偷擲

金錢重把寸心卜 翠深不礙鴛鴦宿採菱誰記當時曲青山南畔紅雲北一葉波心明滅淡妝束

蝶戀花 題華山道女扇

北斗秋橫雲髻影鶯羽衣輕腰減青絲剩一曲游仙聞玉磬月華深院人初定 十二闌干和笑凭風露生寒人在蓮花頂睡重不知殘酒醒幾度啼鴉暝

朝中措 題蘭室道女扇

楚皐相遇笑盈盈江碧遠山青露重寒香有恨月明秋珮無聲 銀燈炙了金爐燼暖真色羅屏病起十分清瘦夢蘭一寸春情

江城梅花引 贈倪梅村○舊刻題誤

江頭何處帶春歸玉川迷路東西一雁不飛雪壓凍雲低十里黃昏成曉色竹根籬分流水過翠微 帶書傍月自鉏畦苦吟詩生鬢絲半黃細雨翠禽語似說相思惆悵孤山花盡草離離半幅寒香家住遠小簾垂玉人誤聽馬嘶

杏花天 詠湯

蠻薑荳蔻相思味算卻在春風舌底江清愛與消殘醉憔悴文園病起 停嘶騎歌眉送意記曉色東城夢裏紫檀暈淺香波細腰斷垂楊小市

倦尋芳　花翁遇舊歡吳門老妓李憐邀分韻同
賦此詞
墜餅恨井塵鏡迷樓空閒孤燕寄別崔徽清瘦畫圖
春面不約舟移楊柳繫有緣人映桃花見敘分攜悔
香癡漫爇綠鬟輕翦　聽細語琵琶幽怨客鬢蒼華
衫袖溼徧漸老芙蓉猶自帶霜□看一縷情深朱戶
掩雨痕愁起青山遠被西風又驚吹夢雲分散

滿江紅　劉翔齋賦菊和韻
露浥初英蚤遺恨參差九日還卻笑萸隨節過桂彫
無色杯面寒香蜂共泛籬根秋訊蛩催織愛玲瓏篩
月水屏風千枝結　芳井韻寒泉咽霜著處微紅溼
共評花索句看誰先得好漉烏巾連夜醉莫愁金鈿
無人拾算遺蹤猶有枕囊留相思物

朝中措　聞桂香
海東明月鎖雲陰花在月中心天外幽香輕漏人間
仙影難尋　幷刀翦葉一枝曉露綠鬢曾簪惟有別
時難忘冷煙疏雨秋深

龍山會　陪毘陵幕府諸名勝載酒雙清賞芙蓉
石徑幽雲冷步帳深深豔錦青紅亞小橋和夢醒環
珮香煙水茫茫城下何處不秋陰問誰借東風豔冶

最嬌嬈愁侵醉霜淚洒紅綃 搖落翠莽平沙挽斜陽駐短亭車馬曉妝羞未墮沈恨起金谷魂飛深夜驚雁落清歌酬花觥船快瀉去來拾月向井梧梢上挂

夢行雲 即六么花十八和趙脩全韻

簟波皺纖縠朝炊熟眠未足青奴細膩未拚真珠斛素蓮幽怨風前影搖頭斜墜玉 畫闌枕水垂楊梳雨青絲亂如乍沐嬌笙微韻晚蟬亂秋曲翠陰明月勝花夜那愁春去速

天香 壽筠塘內子

碧藕藏絲紅蓮並蒂荷塘水暖香斗窈窕文窗深沈書幌錦瑟歲華依舊洞簫韻裏同跨鶴青田碧岫萋鏡妝臺挂玉芙蓉豔褥鋪繡 西鄰障蓬漂手共華朝夢闌分秀未冷綺簾猶捲淺冬時候秋到霜黃半畝便準擬攜花就君酒花酒年華天長地久

謁金門 和勿齋韻

雞唱晚斜照西窗白暖一枕午酲幽夢遠素衾春絮輭 紫燕紅樓歌斷錦瑟華年一箭偷果風流輸曼倩畫陰爭繡綫

鶯啼序 和趙脩全韻 ○ 舊刻分四段非

横塘棹穿豔錦引鴛鴦弄水斷霞晚笑折花歸紅紗籠護燈蘂潤玉瘦冰輕倦浴斜拖鳳股盤雲墜聽銀水聲細梧桐漸攪涼思　窗隙流光冉冉迅羽愬空梁燕子誤驚起風竹敲門故人還又不至記琅玕新詩陳迹掐香痕纖葱玉指怕因循羅扇恩疏又生秋意西湖舊日畫舸頻移不定數幾縈夢寐霞珮冷飛雨乍溼鮫綃暗盛紅淚波心宿處練單夜共瓊簫吹月霓裳舞尚明朝未覺花容悴嫣香易落回頭淡碧鎖煙鏡空畫羅屏裏　殘蟬度曲唱徹西園也感紅怨翠省慣吳宮幽憩暗柳退涼曉岸參斜露零鷗起絲縈寸藕留連歡事桃笙平展湘浪影有昭華穠李冰相倚如今鬢點凄霜半篋秋詞恨盈蠹紙

點絳脣

香泛羅屏夜寒著酒宜偎倚翠偏紅墜嗅起芙蓉睡一曲伊州秋色芭蕉裏嬌和醉眼前心事愁隔湘江水

繞佛閣　贈郭李隱

蒨霞豔錦星媛夜織河漢鳴杼紅翠萬縷送幽夢與人間秀芳句怨宮恨羽孤劍謾倚無限凄楚賦情縹緲東風搖颺花絮□□□　鏡裏半髯雪詞老春深

鶯曉處長閑翠陰幽坊楊柳戶看故苑離離偏生禾黍短藜青屨笑寄隱閒追雞社歌舞最風流墊巾沾雨

夜遊宮

人去西樓雁杳敘別夢揚州一覺雲淡疏星楚山曉聽啼烏立河橋話未了 雨外蛩聲早細織就霜絲多少說與蕭娘未知道向長安對秋燈幾人老

如夢令

春在綠窗楊柳人與流鶯俱瘦眉底暮寒生簾額時翻波皺風驟風驟花徑啼紅滿袖

醉桃源 荷塘小隱賦燭影

金丸一樹帶霜華銀臺搖豔霞燭陰樹影兩交加秋紗機上花 飛醉筆駐吟車香浮小隱家明朝客夢付啼鴉歌闌月未斜

絳都春 餞李太博赴括蒼別駕

長亭旅雁斂倦羽寄棲牆陰年晚問字翠尊刻燭紅箋慳曾展冰灘鳴珮舟如箭笑烏幘臨風重岸可憐垂柳清霜萬縷送將人遠 吳苑千金未散買新賦共賞文園詞翰流水翠微明月清風平分半花深驛路香不斷萬玉舞罘罳東苑祗應花底春多輭紅霧

暖

漢宮春 壽王虔州

懷得銀符卷朝衣歸袖猶惹天香星移太微幾度飛出西江吳城駐馬趁肥鱸膾蟻初嘗紅霧底金門候曉爭如小隊春行 何用倚樓看鏡算橘中深趣日月偏長江山待吟秀句梅蠹催妝東風水暖弄煙嬌語燕飛檣來歲醉鵲樓勝處紅圍舞袖歌裳

瑤花 分韻得作字戲虞宜興

秋風采石羽扇揮兵認紫騮飛躍江蘺塞草應笑春空鎖淩煙高閣胡歌秦隴問鐃鼓新詞誰作有秀蕊來染吳香瘦馬青芻南陌 冰澌細響長橋蕩波底蛟腥不涴霜鍔烏絲醉墨紅袖暖十里湖山行樂老仙何處算洞府光陰如昨想地寬多種桃花豔錦東風成幄

瑞鶴仙 壽雲麓先生

記年時秋半看畫堂凝香璇奎初煥天邊歲華轉向九重春近仙桃傳宴銀罌翠管寶香飛蓬萊小苑感玉皇恩重千秋翠麓崚齊雲漢 須看鴻飛高處野闊天寬弋人空羨梅清水暖苕溪畔幾吟卷算金門聽漏玉墀班平羸得風霜滿臉總不如綠野身安鏡

中未晚

暗香 送魏句濱宰吳縣解組分韻得闔字

縣花誰葺記滿庭燕麥朱扉斜闔妙手作新公館青紅曉雲溼天際疏星趁馬畫簾隙冰弦三疊盡換卻吳水吳煙桃李靚春靨 風急送帆葉正雁水夜清臥虹平帖輭紅路接塗粉闌深早催入懷暖天香宴果花隊簇輕軒銀燭便問訊湖上柳兩隄翠匝

淒涼犯 又名瑞鶴仙影賦重臺水仙

空江浪闊清塵凝層層刻碎冰葉水邊照影華裙曳翠露搔淚溼湘煙暮合塵襪淩波半涉怕臨風欺瘦骨護冷素衣疊 樊姊玉奴恨小鈿疏脣洗妝輕怯汜人最苦粉痕深幾重愁靨花溢香濃猛熏透霜綃細摺倚瑤臺十二金錢暈半□

思佳客 癸卯除夜舊刻失題

自唱新詞送歲華鬢絲添得老生涯十年舊夢無尋處幾度新春不在家 衣嬾換酒難賒可憐此夕看梅花隔年昨夜青燈在無限妝樓盡翠華

宴清都 送馬林屋赴南宮分韻得動字

柳色春陰重東風力快將雲雁高送書槃細雨吟窗亂雪天寒筆凍家林秀橘霜老笑分得蟾邊桂種應

茂苑斗轉蒼龍淮潮獻奇吳鳳　玉眉暗隱華年凌雲氣壓千載雲夢名箋淡墨恩袍翠草紫騮青鞚飛香杏園新句眩醉眼春游乍縱弄喜音鵲繞庭花紅簾影動

六醜 壬寅歲吳門元夕風雨

漸新鵝映柳茂苑鎖東風初掣館娃舊遊羅襦香未滅玉夜花節記向留連處看街臨晚放小簾低揭星河瀲灩春雲熱笑靨欹梅仙衣舞纈澄澄素娥宮闕醉西樓十二銅漏催徹　紅消翠歇歎霜簪練髮過眼年光舊情盡別泥深厭聽啼鴂恨愁霏潤沁陌頭塵襪青鸞香鈿車音絕卻因甚不把歡期付與少年華月殘梅瘦飛趁風雪丙夜永更說長安夢燈花正結

蕙蘭芳引 賦陳藏一家吳郡王畫圖墨蘭

空翠□雲楚山迥故人南北秀骨冷盈盈□□□□□清洗九畹料未許千金輕債淺笑還輕語蔓草羅裙一幅　素女情多阿真嬌重喚□空谷弄野色煙姿宜掃怨蛾澹墨光風入戶媚香傾國湘佩寒幽夢小窗春足

探芳信

爲春瘦更瘦如梅花花應知否任枕函雲墜離懷半中酒雨聲樓閣春寒裏寂寞收燈後甚年年鬬草心期探花時候　嬌嬾強拈繡暗背裏相思閒供晴晝玉合羅囊蘭膏漬透紅荳舞衣疊損金泥鳳妬折闌干柳幾多愁雨點天涯遠岫

惜黃花慢　賦菊

粉靨金裳映繡屏認得舊日蕭娘翠微高處故人帽底一年最好偏是重陽避春祇怕春不遠傍幽徑偷理秋妝殢醉鄉寸心似翦飄蕩愁觴　潮頭笑入清霜鬬萬花樣巧深染蜂黃露痕千點自憐舊色寒泉半掬百感幽香雁聲不到東籬畔滿城但風雨淒涼最斷腸夜深怨蝶飛狂

金縷歌　爲德清趙令君賦小垂虹

浪影龜紋皺蘸平煙青紅半溼枕溪窗牖千尺晴虹映碧漪萬疊蘿屏擁繡漫幾度吳船回首歸興五湖應不到向滄茫釣雪人知否樵唱杳度深秀　重來趁得花時候記留連空山夜雨短亭春酒桃李新栽成蹊處盡是行人去後但東閣官梅清瘦欸乃一聲山水綠燕無言風定紅簾晝寒正悄韡吟袖

青玉案　重到溪葵園

東風客雁溪邊道帶春去隨春到認得踏青香徑小
傷高懷遠亂雲深處目斷湖山杳　梅花似惜行人
老不忍輕飛送殘照一曲秦娥春態少幽香誰採舊
寒猶在歸夢啼鶯曉

浣溪沙　題李中笙舟中梅屏

冰骨清寒瘦一枝玉人初上木蘭時嬾妝斜立澹春
姿　月落溪窮清影在日長春去畫簾垂五湖水色
掩西施

探芳信　雲麓小園早飲客供棋事琴事○舊刻
缺半調

轉芳徑見霧捲晴漪魚弄游影旋解纓濯翠臨枰□
□□修林竹色花香處意足多新詠試把龍脣供來
時舊寒纔定　門巷都深靜但酒敵曉寒共消日永
舊曲漪瀾待留向月中聽藻蘋密布宮溝水任汎流
紅冷小闌干笑拍東風醇醒

採桑子　瑞香

茜羅結就丁香顆顆顆相思猶記年時一曲春風酒
一卮　綵鸞依舊乘雲到不負心期清睡濃時香趁
銀屏蝴蝶飛

三姝媚　姜石帚館水磨方氏會飲總宜即事寄

毛荷塘

酣春清鏡裏照清波明眸暮雲愁斂半綠垂絲正楚腰纖瘦舞衣初試燕客漂零煙樹冷青驄曾繫畫館朱橋還把清尊慰春憔悴 離苑幽芳深閉恨淺薄東風褪香銷膩綵箑翻歌最賦情偏在笑紅顰翠暗拍闌干看散盡斜陽船市付與嬌鶯金衣清曉花深未起

水龍吟 雲麓新葺北墅園池

好山都在西湖斗城轉北多流水屋邊五畝橋通雙沼平煙蘸翠旋疊雲根半開竹徑鷗來須避四時長把酒臨花傍月無一日不春意 獨樂當時高致醉吟篇如今還繼舉見日葵心傾□□□歸計浮碧亭泛紅波迴桃源人世待天香□□開時又勝翠陰青子

燭影搖紅 雲麓夜燕園亭

新月侵階綵雲林外笙簫透銀臺雙引繞花行紅墜香沾袖不管籤聲轉漏更明朝棋消永晝靜中閑看倦羽飛還遊雲出岫 隨處春光翠陰那抵西湖柳去年溪上牡丹時還試長安酒都把愁懷抖擻笑流鶯啼春漫瘦曉風盡惡妬雪寒銷梅梢成荳

又毛荷塘生日留京不歸賦以寄意

西子西湖賦情合載鴟夷棹斷橋直去是孤山應爲
梅花到幾度吟昏醉曉背東風偷閒鬬草亂鴉啼後
解珮歸來春懷多少　千里嬋娟茂園今夜同清照
櫻脂茸唾聽吟詩爭似還家好呢呢西窗語笑鳳雲
深瓊簫縹緲願春如舊柳帶同心花枝壓帽

望江南

三月暮花落更情濃人去鞦韆閒挂月馬停楊柳倦
嘶風隄畔畫船空　厭厭醉長日小簾櫳宿燕夜歸
銀燭外啼鶯聲在綠陰中無處覓殘紅

天香　賦熏衣香

珠絡玲瓏羅囊閒鬬酥懷暖麝相倚百和花鬚十分
風韻半襲鳳箱重綺茜□四角慵未結流蘇春睡熏
度紅薇院落煙銷壽屏沈水　溫泉絳綃乍試露華
侵透肌蘭泚漫省淺溪月夜暗浮花氣荀令如今老
矣但未識韓郎舊風味遠寄相思餘熏夢裏

江神子　賦洛北碧沼小庵

長安門外小林邱碧壺秋浴輕鷗不放啼紅流水透
宮溝時有晴空雲過影華鏡裏翳魚游　綺羅塵滿
九街頭晚香樓夕陽收波面琴高仙子駕黃虯清磬

數聲人定了池上月照虛舟

沁園春　送翁賓暘游鄂渚

情如之何暮途爲客忍堪送君便江湖天遠中宵同舟關河秋近何日清塵玉麈生風貂裘明雪幕府英雄今幾人行清早料剛腸肯殢淚眼難顰　平生秀句清尊到帳動風開自有神聽夜鳴黃鶴樓高百尺朝馳白馬筆掃千軍賈傳才高岳家軍壯好勒燕然石上文□□□念故人老矣甘臥閒雲

採桑子

水亭花上三更月扇與人閒弄影闌干玉燕重抽檻墜簪　心期偷卜新蓮子秋入眉山翠破紅殘半簟湘波生曉寒

清平樂　書梔子扇

柔柯翦翠蝴蝶雙飛起誰墮玉鈿花徑裏香帶熏風臨水　露紅滴□秋枝金泥不染禪衣結得同心成了任教春去多時

燕歸梁　書水仙扇

白玉搔頭墜髻鬆怯冷翠裙重當時離珮解丁東淡雲低暮江空　青絲結帶鴛鴦盞歲華晚又相逢綠塵湘水避春風步歸來月宮中

西江月

江上桃花流水天涯芳草青山樓臺春瑣碧雲灣都入行人望眼 一鏡波平鷗去千林落日鴉還天風褭褭送輕颿驀過星槎銀漢

滿江紅

翠幕深庭露紅晚閒花自發春不斷亭臺成趣翠陰蒙密紫燕雛飛簾額靜金鱗影轉池心闊有花香竹色賦閒情供吟筆 閒問字評風月時載酒調冰雪似初秋入夜淺涼欺葛人境不教車馬近醉鄉莫放笙歌歇倩雙成一曲紫雲迴紅蓮折

夜行船 寓化度寺

鴉帶斜陽歸遠樹無人聽數聲鐘暮日與愁長心灰香斷月冷竹房扃戶 畫扇青山吳苑路傍懷袖夢飛不去憶別西池紅綃盛淚腸斷粉蓮啼露

好事近 僧房聽琴

琴冷石牀雲海上偷傳新曲彈作一簷風雨碎芭蕉寒綠 冰泉輕瀉翠筒香林果薦紅玉早是一分秋意到臨窗脩竹

浣溪沙

波面銅花冷不收玉人垂釣理纖鉤月明池閣夜來

秋江燕話歸成曉別水花紅減似春休西風梧井葉先愁

風入松 雲麓園堂燕客

一番疏雨洗芙蓉玉冷珮丁東轆轤聽帶秋聲轉早涼生傍井桐歡宴涼宵好月佳人脩竹清風 臨池飛閣乍青紅移酒小垂虹貞元供奉梨園曲稱十香深蘸瑤鍾醉夢孤雲曉色笙歌一派秋空

鷓鴣天 化度寺作

池上紅衣伴倚闌棲鴉常帶夕陽還殿雲度雨疎桐落明月生涼寶扇閒 鄉夢窄水天寬小窗愁黛淡秋山吳鴻好為傳歸信楊柳閶門屋數閒

虞美人影 詠香橙

黃包先著風霜勁獨占一年佳景點點吳鹽雪凝玉膾和虀冷 洋園誰識黃金徑一棹洞庭秋興香薦蘭皋湯鼎殘酒西窗醒

訴衷情

片雲載雨過江鷗水色澹汀洲小蓮玉慘紅怨翠被又經秋 涼意思到南樓小簾鉤半窗燈暈幾葉芭蕉客夢牀頭

花上月令

文園消渴愛江清酒腸怯怕深觥玉舟曾洗芙蓉水瀉清冰秋夢淺醉雲輕　庭竹不收簾影去人睡起月空明瓦瓶汲井和秋葉薦吟醒夜深重怨遙更

卜算子

涼挂曉雲輕聲度西風小井上梧桐應未知一葉雲鬟裊　來雁帶書遲別燕歸程早頻探秋香開未開恰似春來了

秋霽　賦雲麓水園長橋

一水盈盈漢影隔游塵淨洗寒綠秋沐平煙日回西照乍驚飲虹天北綵蘭翠馥錦雲直下花成屋試縱目空際醉來風露跨黃鵠　追想縹緲釣雪松江恍然煙蓑秋夢重續問何如臨池膾玉扁舟空艤洞庭宿也勝飲湘然楚竹夜久人悄玉妃喚月歸來挂笙聲裏水宮六六

鳳栖梧　甲辰七夕

開過南枝花滿院新月西樓相約同針線高樹數聲蟬送晚歸家夢向斜陽斷　夜色銀河情一片輕帳偷歡銀燭羅屏怨陳迹曉風吹霧散簾鉤空帶蛛絲捲

江神子　喜雨上麓翁

一聲玉磬下星壇步虛闌露華寒平曉阿香油壁碾青鸞應是老鱗眠不得雲砲落海潮翻　身閒猶耿寸心丹灶爐煙暗祈年隨處蛙聲鼓吹稻花田秋水一池蓮葉晚吟喜雨拍闌干

齊天樂　飲白醪感少年事

芙蓉心上三更露茸香漱泉玉井自洗銀舟徐開素酌月落空杯無影庭陰未暝度一曲新蟬韻秋堪聽瘦骨侵冰怕驚紋簟夜深冷　當時湖上載酒翠雲開處共雪面波鏡萬感瓊漿千莖鬢雪煙鎖藍橋花徑留連暮景但□覓孤歡強寬秋興醉倚修篁晚風吹半醒

賀新郎　湖山有所贈

湖上芙蓉早向北山煙深霧冷更看花好流水茫茫城下夢空指游仙路杳笑蘿嶂雲屏親到玉雪肌膚春温夜飲湖光山綠成花貌臨潤水弄清照　著愁不盡宮眉小聽一聲相思曲裏賦情多少紅日闌干鴛鴦枕畔枉裙腰褪了算誰識垂楊秋裊不是秦樓無緣分點吳霜羞戴簪花帽但殢酒任天曉

霜天曉角　題胭脂嶺陶氏門

煙林褪葉紅藕藉游人屧十里秋聲松路嵐雲重翠

濤涉 屹立閶素箑畫屏蘿嶂疊明月雙成歸去天風裏鳳笙浹

烏夜啼 桂花

西風先到巖扃月籠明金露啼珠滴翠小雲屏 一顆顆一星星是秋情香裂碧窗煙破醉魂醒

夜行船

逗曉闌干霑露水歸期杳畫簷鵲喜粉汗餘香傷秋中酒月落桂花影裏 屏曲巫山和夢倚行雲重夢飛不起紅葉中庭綠塵斜□應是寶箏慵理

鳳棲梧 化度寺池蓮一花最晚有感

湘水煙中相見早羅蓋低籠紅拂猶嬌小妝鏡明星爭晚照西風日送淩波杳 惆悵來遲羞窈窕一霎留連相伴闌干悄今夜西池明月到餘香翠被空秋曉

生查子 秋社

當樓月半奩曾買菱花處愁影背闌干素髮殘風露 神前雞酒盟歌斷秋香戶泥落畫粱空夢想青春語

尾犯 甲辰中秋○舊刻失題

紺海掣微雲金井暮涼梧韻風息何處樓高想清光

先得江汜冷冰綃乍洗素娥懽菱花再拭影留人去忍向夜深簾戶照陳迹　竹房苔徑小對日莫教煙碧露蓼香輕記年時相識二十五聲聲秋點夢不認屏山路窄醉魂悠颺滿地桂陰無人惜

慶春宮

殘葉翻濃餘香棲苦障風怨動秋聲雲影搖寒波塵銷膩翠房人去深扃晝成淒黯雁飛過垂楊轉青闌干橫暮酥印痕香玉腕誰憑　菱花乍失娉婷別岸圍紅千豔傾城重洗清杯同追深夜苣花寒落愁燈近歡成夢斷雲隔巫山幾層偷相憐處重盡金簫消瘦雲英

霜天曉角　舊刻失題

香莓幽徑滑縈繞秋曲折簾額紅搖波影魚驚墜暗吹沫　浪闊輕棹撥武陵曾話別一點煙紅春小桃花夢半林月

漢宮春　壽梅津

名壓年芳倚竹根新影獨照清漪千年禹梁蘚碧重發南枝冰凝素質遺凡桃羞濯塵姿寒正峭東風似海香浮夜雪春霏　練鵲錦袍仙使有青娥傳夢月轉參移逋山傍鶯繫馬玉翦新辭宮妝鏡裏笑人閒

花訊都遲春未了紅鹽薦鼎江南煙雨黃時

西江月丙午冬至

添線繡牀人倦翻香羅幕煙斜五更簫鼓貴人家門外曉寒嘶馬　帽壓半簷朝雪鏡開千靨春霞小帘沽酒看梅花夢到林逋山下

浣溪沙中冬望後出迓履翁舟中即興

新夢游仙駕紫鴻數家燈火灞陵東吹簫樓外凍雲重　石瘦溪根船宿處月斜梅影曉寒中玉人無力倚東風

戀繡衾

頻摩書眼怯細文小窗陰天氣似昏獸爐暖慵添困帶茶煙微潤寶熏　少年嬌馬西風冷舊春衫猶涴酒痕夢不到梨花路斷長橋無限暮雲

催雪

霓節飛瓊鸞駕弄玉杳隔平雲弱水倩皓鶴傳書衛姨呼起莫待粉河凝曉趁夜月瑤笙飛環珮蹇驢吟影茶煙竈冷酒亭門閉　歌麗泛碧蟻放繡箔半鉤寶臺臨砌要須借東君灞陵春意曉夢先迷楚蝶早風戾重寒侵羅被還怕掩深院梨花又作故人清淚

杏花天

鬢稜初翦玉纖弱早春入屏山四角少年買困成歡
謔人在濃香繡幄　霜絲換梅殘夢覺夜寒重長安
紫陌東風入戶先情薄吹老燈花半萼

醉桃花元日

五更櫪馬靜無聲隣雞猶怕驚日華平曉弄春明莫
寒愁𩀱翳生　新歲夢去年情殘宵半酒醒春風無定
落梅輕斷鴻長短亭

菩薩蠻

落花夜雨辭寒食塵香明日城南陌玉靨溼斜紅淚
痕千萬重　傷春頭竟白來去春如客人瘦綠陰濃
日長簾影中

夢窗丁稿

夢窗絕筆

鶯啼序

□吳鴛雲閬海□春空燦綺倒銀海燕影西城□□天鏡無際綵翼曳扶搖宛轉雲龍虹尾交相曳□□□高處□□笑語吹墜　清濯緇塵□□□□□□□□□□屏障一一鶯花薜蘿□□□□□□□□□□□□□□紅香流水□□□□□□□□□□□□□□□□領客□□□□□□□離席而語敢詫京兆□□□□□□成良慶會賡歌熙載隆都□□閒暇遺□□□雅飾繁華地平瞻太極□□□□天□□□納璇題　靜夜沈秋□風觀闕麗日□正午洗盡脂痕茸唾淨捲麴塵永晝低垂繡帷十二高軒駟馬峨冠鳴珮班回花底脩禊飲御爐香分惹朝衣袂碧桃數點飛花湧出宮溝陽春萬里淳祐十一年二月甲子四明吳文英君特書

夢窗補遺

聲聲慢 閏重九飲郭園

檀欒金碧婀娜蓬萊游雲不蘸芳洲露柳霜蓮十分點綴殘秋新彎畫眉未穩似含羞低度牆頭愁送遠駐西臺車馬共惜臨流　知道池亭多宴掩庭花長是驚落秦謳賦粉闌干猶聞凭袖香留輸他翠漣拍甃瞰新妝終日凝眸簾半捲帶黃花人在小樓

倦尋芳 錢周紏定夫

暮帆挂雨冰岸飛梅春思零亂送客將歸偏是故宮離苑醉酒曾同涼月舞尋芳還隔紅塵面去難留悵芙蓉路窄綠楊天遠　便繫馬鶯邊清曉煙草晴花沙潤香輭爛錦年華誰念故人游倦寒食相思隄上路行雲應在孤山畔寄新吟莫空回五湖春雁

絳都春 為清華內子壽

香深霧暖正人在錦瑟年華深院舊日漢宮分得紅蘭滋吳苑臨池羞落梅花片弄水月初勻妝面紫煙籠處雙鸞共跨洞簫低按　歌筦紅圍翠袖凍雲外似覺東風先轉繡畔晝遲花底天寬春無限仙郎驕馬瓊林宴待捲上珠簾教看更傳鶯入新年寶釵夢燕

唐多令 惜別

何處合成愁離人心上秋縱芭蕉不雨也颼颼都道晚涼天氣好有明月怕登樓 年事夢中休花空煙水流燕辭歸客尚淹留垂柳不縈裙帶住漫長是繫行舟

法曲獻仙音 和丁宏庵韻

落葉霞翻敗窗風咽暮色淒涼深院瘦不關秋淚緣生別情銷鬢霜千點悵翠冷搔頭燕那能語恩怨紫簫遠記桃枝向隨春渡愁未洗鉛水又將恨染粉縞澀離箱忍重拈燈夜裁翦望極藍橋綵雲飛羅扇歌斷料鶯籠玉鏁夢裏隔花時見

好事近 秋飲

雁外雨絲絲將恨和愁都織玉骨西風添瘦減尊前歌力 袖香曾枕醉紅腮依約唾痕碧花下凌波入夢引春雛雙鷁

憶舊遊 別黃澹翁

送人猶未苦苦送春隨人去天涯片紅都飛盡陰陰潤綠暗裏啼鴉賦情頓雪雙鬢飛夢逐塵沙歎病渴淒涼分香瘦減兩地看花 西湖斷橋路想繫馬垂楊依舊欹斜葵麥迷煙處問離巢孤燕飛過誰家故

人爲寫深怨空壁掃秋蛇但醉上吳臺殘陽草色歸思賒

宴清都

病渴文園久梨花月夢殘春故人舊愁彈枕雨衰翻帽雪爲情偏憔悴千金醉躍驕驄試問取朱橋翠柳痛恨不買斷斜陽西湖醞入春酒　吳宮亂水斜煙留連倦客慵更回首幽蛩韻苦哀鴻叫絕斷音難偶題紅汎葉零亂想夜冷江楓暗瘦付與誰一半悲秋行雲在否

金縷歌 陪履齋先生滄浪看梅

喬木生雲氣訪中興英雄陳迹暗追前事戰艦東風慳借便夢斷神州故里旋小築吳宮閒地華表月明歸夜鶴歎當時花竹今如此枝上露濺清淚　遨頭小簇行春隊步蒼苔尋幽別塢看梅開未重唱梅邊新度曲催發寒梢凍蕊此心與東君同意後不如今今非昔兩無言相對滄浪水懷此恨寄殘醉

夢窗補遺

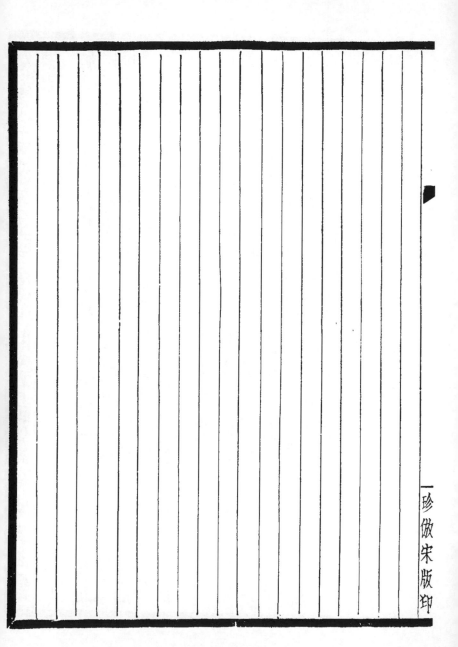

或云夢窗詞一卷或云凡四卷以甲乙丙丁釐目或又云四明吳君特從吳履齋諸公遊晚年好塡詞謝世後同遊集其丙丁兩年稿若干篇釐爲二卷末有鶯啼序遺缺甚多蓋絶筆也與余家藏本合符既閱花庵諸刻又得逸篇九闋附存卷尾山陰尹煥序略云求詞于吾宋前有淸眞後有夢窗此非煥之言四海之公言也湖南毛晉識

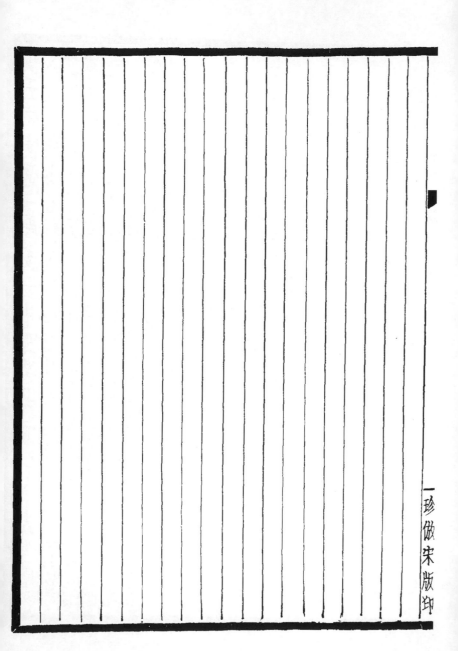

近體樂府

目錄

近體樂府目錄

近體樂府

宋　周必大

朝中措　勸酒

乘成臺上曉書雲黃色映天庭已謝浮名浮利也知來應長生　邊庭臥鼓餘糧棲畝朝野歡聲從此四時八節兄弟常醉金觥

滿庭芳　子中兄自安仁遺書云將以重九登高祝融峯且有借瓊珮霞裾之語戲往一闋以解嘲

天壤茫茫人心殊觀未免因欠思餘太山丘垤同載一方輿那更長沙不溼祝融峯纔比吾廬秋風冷攀緣汗浹應歎苦區區　登高聊爾耳何須蠟屐誰暇膏車點存處清都宛在須臾笑約乘鸞羽客窺倒景拊掌崎嶇歸來把萸囊菊盞一爲洗泥塗

謁金門　和從周宣教韻祝千歲壽請呼段馬二生歌之

梅乍吐趁壽席香風度人與此花俱獨步風流天付與　好在青雲岐路願共作和羹侶歸訪赤松辭萬戶鶯花猶是主

點絳脣　葛守坐上出點絳脣道思歸之意走筆

次其韻

報答風光滿傾瓊液休思睡亂鶯聲碎來往甘棠底

太守新詞解釋無窮意高歌起浮雲閑事渾付煙

中翠

又丁亥九月己丑赴池陽郡會坐中見梅花賦

白江梅信大都玉斲酥凝就雨肥霜逗癡騃閨房秀

莫待冬深雪壓風欺後□□□却嫌伊瘦仍怕伊

僝僽

又七夜趙富文出家姬小瓊再賦

秋夜乘槎客星容到天心處眼波微注將謂牽牛渡

見了還非重理霓裳舞都無誤幾年一遇莫訝周

郎顧

朝中措賤生日蒙季懷示朝中措新詞今借原

韻以侑壽畢敬述雅志非泛泛祝詞也○戊

子

月眉新畫露珠圓今夕正相鮮欲導唐家誕節先生

漢相韋賢　懸知此處鶯遷春谷鵰在秋天斑首算

來旬歲狀頭看取明年

又胡季懷以朝中措爲壽八月四日復次其韻

季懷嘗以宰相自期故每戲之○己丑

九重深念朔庭空良弼夢時中季懷有時中堂擢第難遵常制築巖眞繼高風　明年東府金鉞珠履列鼎鳴鐘良醞儻分焦華早禾休浸曹公季懷近送酒如醽詰之則云秋名早禾酸

醉落魄庚寅四月次江西帥吳明可韻

山川迥別赤城自古雄東越鍾英儲秀簪紳列何事黃扉殊未相黃髮　如今衰職那容缺人心恰與天時合看看孚號彤庭發初破天荒留與後來說明可台州人自云近世未有兩府

又

才高句傑飛黃卻應鸞和節新詞聊卷波瀾闊泉玉淙淨猶不比清切　相逢未穩愁相別南園煙草南樓月陽關西出重吹徹垂柳新栽寧忍便攀折明可新創南園

西江月暮春魯氏坐上次胡邦衡韻

三月羣賢畢集二天五馬生光傳觴擊鼓底匆忙畫鷁將飛江上　魯國方虛兩社齊人要復侵疆延英引對上東廊應念幽人相望

又再賦送行

藉甚新除刺史巋然舊殿靈光詔書催發櫂歌忙沙

路從今穩上　有喜刊除戎索無勞遠撫閩疆日高
龍影轉槐廊想見清光注望

近體樂府

南渡而下詩之富實維放翁文之富實維益公先輩爭仰爲大家與歐蘇並稱但卷帙浩繁我明尚未副棗余於寅卯間已鐫放翁詩文一百三十卷有奇行世而益公省齋諸稿二百卷僅得一抄本句錯字淆未敢妄就剞劂倘海內同志或宋刻或名家訂本肯不惜荊州之借俾平園叟與渭南伯共成雙璧真藝林大勝事也茲近體樂府數闋特公剩技耳先梓之以當相徵券湖南毛晉識

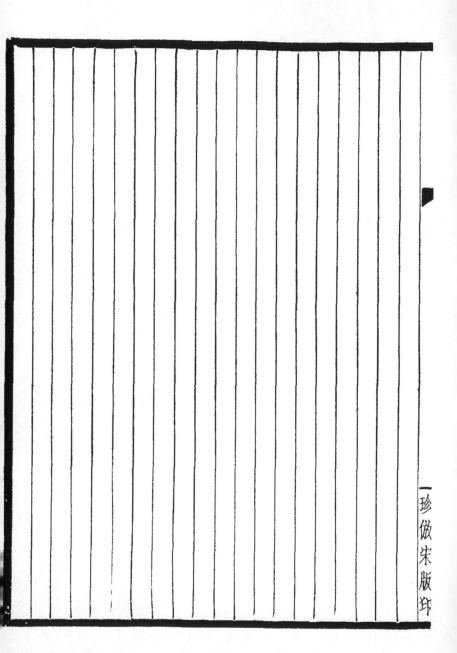

竹齋詩餘

目錄

竹齋詩餘目錄

竹齋詩餘

宋 黃機

沁園春奉柬章史君再遊西園

問訊西園一春幾何君今再遊記流觴亭北偷拈酒戲淩雲臺上暗度詩鬮略略花痕差差柳意十日不來紅綠稠須重醉便功名了後白髮爭休 定誰騎鶴揚州任書放牀頭醱甕頭況殷勤鶯燕能歌更舞輕狂蜂蝶欲去還留歲月易忘姓名須載筆勢翩翩回萬牛歸來晚有燭明金翦香暖珠簾

又 壽

六月云初人爭議公公無阻傷記傳飛急羽舟泛海道瀰漫白水路入沙場萬姓三軍倚公爲命法有逗遛公自當君還信似崔嵬砥柱屹立瞿塘 此行陰德難量到論定纔知滋味長看魚肥蟹健妻孥共樂酒餘稻熟翁媼相將何以報公祝公千歲多少人家燒夜香淩煙上更聲名凜凜冠劍堂堂

又 壽

問訊梅梢小春近也花應漸開記華堂此日紅牙絲竹歡聲昨夜翠玉尊罍霧節童童金擔曳曳人自閬風玄圃來嬉遊處任滄波變陸劫火成灰 行天看

取龍媒笑衛霍當年如此哉有筆頭文字何妨揮灑
胸中兵甲解洗氛埃見說君王防秋才子便著芝泥
封詔催功名事付屛顏燕石突兀雲臺

又 次岳總幹韻

日過西窗客枕夢回庭空放衙記海棠洞裏泥金寶
斝酴醿架下油壁鈿車醉墨題詩薔薇露重滿壁飛
雅行整斜爭知道向如今漂泊望斷天涯 小桃一
半蒸霞更兩岸垂楊渾未花便解貂貰酒消磨春恨
星珠買笑酬答年華對面青山招之不至說與浮雲
休苦遮山深處見炊煙又起知有人家

又 廖總幹席上

暑風清微梅腮漸紅麥鬚未黃恨牡丹多病醫治費
巧酴醿易老點綴無方客裏光陰愁中意緒想美人
兮山水長銷凝處有龍絲墜簡來喚持觴 華堂賸
貯春光粲一行珠璣時樣妝更燕留輕態詞翻古調
鶯嬌欲囀曲度新腔玉漏聲沈銀潢影瀉殢酒猶燒
心字香歸來也判明虬永日瑞錦鴛鴦

又 爲潘郴州壽

問訊仙翁因勤爲底來萬山中想橘邊丹井鶴尋舊
約松間碧洞鹿養新茸霧節亭亭星旓曳曳導以浮

丘雙玉童嬉遊處盡祥煙瑞雨霽月光風　歡聲已與天通更日夜彬江流向東定催歸有謂泥香芝檢留行無計路熟花驄入侍嚴凝密陪清燕吳水歡然相會逢年年裏對春如酒好酒似春濃

又 送徐孟堅秩滿還朝

人物眇然落落曉星如君幾何有飄搖長袖工持月斧寂寥遺韻妙鼓雲和政事文章特其餘事英氣橫空時浩歌還堪笑似龍文古鼎誰復摩挲　青絲繫馬庭柯爲小駐壽君金叵羅說一時偉望齊高岳麓二年遺愛拍滿湘波世事多端細憑商略痛處不須言語多從今去好經從烏府躐上鑾坡

又 送趙運使之江西

有美一人昔在何居今方見之儼瓊纓翠弁氣清芬只珠幢絳節光陸離兮吾道非耶世情復參天驥昂藏不受羈還知否定曲高寡和才大難施　行吟湘水之湄看雲卷雲舒無定姿想粲然長笑物皆有用時哉易失我亦奚爲袖手旁觀何如小試欲脫囊中失利錐君休歎正梅花將發塵滿征衣

八聲甘州 爲遯齋壽

問仙翁底事到人間人間足嬉遊向文邊書意詩邊

著語□滿南州逸韻高情總似野水蕩孤舟所未能忘者藥鼎茶甌　政恐功名相混便扶搖直上龍尾螭頭想塵壁緣終薄歸去老菟裘有當年東鄰西舍辦雞豚相與燕春秋階庭裏兒孫袞袞飛度驊騮

乳燕飛　次岳總幹韻

擊碎珊瑚樹爲留春怕春欲去駛如風雨春不留兮君休問付與流鶯自語但莫賦綠波南浦世上功名花梢露政何如一笑翻金縷繫白日莫教暮　蒼頭引馬城西路趁池亭荻芽尚短梅心未苦小雨欲晴晴不定漠漠雲飛輕絮算行樂春來幾度鞭影不搖鞍小據過橫塘試把前山數雙白鷺忽飛去

又　次徐斯遠韻寄稼軒

興發元同宇喚君來浮君大白爲君起舞滿斑斑功名洒淚百歲風吹急雨愁與恨憑誰分付醉裏狂歌空漫觸且休歌只倩琵琶訴人不語絃自語　詩成更將君自賦渺樓頭煙迷碧草雲連芳樹草樹那能知人意悵望關河夢阻有心事幾天天許繡帽輕裘真男子政何須紙上分今古未辦得賦歸去

又

秋意今如許怪征鞍底事匆匆翩然難駐斗帳屏圍

山六曲怕見瑣窗欲暮請誰伴梧桐疏雨路入衡陽天一角更山環水繞無重數客易□便難阻　相思纔信相思苦省疏狂迷歌殢酒把人輕誤問取歸期何日是指點庭前幽樹定冷蘂疏花將吐此去西風吹雁過家身心別後安平否聊慰我至誠處

摸魚兒

惜春歸送春惟有亂紅撲簌如雨亂紅也怨春狼藉揾得淚痕無數腸斷處更喚起瓊鶓催發長亭路征鞍難駐但脈脈含顰嗔人底事剛愛逐春去　闌干憑芳草斜陽凝竚愁連滿眼煙樹鬢鬆不理金釵溜鸞鏡一奩香霧花誰主悵玉容寂寞□□春知否單衣嬾卸任門外東風流鶯聲裏盡日攪飛絮

水龍吟

晴江滾滾東流爲誰流得新愁去新愁都在長亭望際扁舟行處歌罷翻香夢回呵酒別來無據恨荼蘼吹盡櫻桃過了便只恁成孤負　須信情鍾易感數良辰佳期應誤才高自嘆綵雲空詠淩波漫賦團扇塵生吟牋淚漬一觴慵舉但丁寧雙燕明年還解寄平安否

喜遷鶯　香風亭上

平湖百畝種滿湖蓮葉繞隄楊柳冉冉波光輝輝煙影空翠溼霑襟袖靜愜鄰雞啼午暖逼沙鷗眠晝西園路更紅塵不斷蝶酣蜂瘦　知否堪畫處野薺蕪菁窅地鋪茵繡桃李陰邊桑麻叢裏斜矗酒帘誇酒竹寺小依山趾茅店平窺津口春又晚正香風有客倚闌搔首

木蘭花慢　次岳總幹韻

歎鏡中白髮元不向酒邊栽奈詩習未除客愁易感賸要安排浮名任他有命怕青山頗怪不歸來出屋長松招鶴繞渠流水行杯　浪驅羸馬踏江淮幽夢苦相催甚狹路嶔崎雄心突兀誰忍徘徊此事正煩公等笑曹劉只合作輿臺我自人間屈曲青雲有眼休回

又壽

政胡塵滿野問誰與作堅城有老子行年平頭六十無限聲名向來試陳大略便羣兒啁哳耳邊鳴爭識規模先定破羌終屬營平　吾心惟有忠誠羞媚嫵做逢迎謂干戈鋒鏑動關民命此不宜輕聽渠自分勇怯奈何他天理若持衡只把從前不殺也應換得長生

又次岳總幹韻

問功名何處算只合付悠悠怕僮僕揶揄長年爲客楚尾吳頭春來故園漸好似不應不醉把春休賸買蔞蒿荻筍河豚已上漁舟　人間太半只閒愁蓑笠夢汀洲向桃杏花邊招邀同社秉燭來遊連臺聽渠拗倒更麯生元不厭誅求世事翻雲覆雨滿懷何止離憂

又

亶文王前子自不與世人同況地望既華天資更偉雲驤行空年少才名蜚動泛星槎曾到廣寒宮桂子香濃秋月桃花浪暖春風　神仙之說朦朧鉛與汞亦何功政磐石規模維城事業倚重周宗休要碧油紅旆趁黑頭時節做三公堂上雙親未老穩看金紫重重

滿江紅

呀鼓聲中又妝點千紅萬綠春試手銀花影粲雪梅香馥歸夢不知家近遠飛帆正掛天西北記年時歌舞綺羅叢憑誰續　煙水迥雲山簇勞悵望傷追逐把蛛絲鵲喜意□占卜月正圓時羞獨照夜偏長處憐孤宿悔從前輕被利名牽征塵撲

又

萬竈貔貅便直欲掃清關洛長淮路夜亭警燧曉營吹角綠鬢將軍思下馬黃頭奴子驚聞鶴想中原父老已心知今非昨　狂鯢翦於菟縛單于命春氷薄政人人自勇翹關還槊旗幟倚風飛電影戈鋌射月明霜鍔且莫令榆柳塞門秋悲搖落

又

雲暗山昏西風撼一天悲雨隱君問短牆修竹故園何處九月江南無雁到素書封了誰傳與待從頭拚却把心寬還如故　吳姬唱燕姬舞持玉斝温瓊醑悵人生歡會一年幾許莫上小樓高處望樓前詰曲來時路便直須疋馬雨蒼頭東歸去

醉江月

春愁幾許似春雲藹藹連空無數□□眉尖偏易得沒箇因由分付楊柳煙濃海棠花暗綠漲檣頭路小樓應是有人和淚凝竚　長記寶軸妝成鴛鴦繡懶輕笑歌金縷香雪精神依舊否風月誰憐虛度帶減衣寬十分憔悴雨下平分取黃昏可更子規聲碎煙塢

又

東籬成趣有西風解事催開叢菊碎摺黃金誰試手一一清香堪掬露溼涼輕霞凝寒重秀發如新沐宮妝勻就豈知紅紫麤俗　因念昔日淵明微官不受歸伴花幽獨彈壓秋光三徑裏濁酒牀頭初熟飲劇腸寬醉深吻燥更把綸巾漉此翁無恙喚渠同醉船玉

水調歌頭 爲施少儀作

此日足可惜心事正崔嵬江淮踏徧經歲相識定誰來每向酒邊長嘆更向花邊長笑意慮叵能猜邂逅忽相遇有客在塵埃　脫儒冠著武弁太多才筆墨爭似鉤戟容易到雲臺餘子何須轉手便把平生胸臆勇去莫徘徊事業上金石人世自懽哀

又 次下洞流杯亭作

金篆鑠巖穴六玉斧鑿山湫飛泉濺沫無數六月自生秋天矯長松千歲上有泠然天籟清響盼難收亭屋創新觀客鞅棹還留　推名利付飄瓦寄虛舟烝羔釀秫醅甕戢戢蟻花浮喚取能歌能舞乘興攜將高處杯酌薦崑球徑醉雙□□白眼視庸流

六州歌頭 岳總幹隳括上吳荊州啓以此腔歌之因次韻

百年忠憤無淚洒江瀆曹劉事埋露草鏁煙榛哭英
魂此恨有誰知者時把劍頻看鏡徒自苦拳破裂眼
眵昏從古時哉去速鄰人子反袂傷麟望家山何在
衮衮已鞶纓欲剗還生猛堪驚　膏肓危病寧有藥
鍼七具獻無門荊州啓條舊畫漢將軍不已存便合
囊封去倉庾地尚閒關此不用心漫有恐無干人世
權哀數耳天或者又假人言又一番春盡高柳暗如
雲夢斷重閣

又　交岳總幹韻

將軍何日去築受降城三萬騎貔貅虎戮鯢鯨洗滄
溟試上金山望中原路平於掌百年事心未語淚先
傾若若纍纍印綬偏安久大義誰明倚危闌欲徧江
水亦吞聲目斷蘋汀海門清　停杯與問焉用此手
雖□積如京波神怒風浩浩勃然興捲龍腥似把渠
忠憤伸懇請翠華巡呼壯士挽河漢蕩攙搶長算直
須先定如細故休苦縈縈正清愁滿抱鷗鷺却多情
飛過郵亭

永遇樂　章史君席上

別院春深華堂晝永嘉讌初啓翠玉尊罍紅牙絲管
睡鴨沈煙裏弄晴雲態行空絮影漠漠似飛如墜最

多情紫緜團就錯落亂星流地 史君自有元龍豪氣喚客且休辭醉蝶困蜂酣燕嬌鶯姹懽意濃如此侃其笑語止乎禮義衣佩細紉蘭芷遙歸去殘更欲盡曉鵶又起

傳言玉女 次岳總幹韻

日薄風柔池面欲平還皺紋楸玉子磔磔敲春晝衾繡半捲花氣濃熏香獸小團初試轆轤銀甃 夢斷陽臺甚情懷似病酒鳳奩羞對此年時更瘦雙燕乍歸寄與綠牋紅豆那堪又是牡丹時候

清平樂

西園啼鳥留得春多少客裏情懷無日好愁損連天芳草 博山灰冷香殘微風吹滿銀箋卓午花陰不動一雙蝴蝶團圞

又 東邢宰

曉窗晴日一點黃金橘萬事如毛隨日出多少人間頭白 未春長恨春遲春來生怕春歸辦取羯天簫鼓莫教孤負荼蘼

又 爲繆推官壽○清容繆之亭名也

煙融雨膩春去三之二了却蘭亭脩禊事判與仙翁一醉 方壺日月偏長清容花草吹香辦取此身強

健功名飽看諸郎

又 壽林守

釵頭蝴蝶趁舞梅邊雪酒瀉黃滕光奪月歲歲年年蕉葉 邊城鶯喚春來沙場馬到秋肥脫却龍韜虎略換渠金甲牙旗

又

風韶煙膩春事三之二說與人生行樂耳富貴古來如此 西園已有心期姚黃魏紫開時纖指金荷瀲灩香脣銀竹參差

又 江上重九

西風獵獵又是登高節一片情懷無處說秋滿江頭紅葉 誰憐鬢影淒涼新來更點吳霜孤負萸囊菊戔年年客裏重陽

眼兒媚

粉牆朱閣映垂楊晴綠小池塘東風颺暖單衣初試晝日偏長 鬅鬆兩鬢飛雲影鈿合未梳妝闌干側畔閒抛荔子驚散鴛鴦

又

東風挾雨苦無端惻惻送輕寒那堪更向湘灣六六淺處留船 詩闌酒戲成孤負春事已闌珊離愁都

在落花枝上杜宇聲邊

又

莫嗔日日話思歸歸也却便宜東鄰招茗西鄰喚酒一笑開眉　人生萬事無緣足待足是何時妻能紡績兒能耕穫未必寒飢

謁金門

風又雨牆外落紅無數人不歸來春不住佳期還已誤　細細一團愁緒薄倖疎狂何處化作青鸞飛得去問天天亦許

又

風雨後枝上綠肥紅瘦樂事參差團不就一春如病酒　樓外暖煙楊柳憶得年時攜手燕子雙雙來未久頗知人意否

又

愁萬疊春在雨條煙葉翠袖倚風寒霎霎傍闌看乳鴨　何處一聲啼鴂架上荼蘼欲雪繡被熏香香未歇可憐音信絕

又壽何令

冬十月記取生申時節梅傍小春融絳雪淺寒猶未却　且醉笙歌蕉葉富貴不須頻說國太夫人頭半

白看君金印燁

又 秋晚□蕙花爲賦

秋向晚秋晚蕙根猶暖碧染羅裙湘水淺羞紅微到臉 窣窣繡簾圍徧月薄霜明庭院妝罷寶奩慵不掩無風香自滿

霜天曉角 梅花

玉粲氷寒月痕侵畫闌客裏安愁無地爲徙倚到更殘 問花花不言嗅香香欲闌消得个溫存處山六曲翠屏間

又 儀真江上夜泊

寒江夜宿長嘯江之曲水底魚龍驚動風捲地浪翻屋 詩情吟未足酒興斷還續草草興亡休問功名淚欲盈掬

又 金山吞海亭

長江千里中有英雄淚却笑英雄自苦興亡事類如此 浪高風又起歌悲聲未止但願諸公強健吞海上醉而已

又 夜舟過峨眉山

江涵落日風轉飛帆急問訊蛾眉好在無一語送行客 閒情眠未得倚窗消酒力却怕魚龍驚動且莫

要夜吹笛

夜行船 京口南園

紅濺羅裙三月二露桃開柳綿又起百尺遊絲罥鶯
留燕判與南園一醉 歷歷斜陽明野水倚危闌暮
雲千里說似遊人直須燒燭早晚綠陰青子

長相思 峨眉亭

東梁山西梁山占斷長江相對閒古今雙鬢斑 天
漫漫水漫漫人事如潮多往還淺顰深恨間

烏夜啼

雲容曉色相涵征驂碎點遙山山如豆是淮南 路
漸遠家漸遠恨難堪見窗花葉底鬢毿毿

祝英臺近

試單衣扶短策沙路淨如洗乍雨還晴花柳自多麗
爭知話別南樓片帆天際便孤了同心連理 鎮縈
繫謾有羅帶香囊殷紅鬭輕翠一紙濃愁無處倩雙
鯉可堪飛夢悠悠春風無賴時吹過亂鶯聲裏

鵲橋仙 次韻湖上

黃花似鈿芙蓉如面秋事淒然向晚風流從古記登
高又處處悲絲急管 有愁萬斛有才八斗慷慨時
驚俗眼明年一笑復誰同料天遠爭如人遠

又壽葛宰

松梢擎雪竹枝溥露炯炯照人清韻仙家譜系合長生元不藉藥爐丹井　凌雲壯志垂天健翮九萬扶搖路穩發聞政最有公車定飛下日邊音信

又

一番雨過江頭綠漲催喚扁舟解去重來言語是相寬怎得似而今且住　陽關聲斷同心未綰簌簌淚珠無數秋鴻春燕往還時莫忘了錦箋分付

又

薄情也見多情也見不似這番著相如何容易買歸舟報南浦桃花綠漲　隨君無計留君無計贏得淚珠兩行夕陽明處一回頭有人在高樓凝望

西江月泛洞庭青草

漠漠波浮雲影遙遙天接山痕一聲漁唱起蘋汀名利緣渠喚醒　短棹擬攜西子長吟時弔湘靈白鷗容我作同盟占取兩湖清影

又垂絲海棠一名醉美人

撚翠低垂嫩萼勻紅倒簇繁英穠纖消得比佳人酒入香肌成暈　簾幕陰陰窗牖闌干曲曲池亭枝頭不起夢春醒莫遣流鶯喚醒

憶秦娥

秋蕭索梧桐落盡西風惡西風惡數聲新雁數聲殘角　離愁不管人飄泊年年孤負黃花約黃花約幾重庭院幾重簾幕

定風波

短策飄飄勝著鞭攜壺與客洗秋愁顏興到爲君拚劇飲狂甚論詩說劍口瀾翻　晝燭燒殘花影褪□□長鯨要使百川乾醉處不知誰氏子只記開窗臨水便迎山

虞美人　黃州江上寄王帥

三年萬里黃塵路只欠江湖去扁舟二月下湘灣過了洞庭青草又春殘　□□□□□□□□□□□□□□□□□□□□□□□□□□□□

又

十年不作湖湘客亭堠催行色淺山荒草記當時篠竹籬邊羸馬向人嘶　書生萬字平戎策苦淚風前滴莫辭衫袖障征塵自古英雄之楚又之秦

又

雲情雨意纔端的津鼓催行色因緣雖淺是因緣猶勝當初無分小留連　劉郎雙鬢青堪照君也方年

少尊前不用苦沾衣未信桃源別後路成迷

踏莎行

雲樹參差煙蕪平遠沙頭只欠飛來雁西風方做一分秋淒涼已覺難消遣　窗底燈寒帳前香暖回腸偏學車輪轉剩衾閒枕自無眠譙門更著梅花怨

蝶戀花

碧樹涼飈驚畫扇窗戶齊開秋意參差滿先自離愁裁不斷蛩螿更作聲聲怨　山繞千重溪百轉隔了溪山夢也無由見歸計憑誰占近遠銀釭昨夜花如糝

好事近

鴻雁幾時來目斷暮山凝碧別後故園無恙定芙蓉堪折　休文多病廢吟詩有酒怕浮白不是孤他詩酒更孤他風月

小重山

梧竹因依山盡頭瀟瀟疏雨後幾分秋輕涼無數入西樓憑闌久滿眼動離愁　飛鷺下汀洲怕知鴻雁到帶書否詩鬮酒戲一齊休人如削身在水邊洲

醜奴兒

綠陰窗几明如拭粉黛初勻無限芳心翻動牙籤卻

殢人　多嬌愛學秋來曲微顰朱脣別後銷魂字底
依稀記指痕

又

綺窗撥斷琵琶索一一相思一一相思無限柔情說
似誰　銀鉤欲寫回文曲淚滿烏絲淚滿烏絲薄倖
知他知不知

更漏子

秋點長秋夢短怕見黃昏庭院風窸窣雨蕭騷倚窗
魂欲銷　候蛛絲占鵲起依舊濃愁一紙紅袖黦翠
鈿蔫淚痕猶未乾

減字木蘭花

西風淅淅滿眼芙蓉紅欲滴無限相思百疊青山百
曲溪　憑誰說與衣帶別來寬幾許好片心腸不道
秋來早晚涼

臨江仙

上巳清明都過了客愁惟有心知子規昨夜忽催歸
驛程那復記魂夢已先飛　回首故園花與柳枝枝
葉葉相思歸來拚得典春衣綠陰幽遠處不管盡情
啼

又

鳳翦鸞飛空燕子寶香猶惹流蘇舊歡淒斷數行書終山方種玉合浦忽還珠 午枕夢圓春寂寂依然刻雪肌膚覺來煙雨滿平蕪客情殊索莫肯喚一尊無

又

寒食清明都過了客中無計留春東風吹雨更愁人繫船芳草岸始信是官身 悵望故園煙水闊幾時匹馬駸駸別腸何止似車輪碾天天不管轉作雨眉顰

南鄉子

簾幕閟深沈燈暗香銷夜正深花落畫屏簷鳴細雨岑岑滴破相思萬里心 曉色未平分翠被寒生不自禁待得夢成翻惡況堪顰飛雁新來也誤人

鷓鴣天

細聽樓頭漏箭移客牀寒枕不勝攲淒涼夜角偏多恨吹到梅花第幾枝 人間闊雁參差相思惟有夢相知謝他窗外芭蕉雨葉葉聲聲伴別離

又元日呈王帥

柳際梅邊臘雪乾釵頭蝴蝶又成團飄零萍梗江湖客冷落笙簫燈火天 澆濁酒惜流年牙旗夜市幾

時穿太平樂事終須在老去心情恐不然

又

濟楚偏宜淡薄妝冰涵清潤玉生香秖因夢峽成雲雨便擬吹簫跨鳳凰　新聞阻舊思量多晴翻不似垂楊年年纔到春三月百計飛花入洞房

菩薩蠻

池落開徧蓮房老秋聲已入梧桐表葵扇與桃笙尚宜相帶行　危亭三百尺爽氣眞堪挹瀹茗且盤旋翩翩吾欲仙

又

相思繞徧天涯路相思不識行人處多病怕逢春那堪春正深　日高梳洗嬾鸞鏡香塵拚雙鬢綠鬔鬆一簾花信風

又

惜山不厭山行遠山中禽鳥頻驚見小雨似憐春霏霏容易晴　青裙田舍婦饁餉前村去溪水想平腰喚船依斷橋

浣溪沙　舊刻誤入山花子二闋今分出

綠鎖窗前雙鳳奩調朱勻粉玉纖纖妝成誰解盡情看　柳轉光風絲裊娜花明晴日錦斕斑一春心事

在眉尖

又

日轉雕闌午漏分井梧落盡小窗明寶牀絲索嬾鬬心 愁壓春山應脈脈困凝秋水想沈沈低頭時露一彎金

又

墨緣衫兒窄窄裁翠荷斜嚲領雲堆幾時蹤跡下陽臺 歌罷櫻桃和露小舞餘楊柳趁風回喚人休訴十分杯

又

著破春衫走路塵子規啼斷不禁聞功名似我却羞人 象板且須歌皓齒馬褭蹏何苦惜黃金尊前休負此生身

山花子 送杜仲高

綠綺空彈恨未平可堪執手送行人碧酒漫將珍重意莫辭斟 我定憶君吟渭北君須思我賦停雲未信高山流水曲斷知音

又

流轉春光又一年春愁盡日兩眉尖草草幽歡能幾許已天邊 會得音書生羽翼免教魂夢役關山簾

捲落花千萬點雨如煙

卜算子 柬趙僉

憶自別郎時數到郎歸日及至郎歸郎又行淚臉香紅溼　殘夢怕尋思冒繡慵收拾夏簟青青白晝長背倚闌干立

醉蓬萊 壽史帥

政槐雲濃翠榴火殷紅暑風涼細紫府神仙向人間游戲瑞節珠幢瓊纓寶珮炯冰壺標致經濟規模登庸衣鉢家傳如此　禮樂醇儒詩書元帥盡洗凡蹤平吞餘子敬簡堂深且從容一醉慶社綿綿功名袞袞比衡山湘水更把陽和從頭付與滿門桃李

醉落魄

藕花初發熏風庭院涼成霎碧紗金縷籠香雪記得年時心事憑闌說　如今陡頓音書絕夜窗羞見團團月錦囊塵暗黃金玦留取多情歸趁好時節

江城子 次洪如晦韻

醉來玉樹倚風前舉吟鞭指青帘烏帽低昂搖兀似乘船傍路誰家妝束巧斜映日半窺簾　尋歡端合趁芳年對鷗絃且陶然紙上從渠劉蹶與嬴顛漠漠綠陰春復夏多少事總懸天

訴衷情 宿琴圻江上

子規聲老又殘春猶作未歸人天意不能憐客何事苦教貧　歸去也莫逡巡好從今秧田車水麥隴腰鐮總是關心

朝中措

駁雲行雨苦無多晴也快如梭春思正難拘束客愁誰爲銷磨　尋花覓識傳杯託意種種蹉跎消息不來雲錦淚痕溼滿香羅

又

逢逢船鼓綠楊津彼此是行人先自離愁無數那堪病酒傷春　岸花檣燕低飛款語滿面殷勤後會不知何日因風時惠嘉音

柳梢青

征路迢迢征旗獵獵征袖徘徊撲簌淚珠怕聞別語慵舉離杯　春風花柳齊開只喚做愁端恨媒一片衷腸十分好事等待回來

滿庭芳 交仁和韻時欲之官永興

二十年間舊遊蹤跡夢飛岳麓湘灣征衫再理秋老菊花天爲客問君何好愛水光山色爭妍經行處旗亭酤酒會記屋東偏　噫其吾甚矣不慚蹇拙欲闘

嬋娟辨輕輿短艇强載衰顏人道郴陽無雁奈情鍾
藕斷絲聯須相憶新詩賦就時復寄吳牋

竹齋詩餘

一珍倣朱版印

草堂詩餘若干卷向來豔驚人目每秘一冊便稱詞林大觀不知抹倒幾許騷人卽如次仲幾叔輩不乏寵柳嬌花燕昕鶯耽等語何愧大晟上座耶草堂集竟不載一篇眞堪歎息余隨得本之先後次第付梨凡經商緯羽之士幸兼擷焉秋分日湖南毛晉識

金谷遺音

目錄

金谷遺音目錄

金谷遺音

宋　石孝友

水調歌頭 送張左司

君恩九鼎重臣命一毫輕出身事主剛甚須作不平鳴老却西山薇蕨閒損南窗松菊羞死漢公卿豺狼敢橫道草木要知名　秋已素人又去若爲情長沙何在風送嗚咽暮潮聲舉棹却尋歸路揮麈莫談時事得酒且頻傾一片古時月千里伴君行

又上清江李中生辰

清霜洗空闊黍管吹秋灰七蓂餘翠半月流素影徘徊天遣蟠桃仙李共折一枝丹桂積慶到雲來風骨峭冰玉談辯屑瓊瑰　黃閣老金閨彥謫仙才小分銅竹徧洒雨露楚江隈好把蕭灘玉筍變作嘉肴芳酒爲壽莫停杯飛詔下霄漢調鼎待鹽梅

又趙倅生辰

蕭灘韻環珮玉筍燦玲瓏仙源積慶當日占夢兆維熊學業肯先歆向文燄已高自賀飛步更蟾宮秀色溢眉宇雄辯倒心胸　作兒戲爲親壽捧霞鍾彩衣搖曳光映懷橘墮雙紅正好平分風月且伴能言桃李鯨汲海濤洪行赴紫泥詔歸拜黑頭公

又

男兒四方志豈久困泥沙東書匣劍依舊旅食在京華躡蹬青雲未遂奔走紅塵何計斂袵且還家草木漸黃落風月正清嘉　友猿鶴宅邱壑樂生涯幾時雷雨轟磕平地起龍蛇尺箠可鞭夷狄寸舌可盂社稷無路踏雲車今古萬千事洒淚向黃花

又

美人在何許相望正悠悠雲窗霧閣遙想宛在海中洲空對殘雲冷雨何限重山疊水一夢到無由遺怨寫紅葉薄倖記青樓　金烏擲玉蟾缺物華休鳳梧鸞井一夜風露各驚秋唯有遠山無賴淡掃一眉晴綠特地向人愁斂袂且歸去回首謾遲留

又

高情邈雲漢長揖謝君侯脫遺軒冕簸弄泉石下清幽心契匡廬猿鶴淚染固陵松柏一衲且蒙頭風月感平髮魂夢繞神州　漾一葉樣孤管去來休琵琶亭畔正是楓葉荻花秋點檢詩囊酒盌撞帖舞袖歌扇收盡雨眉愁回望碧雲合相伴赤松遊

寶鼎硯上元上江西劉樞密

雪梅清瘦月桂圓冷天街新霽想帝輦三朝薄暮催

促燭龍開扇雉正拜舞捧玉巵爲壽花滿香銷鳳髓馨禹穴胥濤萬頃春入南山聲裏　鼎軸元老詩書帥體宸衷奉雙親意勤色養行春惜花夜懽宴瑤池衣綵戲鼓淑氣徧湖山千里驚破慳紅瀲翠笑那箇癡兒無賴　打得金魚墜地休念太平當年手把青藜照字對珠簾雲棟收拾歌舞轂慶母愛小寬王事看不日歸步沙隄又贊重華孝治

眼兒媚

何須著粉更施朱元不在妝梳尋常結束珊瑚環珮短短裙襦　花羞柳妬空撩亂冰雪做肌膚而今便好小名弄玉小字瓊奴

又

愁雲淡淡雨蕭蕭暮暮復朝朝別來應是眉峯翠減腕玉香銷　小軒獨坐相思處情緒好無聊一叢萱草幾竿脩竹數葉芭蕉

臨江仙

一霎狂雲驚雨過月華恰到簾帷檻前疊石翠參差洞房相見處燈火乍涼時　睡玉眠花愁夜短匆匆共惜佳期風梧不動酒醒遲好同蝴蝶夢飛上鳳凰枝

又

醉袖吟鞭行色裏帽簷低處風斜晚山一半被雲遮殘陽明遠水古木集棲鴉　暮去朝來緣底事不如早早還家曲屏深幌小窗紗翠沾眉上柳紅揾臉邊花

又

買笑當歌何處好小樓四面江山玉梅枝上卸餘寒雨隨春到急風向晚來顛　任自腰圍都瘦損肯教懽意闌珊引杯相屬莫留殘花和人競好人與月爭圓

又

枕上鶯聲初破睡峭寒輕透簾幃起來惆悵有誰知雨狂風轉急揉損好花枝　薄倖別來春又老等閒悞却佳期斜陽影裏立多時遠山何事□相對蹙修眉

又

常記夢雲樓上住殘燈影裏遲留依稀綠慘更紅羞露痕雙臉淚山樣兩眉愁　數片輕帆天際去雲濤煙浪悠悠今宵獨宿古江頭水腥魚菜市風碎荻花洲

鷓鴣天

收拾眉尖眼尾情當筵相見便相親偷傳翡翠歌中意暗合鴛鴦夢裏身　雲態度月精神月流雲散兩無情覺來一枕淒涼恨不敢分明說向人

又

收拾眉尖眼尾情夜來眞個夢傾城鴛鴦有底情難盡蝴蝶無端夢易驚　愁一擲月三更繡帷應好睡輕盈知他莫有相憐分展轉尋思直到明

又

別後應憐信息疎西風幾度到庭梧夜來縱有鴛鴦夢春去空餘蛺蝶圖　煙樹遠塞鴻孤垂垂天影帶平蕪憑誰寫此相思曲寄與馮川鄭小奴　一云金陵小道姑

又

家在東湖湖上頭別來風月爲誰留落霞孤鶩齊飛處南浦西山相對愁　眞了了好休休莫教辜負菊花秋浮雲富貴何須羨畫餅聲名肯淚求

又

花漏聲乾月隱牆琯灰迎曉透新陽物情漸逐雲容好懽意偏隨日脚長　山作鼎玉爲漿壽杯叢處豔

梅妝醉鄉路接華胥國應夢朝天侍赭黃

又

玉燭調元黍律均迎長嘉節屬芳辰雲如惜雨鈎牽
雪梅不禁風漏泄春　天意好物華新偷閒贏取酒
邊身太平朝野都無事且與鶯花作主人

又

一夜冰澌滿玉壺五更喜氣動洪爐門前桃李知麟
集庭下芝蘭看鯉趨　泉脉動草心蘇日長添得繡
工夫試探補袞彌縫手真個曾添一線無

又

一別音塵兩杳然不堪虛度菊花天驚秋遠雁橫斜
字噪晚哀蟬斷續絃　好消息惡姻緣涼宵如水復
如年夢魂不怕風波險飛過江西阿那邊

又

屏幃重重翠幕遮蘭膏煙暖篆香斜相思樹上雙栖
翼連理枝頭並蒂花　歛鳳髻嚲烏紗雲慵雨困與
無涯箇中贏取平生事免走烏飛一任他

又　旅中中秋

露葉披殘露顆傳明星著地月流天不辭獨賞窮今
夜應爲相逢憶去年　辜窈窕負嬋娟誰知兩處照

孤眠姮娥不怕離人怨有甚心情獨自圓

又冬至上李漕

萬里羇孤困一簞平頭四十誤儒冠舜絃廣播薰風暖鄒律潛消黍谷寒　樓謾倚劍休彈看君行復上金鑾鳳池波裏求餘潤蚖肆泥中豈久蟠

又慶徐元壽生子

六十仙翁抱桂栽果符吉夢誕英才上天與降麒麟種明月還生蚌蛤胎　華閣啟玳筵開快呼玉手捧金罍要知遠地無功客曾到高門托賀來

卜算子

人自蕊宮來微步香雲擁小試尊前白雪歌葉葉秋聲動　一翦豔波橫兩點愁山重收拾眉尖眼尾情作個鴛鴦夢

又

見也如何暮別也如何遽別也應難見也難後會憑據　去也如何去住也如何住住也應難去也難此際難分付

又

折得月中枝坐惜青春老及至歸來能幾時又踏關山道　滿眼秋光好相見應須早若趁重陽不到家

只怕黃花笑

又 孟撫幹歲寒三友屏風

冷蕊悶紅香瘦節攢蒼玉更著堂堂十八翁取友三人足 惜此歲寒姿移向屏山曲紙帳熏爐結勝緣故伴仙郎宿

漁家傲 送李惠言徐元集赴試南宮

射虎將軍寨繡帽西園公子南山豹共跨龍媒銜鳳詔風色好宮花御柳迎人笑 劍履醒醒天日表集英殿下春來早雙鶚盤空擎百鳥歸來了藍袍錦水光相照

又

夜半潮聲來枕上擊殘夢破驚魂蕩見說錢塘雄氣象披衣望碧波堆裏排銀浪 月影徘徊天滉漾金戈鐵馬森相向洗盡塵壁根磨業障增豪放從公筆力詩詞壯

洞仙歌

芙蓉院宇露下秋容瘦龜鶴仙人獻長壽問蓬山別後幾度春歸歸去晚開得蟠桃厮句 人間遊戲好鯨背風高那更相將鳳雛九事蘋蘩工翰墨才德兼全人總道古今稀有儘從他烏兔促年華看綠鬢朱

顏鎖長依舊

念奴嬌上洪帥王子道生辰正月十六日用東坡韻

半千寶運瑞清朝誕育人間英物暖律吹灰春到也遲日光騰東壁婺女雙溪沈郎八詠輝映皆冰雪儲精毓秀幾年一个人傑　須信和氣隨人粉梅欺黛柳嬌春爭發翠幕重重稱壽處蓮炬蕙煙明滅鼎席猶虛九重頻念此袞衣華髮明年今夜鳳池應醉花月

又

悶紅顰翠惜流年忍對豔陽時節白玉樓成人去後兩地音塵都絕鸞鑑分飛夢雲零亂懽意今衰颯墨痕紅淡憶曾題徧紅葉　須信後約難憑臂嚙鬟翦也只成虛設滿眼凄涼無限事付與丁香愁結欲語情酸臨岐步嬾悵望蘭舟發出門誰伴淚昏一片孤月

又

平湖閣上正殘虹挂雨微雲擘月萬頃琉璃秋向冷忍便翠銷紅歇北海尊罍西園游宴與逸湖山發飛塵不到坐移蓬島珠闕　莫厭笑口頻開少年行樂

事轉頭胡越公子多情真愛客敢憚深杯百罰太一舟輕芙蓉城鎖醉指神仙窟乘風歸去儘教吹亂華髮

又

平湖閣上正雌霓將捲雄風初發醉倚危闌吟眺處月在蓬萊溟渤蓬葉香浮桂華光放翻動蛟鼉窟踏輪誰信宓妃曾借塵韈　人世景物堪悲等閒都換了朱顏雲髮遙想廣寒秋到早閒著幾多空闊太白詩魂玉川風腋自有飛仙骨嫦娥爲伴夜深同駕霜月

又上德安王文甫生辰

麥秋天氣正玉杓斡暑熏絃鳴律浴佛生朝初過也還數佳辰三日筮水呈祥夢熊叶慶寶運符千一太平朝野異人端爲時出　須信家世蟬聯乃翁遺範在子孫逢吉霧隱巢雲聊寄傲行矣飛英騰實瀑布泉清爐峯氣秀光映霞觴溢萱堂爭看綵衣紅墮雙橘

醉落魄

友鶯夢蝶尋花問柳深相結教春去後羣芳歇零落朋游辜負好時節　眼邊愁緒多于髮迢迢一水通

吳越舊歡新恨都休說坐暖殘紅沈醉碧天闊

又

鸞孤鳳隻而今怎忍輕拋擲知他別後誰憐惜一味恓惶辜負我思憶　雲山萬疊煙波急短書頻寄征鴻翼相逢後會知何日去也奴哥千萬好將息

又

空庭草積吹花風去春無迹鎖鸞深處應相憶紅染羅巾顰損眉山碧　曲屏塵暗雙鸂鶒醉衾不暖爐煙溼一簾暝色人孤寂夢裏燈殘心上雨聲滴

又

紅嬌翠弱怨人珠淚頻偷落歸期莫負音箋約雨斷雲銷總是初情薄　夜深秋氣生簾幕半衾依舊空閑却故人何處孤舟泊兩岸秋聲一夜風濤惡

醜奴兒　效韻何文成燈下鏡中桃花

菱花鏡裏桃花笑清影團團月淡風寒深夜移燈許細覰　武陵溪上當時事何處飛鸞淚紙驚瀾飄盡紅英不忍看

西江月

歌徹秋娘金縷醉拔纖女雲車而今誰復薦相如拔劍茫然四顧　好景憑愁詩斷送閒愁著酒消除鏡中

絲髮莫驚呼春滿珠簾繡戶

又

脈脈無端心事厭厭不奈春酲越羅衫薄峭寒輕試問幾番花信　萬點風頭柳絮數聲柳外啼鶯斜陽還傍小窗明門掩黃昏人靜

又

拽盡風流露布築城煩惱根基早知恁地淺情時枉了教人恁地　惜你十分撋就把人一味禁持這回斷了更相思比似人間沒你

踏莎行

沈水銷紅屏山掩素鎖窗醉枕驚眠處芰荷香裏散秋風芭蕉葉上鳴秋雨　飛閣愁登倚闌凝竚孤鴻影沒江天暮行雲懶寄好音來斷雲暗逐斜陽去

又

釵鳳搖金髻螺分翠銖衣穩束宮腰細綠柔紅小不禁風海棠無力貪春睡　翦水精神怯春情意霓裳一曲當時事五陵年少本多情爲何特地添憔悴

望海潮

離情冰泮歸心雲擾黯然凝竚江皐柳色搖金梅香弄粉依稀滿眼春嬌常記極遨游更與持玉斝因解

金貂郎去瞿塘妾家巫峽水迢迢　別來暗減風標際碧雲暗斷翠被香消春草生池芳塵凝榭淒涼月夕花朝千里夢魂勞但鳥啼渡口猿響山椒擬把無窮幽恨萬疊寫霜綃

又元日上都運魯大卿

雲龍雙輔匣龍雙起當年楚尾吳頭借月命卿占星分使來寬俗瘵君憂繡指屈儒流□暫輟北闕小試南州協奏薰風霈爲霖雨歲登秋　春工點綴芳柔正梅凝笑臉柳弄青眸柏葉薦觴椒花載頌休辭秉燭嬉遊乃眷在宸旒更德標銀管名覆金甌共看朝天路穩歸拜富民侯

虞美人

醉尋芳草城頭路底事頻凝竚麗譙直下小層樓鴛瓦重重勻砌幾重愁　睡紅蘸翠春風面咫尺無由見從教笑語落簷楹圖得香閨依約認郎聲

又

月娥弄影當窗照疑是巫山曉芙蓉帳裏睡魂驚淺拂輕勻猶恐已天明　高樓未放梅花弄却就鴛衾擁舞腰纖瘦不禁春恣意任郎撩亂一梳雲

水龍吟

舊遊曾記當年鳳城雨露開晴晝端門發鑰御爐煙暗宮花影覆帝念民勞俾乘軺傳暫臨牛斗散陽和照春光萬井來小試調元手　職業才華競秀漢廷臣無出其右九重眷倚頻虛槐鼎爭迎袞繡爽氣西山綠波南浦釀成芳酒趁鋒車未到霞觴共祝百千長壽

長相思

你又癡我又迷到此癡迷兩為誰天天天怎知　長相思極相思願得姻緣未盡時今生重共伊

又

紅依稀綠依稀寒勒花梢開較遲蝶魂空自迷　怕人疑使人疑人道閑愁想未知歌眉因甚低

又

蝶團飛鶯亂啼陌上花開人未歸碧臺歌舞稀　月入屏風滿帷坐到黃昏人靜時清愁君不知

又

樹槎牙冰交加冷豔疎疎瘦影斜幾枝梅放花　天一涯語三叉已是情多怨物華那堪更憶家

品令

困無力幾度偎人翠顰紅溼低低問幾時麼道不遠

三五日　你也自家寧耐我也自家將息驀然地煩惱一箇病教一箇怎知得

點絳脣

霽景澄秋晚風吹盡朝來雨夕陽煙樹萬里山光暮一帶長川自在流今古人何處月波橫素冷浸蒹葭浦

又

緩解羅裳十分鴛履低腰素冰香微度一鋪殷紅露風折芳蓮影落盆池去多羞處怕人偷覷粉面頻回顧

又

著意栽銀砌成葉葉蓮花舫醉霞搖蕩恰似凌波樣自笑平生鯨吸供陂量孤心賞不如深幌一搨酬千想

又

楊柳腰肢春來尚怯銖衣重眼波偷送笑把花枝弄雨帳雲屏一枕高唐夢春情動殢人嬌縱困嚲釵橫鳳

又

醉倚危檣望中歸思生天際山腰渚尾幾簇漁樵市

帆落西風一段蘆花水八千里錦書欲寄新雁曾
來未

又

日薄風遲柳眠無力花枝妥燕樓空鎖好夢誰驚破
寒食清明又等閒都過愁無那淚珠頻墮洒盡相
思顆

玉樓春

小桃破盡風前蕚草草年華閒過却十分清瘦有誰
知一點相思無處著　書憑雁字應難說花與淚珠
相對落萬紅千翠儘春光若比此情猶自薄

又

春生澤國芳菲早樓外牆陰聞語笑東君著意到西
園點破施朱渾未了　楚雲暮合吳天杳天色沈沈
雲擾擾洞門深閉月輪孤不見當時張好好

又

風光澹蕩雲容粹點染園林添況味花間照夜簇紅
紗柳外踏青搖綵旆　芳時不分空憔悴抖擻愁懷
賒樂事羅衫一任涴塵泥拚了通宵排日醉

又

扁舟破浪鳴雙櫓歲晚客心分萬緒香紅漠漠落梅

村愁碧萋萋芳草渡　漢皐珮失誠相誤楚峽雲歸無覓處一天明月缺還圓千里伴人來又去

又

井花暖處新陽動節物撩人添倥傯寒蘺冰齒暈輕澌敗絮栗肌慳短夢　文章徹了成何用悶撥爐灰窺飣甕尋思已得到春時預把五窮連夜送

又　冬日上江西漕魯大卿

漢皇受禪新堯統沼躍潛魚儀舞鳳五雲色備觀臺書萬世功成賢相用　江湖襟帶蠻荊控摩撫民勞輸士貢願傾石尉望塵心來獻魯侯難老頌

又

一陽不受羣陰壅殘曆行間冬破仲雲低吹白臘寒濃梅小綻紅春意重　湖山千里勤飛控淑氣沖融披氷凍笑攜雨露灑民心暗聚精神交帝夢

又

黃鍾應律扶炎統舜日迎長佳節用娟娟芳意著花梢盎盎暖香浮酒甕　壽觴喚取纖纖捧雨歇珠簾雲繞棟與來且伴橘中仙歸去卻聯池上鳳

又

臺門瑞靄光陽動人語鼓聲沈洶洶觀風堂迥暗香

飄捲雨樓前寒翠擁　鋒車促入承天寵丹詔御來
須彩鳳五絲宮線日邊長看補巖廊龍袞縫

又　送趙判官

陽關聲裏催行色馬惜離羣人惜別入懷風月記銜
杯迎步溪山供散策　陰飆斷渡江吹白晴壑吞雲
天放碧懸知詩興滿歸途三四野梅開的礫

又

尋春悞入桃源洞草草幽懽聊與共牢籠風月此時
情做造溪山今夜夢　柳蹊未放金絲弄梅徑已經
香雪凍春愁離恨重於山不信馬兒馳得動

西地錦

回望玉樓金闕正水遮山隔風兒又起雨兒又煞好
愁人天色　兩岸荻花楓葉爭舞紅吹白中秋過也
重陽近也作天涯行客

朝中措

亂山疊疊水泠泠南北短長亭客路如天杳杳歸心
能地寧寧　春光荏苒花期冷落酒伴飄零鬢影黃
邊半白燒痕黑處重青

阮郎歸

燭花吹盡篆煙青長波拍枕鳴西風吹斷雁鴻聲離

人夢暗驚　鄉思動旅愁生誰知此夜情亂山重疊擁孤城空江月自明

滿江紅

雁陣驚寒故喚起離愁萬斛因追念鏡鸞易破鳳絃難續詩句已憑紅葉去夢魂未斷黃粱熟歎淚萍風梗又天涯成幽獨　歸來引相思曲塵滿把淚盈掬對長天遠水落霞孤鶩立盡西風無好意遙山也學雙眉蹙恨草根不逐鬢根摧秋更綠

浪淘沙

好恨這風兒催俺分離船兒吹得去如飛因甚眉兒吹不展困耐風兒　不是這船兒載起相思船兒若念我孤恓載取人人篷底睡感謝風兒

聲聲慢

花前月下好景良辰廝守日許多時正美之間何事便有輕離無端珠淚暗蔌染征衫點點紅滋最苦是殷勤密約做造相思　咿啞櫓聲離岸魂斷處高城隱隱天涯萬水千山一去定失花期東君屬來無賴散春紅點破梅枝病成也到而今著個甚醫

憶秦娥

秦樓月秦娥本是秦宮客秦宮客夢雲風韻借仙標

格　相從無計不如休如今去也空相憶空相憶尊前歡笑夢中尋覓

菩薩蠻

酒濃花豔秋波滑舞餘腰素花枝活相見又還休不禁歸去愁　醉衾成獨擁月冷知霜重早是夢難成梅花腸斷聲

又

雪香白盡江南隴暖風綠到池塘夢疊影上簷明夜湖春水生　踏青何處去楊柳橋邊路不見浣花人汀洲空白蘋

又

花銷玉瘦斜平薄舞衣寬盡腰如削因甚不勝嬌烏雲橫鬢鬟翹　雙娥顰淺黛鸞鏡愁空對羅袖晚香寒淚珠和粉彈

惜奴嬌

我已多情更撞著多情底你把一心十分向你盡他們劣心腸偏有你共你撇了人只爲箇你　宿世寃家百忙裏方知你沒前程阿誰似你壞却才名到如今都因你是你我也沒星兒恨你

又

合下相逢算鬼病須沾惹閒深裏做場話霸負我看承枉馳我許多時價宽家你教我如何割捨　苦苦孜孜獨自箇空嗟訝便心腸捉他不下你試思量亮從前說風話宽家休直待教人呪罵

江城子

青青楊柳水邊橋水迢迢柳搖搖緩引離觴頻駐木蘭橈我是行人君是客俱有恨總無聊　冰澌波浪暖瓊瑤舞晴飆拂春潮一片別魂銷盡遣誰招不似嚴陽山上雪魂易盡雪難銷

又

相逢執手也踟躕立斯須話區區借問來時曾見那人無忍淚啼痕香不滅雖少別忍輕辜　霜風搖落歲將徂景凋疎恨縈紆過盡行雲我在與誰居一掬歸心飛不去層浪疊片蟾孤

如夢令

照水粉梅開盡春淺峭寒猶甚秋氣著人衣斗帳玉兒生暈那更那更簾外月斜風橫

又

風獵亂香如掃又是粉梅開了庭戶鎖殘寒夢斷池塘春草情悄情悄簾外數聲啼鳥

又

折寄隴頭春信香淺綠柔紅嫩插向鬢雲邊添得幾多風韻但問但問管與玉容相稱

亭前柳

有件偷遮算好事大家都知被新寃家[illegible]索後沒別底似別底也難爲　識盡千千并萬萬那得恁海底猴兒這百十錢一箇潑性命不分付待分付與誰

好事近

幸自得人情只是有些脾鱉引殺俺時直甚損我兒陰德　情知守定沒乾休乾休寃俺急今夜這回除是有翅兒飛得

又

微雨洒芳塵醞造可人春色聞道夢雲樓外正小桃花發　殷勤留取最繁枝尊前待閒折準擬亂紅深處化一雙蝴蝶

夜行船

昨日特承傳誨欲相見奈何無計這場煩惱捻著嚎曉夜價求天祝地　教俺兩下不存濟你莫卻信人調戲若還是眞個肯收心廝守著快活一世

又

漏永迢迢清夜露華濃洞房寒乍愁人早是不成眠奈無端月窺窗罅　心心念念都緣那被相思悶損人也寃家你若不知人這懽娛自今權罷

茶瓶兒

相對盈盈一水多聲價開名得字剛能見也還抛棄負了萬紅千翠　留無計來無計成何況味而今若沒些兒事却枉了做人一世

清平樂　送同舍周智隆

惱花風雨斷送春將暮底死留春春不住那更送春歸去　今朝且賦歸歟明年春滿皇都共泛桃花錦浪與君同醉西湖

又

天涯重九獨對黃花酒醉撚黃花和淚嗅憶得去年攜手　去年同醉流霞醉中折盡黃花還是黃花時候去年人在天涯

又

見時憐惜不見時思憶花柳光陰都瞬息把光陰虛擲　郎才妾貌相當有些似欠商量看你忔憎模樣更須著我心腸

又

醉紅宿翠髻嚲烏雲墜管是夜來不得睡那更今朝
早起　春風滿搦腰肢階前小立多時恰恨一番雨
過想應溼透鞋兒

又

山明水嫩瀟洒桐廬郡極目風煙無限景說也如何
得盡　自憐俗狀塵容幾年斷梗飄蓬借使嚴陵知
道祗應笑問東風

又

霽光搖目春入郊原綠殘雪壓枝堆爛玉特聞枝間
蔌蔌　瘦藤細履平沙醉巾一任欹斜落日數聲啼
鳥香風滿路梅花

一翦梅　送晁駒父

萍水相逢無定居同在他鄉又問征途離歌聲裏客
心孤花盡園林水滿江湖　煙樹微茫帶岸蒲何處
長沙何處洪都要知安穩到家無千里征鴻一紙來
書

浣溪沙

宿醉離愁慢髻鬟韓偓綠殘紅豆憶前懽叔原錦江
春水寄書難叔原　紅袖時籠金鴨暖少游小樓吹
徹玉笙寒李璟為誰和淚倚闌干中行

又

柳岸梅溪春又生風枝斜裏雪枝橫空牽歸興惹離情　灰盡寸心猶自熱淚承雙睫不能情夢雲樓隔豫章城

又

迎客西來送客行堆堆歷歷短長亭礙人殘酒不能醒　煙染暮山浮紫翠霜凋秋葉復丹青憑誰圖寫入銀屏

又

幾曲屏山數幅波雁聲斜帶夕陽過卸帆聊醉菊花坡　旅枕夢魂歸路遠秋江風緊夜寒多薄情還解憶人麼

謁金門

歸不去歸去又還春暮洞裏小桃音信阻幾番風更雨　相伴竹節芒履穿盡松溪花塢早是行人貪道路聲聲聞杜宇

又

雲樹直雨歇半空猶溼山影插尖高幾尺依依銜落日　遠岸雙飛鸂鶒一水無情自碧颯颯白頻風正急斷腸人獨立

又

春睡重睡起煙銷鸞鳳著雨柳綿吹易動風簾花影弄　過雁空勞目送縱有音書何用有意相思無意□不如休做夢

又

風又雨斷送殘春歸去人面桃花在何處綠陰空滿路　立馬垂楊官渡一寸柔腸萬縷回首碧雲迷洞府杜鵑啼日暮

又

山雨絕山重冷如冰雪窗外芭蕉三兩葉影排窗上月　醉枕驚回蝴蝶好夢無人共說心事悠悠芳草歇不眠聽鼠嚙

杏花天

把杯莫唱陽關曲行客去居人恨蹋屏山似展江如簇不見尊前醉玉　鵑啼處怨聲裂竹問後夜蘭舟那宿帛書早繫征鴻足腸斷絃孤怎續

南歌子

蟻酒浮明月鯨波泛落星春花秋葉幾飄零只有盧山君眼向人青　明日非今日長亭更短亭不辭一飲盡雙缾爭奈秋風江口酒初醒

又

草色裙腰展冰容水鏡開又還春事破寒來一夜東風吹綻後園梅　糯甕餅香釀熏爐續麝煤休驚節物暗相催贏取大家沈醉探春杯

又

鳳髻斜分翠鴛鞋小研紅東君著意綺羅叢最好一枝特地怨春風　懊恨無情語嬌羞忍芙蓉相看疑是夢魂中怕逐飛雲歸去斷行蹤

又

疇昔飛鸞侶而今斷雁行西風嶺外下斜陽無賴一鉤新月掛人腸　雙淚沾襟袖孤燈對客牀枕餘衾剩只殘香別得嬌癡不睡也思量

又

春淺梅紅小山寒嵐翠薄斜風吹雨入簾幕夢覺南樓嗚咽數聲角　歌酒工夫懶別離情緒惡舞衫寬盡不堪著若比那回相見更消削

又

亂絮飄晴雪殘花繡地衣西園歌舞驟然稀只有多情蝴蝶作團飛　舊事深琴怨新愁減帶圍倚樓凝望更依依怕見一天風雨捲春歸

武陵春

走去走來三百里五日以爲期六日歸時已是疑應是望歸時　鞭箇馬兒歸去也心急馬行遲不免相煩喜鵲兒先報那人知

減字木蘭花　贈何藻

新荷小小比目魚兒翻翠藻小小新荷點破清光景趣多　青青半捲一寸芳心渾未展待得圓時罩定鴛鴦一對兒

又

空階雨過細草搖搖光入座斜日多情戀戀幽窗故故明　沈吟無語立徧梧桐庭下樹病葉先秋零亂風前片段愁

又

角聲催曉斗帳美人初夢覺黛淺妝殘清瘦花枝不耐寒　匆匆睡起冷落餘香栖翠被何處陽臺雨散雲收猶未來

柳梢青

雲髻盤鴉眉山遠翠臉暈微霞燕子泥香鵝兒酒暖曾見來那　秋光已著黄花又恰恨尊前見他越樣風流惱人情意真個寃家

烏夜啼

瀟湘雨打船篷別離中愁見拍天滄水攪天風　留不住終須去莫匆匆後夜一尊何處與誰同

愁倚闌　又名春光

人好遠路能長奈思量更放晚來些小雨做新涼　衰草低襯斜陽斜陽外水冷雲黃借使有腸也須斷況無腸

又

淮水闊楚山長恨難量不道愁離人獨夜更天涼　佳節虛過重陽更籬下拆盡疏黃看取清溪三百曲是回腸

滿庭芳上張紫微

筆走龍蛇詞傾河漢妙年德藝雙成帝庭敷奏親擢冠羣英龍首其誰不取便直饒勛業崢嶸偏他甚潑天來大一箇好聲名　憶曾瞻拜處當年汝水今日溢城歎白首青衫又造賓閎謹贄詩文一卷仗仙風吹到蓬瀛依歸地熏香摘豔作箇老門生

又　次范倅憶洛陽梅

蘭畹霜濃柳溪冰咽春光先到江梅瘦枝疏蕚特地破寒開鉤引天涯舊恨雙眉鎖九曲腸回空銷黯故

園何在風月浸長淮　當年吟賞處醉仙顛倒飛屑
成堆怎奈向而今雨悞雲乖萬里難憑驛使那堪對
別館離杯誰知道洛陽詩老還有夢魂來

又

瘦頰凝酥殘妝弄酒相逢一笑東風並肩攜手羞落
可憐紅疑是回心院裏埋醉首吐作芳叢無端處雄
蜂雌蝶相美兩情通　一從攀折後漢皐珮失銅雀
春空想桃葉桃根此恨能同多謝金鑾舊客收拾在
芸閣籤中還知否竊香傳粉輸與蠹書蟲

又 寄別

修竹搔藍梅山聳翠小小佳處西安從來聞說今日
遠來看便好求田問舍耳溪澗目飽林巒爭知道塵
緣未了無計與盤桓　小蠻應念處絃孤么鳳鏡掩
孤鸞愁再見多情素日閒閒早晚扁舟兩槳驚翠枕
雲巘風湍從前去殷勤細數細數萬重灘

更漏子

鞾吟鞭欹醉帽行盡關山古道霜滿地水平田雁兒
聲在天　北沙門南浦岸望得眼穿腸斷桐樹巷夢
雲樓玉兒應也愁

又

燭銷紅窗送白冷落一衾寒色雞喚起馬馳行月昏衣上明　酒香脣妝印臂竟夜人人共睡魂蝶亂夢鸞孤知他睡穩無

行香子

你也嬌癡我也狂迷望今生永不分離如何別後三換梅枝是好相知不相見只相思　良辰美景賞心樂事負我辜伊鳳絃再續鸞鑑重窺且等些時說些子做些兒

畫堂春

寒蛩切切響空幃斷腸風葉霜枝鳳樓何處雁書遲空數歸期沈腰春瘦卻成宋玉秋悲又還辜負菊花時沒箇人知

山花子

落日秋風嶺上村全稀過雁少行人正是悲傷愁絕處更黃昏　漠漠野煙生碧樹漫漫衰草際黃雲借使昔人行到此也銷魂

燕歸梁

樓外春風桃李陰記一笑千金翠眉山斂眼波侵情滴滴怨深深　當初見了而今別後算此恨難禁與其向後兩關心又何似而今

望江南

山又水雲巘帶風彎斷雁飛時天拍水亂鴉啼處日銜山疑在畫圖間　人漸遠遊子損朱顏別淚空沾雙袖溼春心不放兩眉閑此去幾時還

青玉案

征鴻過盡秋容謝捲離恨還東下翦翦霜風落平野溪山掩映水煙搖曳幾簇漁樵舍　芙蓉城裏人如畫春伴春遊夜轉夜別後知他如何也心隨雲亂眼隨天斷淚逐長江瀉

蝶戀花

別後相思無限期欲說相思要見終無計擬寫相思持送伊如何盡得相思意　眼底相思心裏事縱把相思寫盡憑誰寄多少相思都做淚一齊淚損相思字

又

寒卸園林春已透紅著溪梅綠染前隄柳見箇人人今感舊引杯相屬蒲塘酒　金縷歌中眉黛皺多少閑愁借與傷春瘦明日馬蹄浮野秀柳顰梅慘空回首

又

薄倖人人留不住楊柳花時還是成虛度一枕夢回春又去海棠吹落胭脂雨　金鴨未銷香篆吐斷盡柔腸看取沈煙縷獨上危樓凝望處西山暝色連南浦

驀山溪

鶯鶯燕燕搖蕩春光懶時節近清明雨初晴嬌雲弄暖醉紅溼翠春意釀成愁花似染草如翦已是春強半　小鬟微盼分付多情管癡騃不知愁想怕晚貪春未慣主人好事應許玳筵開歌眉斂舞腰輭怎向輕分散

又

小花靜院有個人人現縹緲更娉婷算不數歌朋無伴鳴珂曲裏常記偶相見無語恨有情愁綠嫩紅妝淺　別來誰念人面關山遠凝睇倚危樓眼波長眉峯不展一年心事到此向誰論書雁杳夢雲深寂寞江天晚

又

醉魂初醒強起尋芳徑一似楚雲歸詔沒箇鱗書羽信疎狂蹤跡虛度可憐春陰還悶晴還困羸得無端病　菱花寶鏡拆破雙鸞影別袖忍頻看生怕見啼

紅醉粉而今憔悴瘦立對東風紅成陣綠成陰況是
春將盡

千秋歲

春工領略點破羣花萼對流景傷淪落踏青心緒嬾
病酒情懷惡無奈處東風故故吹簾幕　腕玉寬金
約一去音容邈魚與雁應難託從前多少事不忍思
量著心撩亂斜陽影在闌干角

傳言玉女

雪壓梅梢金裊柳絲輕歛錦宮春早乍風和日暖華
國翠路九陌綺羅香滿連空燈火滿城絃管　月射
西樓更交光照夜宴萬人擁路指鼇山共看花旗翠
帽到處朱簾高捲歸時常是漏殘銀箭

余初閱蔣竹山集至人影窗紗一調喜謂周秦復生又恐白雪寡和既更得次仲金谷遺音如荼瓶兒惜奴嬌諸篇輕倩纖豔不墮願奶奶蘭心蕙性之鄙俚又不墮霓裳縹緲雜佩珊珊之壘架方之蔣勝欲余未能伯仲也湖南毛晉識

散花菴詞

目錄

散花菴詞

宋　黃昇

賀新郎　題雙溪馮熙之交游風月之樓

倦整摩天翼笑歸來點畫亭臺按行泉石落落元龍湖海氣更著高樓百尺收攬盡水光山色曾駕飇車蟾宮去幾回批借月支風敕斯二者慣相識　玲瓏窗戶青紅溼夜深時寒光爽氣洗清肝膈似此交游真灑落判與升堂入室有萬象來爲賓客不用笙歌輕點涴看仙翁手摘虹霓筆吟思遠兩峯碧樓對兩峯甚奇

又　乙巳正月十日雙溪攜酒遺蛻亭桃花方開主人浩歌酌客歡甚即席作此

風送行春步漸行行山回路轉入雲深處問訊花梢春幾許半在詩人杖屨點點是祥煙膏露中有瑤池千歲種整嚴妝來作巢仙侶相嫵媚試凝竚　風流座上揮談麈更多情多才多調緩歌金縷趁取芳時同宴賞莫惜清尊緩舉有明月隨人歸去從此一春須一到願東君長與花爲主泉共石聞斯語

又　菊

莫恨黃花瘦正千林風霜搖落暮秋時候晚節相看

元不惡采采東籬獨秀試攬結幽香盈手幾劫修來方得到與淵明千載爲知舊同冷淡比蘭友　柴桑心事君知否把人間功名富貴付之塵垢不肯折腰營口腹一笑歸歟五柳悵此意而今安有若得風流如此老也何妨相對無杯酒詩自可了重九

又　梅

自掃梅花下問梢頭冷蘂疎疎幾時開也問者闕焉今久矣多少幽懷欲寫有誰是孤山流亞香月一聯真絶唱與詩人千載爲嘉話餘與味付來者　清癯不戀華亭樹待與君白髮相親竹籬茆舍喜甚今年無酒禁溜溜小槽壓蔗已準擬雪天霜夜自醉自吟仍自笑任解冠落珮從嘲罵書此意寄同社

木蘭花慢　題馮雲月玉連環詞後

自沈香夢斷風雨外失餘春悵袍錦淋漓金鑾論奏四海無人蛾眉古來見妬奈昭陽飛燕亦成塵惟有空梁落月至今能爲傳神　神遊八表跨長鯨誰是再來身愛雲月溪頭玉環一曲箏力千鈞人間不堪著眼但香名百世尚如新乞我九霞蜚珮梯空共上秋旻

又乙巳病中

問潘郎兩鬢更禁得幾番秋悵病骨臞臞幽懷渺渺短髮颼颼雲邊一聲長笛這風情多屬趙家樓欹枕困尋藥裏熏衣慵訊香籌　悠悠老矣復焉求何止賦三休念少日書魔中年酒病晚歲詩愁已攀桂花作證便從今把筆一齊勾只有煙霞痼疾相陪風月交游

又　懷舊

問春春不語漫新綠滿芳洲記歷歷前遊看花南陌命酒西樓東風翠紅圍繞把功名一笑付糟丘醉裏了忘身世吟邊自負風流　風流莫莫復休休白髮漸盈頭悵十載重來略無歡意惟有閒愁多情向人似舊但小桃婀娜柳纖柔望斷殘霞落日水天拍拍飛鷗

南柯子　丁酉清明

天上傳新火人間試袷衣定巢新燕覓香泥不爲繡簾朱戶說相思　側帽吹飛絮憑闌送落暉粉痕銷淡錦書稀怕見山南山北子規啼

又　丙申重九

蘭佩秋風冷茱囊曉露新多情多感怯芳辰強折黃花來照碧粼粼　落帽參軍醉空尊靖節貧世間那

復有斯人目送歸鴻西去一傷神

行香子 梅

寒意方濃暖信才通是晴陽暗拆花封氷霜作骨玉雪爲容看體清癯香淡些影朦朧 孤城小驛斷角殘鐘又無邊散與春風芳心一點幽恨千重任雪霏霏雲漠漠月溶溶

賣花聲 乙亥三月一日

鶯蝶太匆匆惱殺衰翁牡丹開盡狀元紅俯仰之間增感慨花事成空 垂柳綠陰中粉絮濛濛多情多病轉疎慵不是東風孤負我我負東風

又 憶舊

秋色滿層霄翦翦寒飈一襟殘照兩無聊數盡歸鴉人不見落木蕭蕭 往事欲魂消夢想風標春江綠漲水平橋側帽停鞭沽酒處柳軃鶯嬌

長相思 秋懷

天悠悠水悠悠月印金甌曉未收笛聲人倚樓 蘆花秋蓼花秋催得吳霜點鬢稠香箋莫寄愁

又 秋夜

砧聲齊杵聲齊金井闌邊敗葉飛夜寒烏不棲 風淒淒露淒淒影轉梧桐月已西花冠窗外啼

又春晚

惜春歸愛春歸脫了羅衣著苧衣綠陰黃鳥啼　酒醒時夢醒時清簟疎簾一局棋丁東風馬兒

感皇恩 送饒溪臺游浙

騎鶴上揚州腰纏十萬拈起詩人舊公案看山看水此去勝遊須徧煩君收拾取歸吟卷　少日風流暮年蕭散佳處何妨小留款沙河塘上落日繡簾爭捲也須拂拭起看花眼

蝶戀花 春感

百計留春春不住褪粉吹香日日催教去心事欲憑鶯語訴流鶯剗地無憑據　綠玉闌干圍綺戶一點柔紅應在深深處想倚翠簾吹柳絮淺顰惆悵芳期誤

月照梨花 閨怨

晝景方永重簾花影好夢猶酣鶯聲喚醒門外風絮交飛送春歸　脩蛾畫了無人問幾多別恨淚洗殘妝粉不知郎馬何處嘶煙草萋迷鷓鴣啼

摸魚兒 爲遺蜕山中桃花作寄馮雲月

問山中小桃開後曾經多少晴雨遙知載酒花邊去唱我舊歌金縷行樂處正蝶繞蜂圍錦繡迷無路風

光有主想倚杖西阡停杯北望望斷碧雲暮　花知
道應倩蜚鴻寄語年來老子安否一春一到成虛約
不道樹猶如此煩說與伹歲歲東風妝點紅雲塢劉
郎老去待有日重來同君一笑拈起看花句

水龍吟 贈丁南鄰

少年有志封侯彎弓欲挂扶桑外一朝斂縮蕭然清
興了無拘礙袖裏陰符枕中鴻寶功名蟬蛻看舌端
霹靂劇談玄妙人間世疑無對　閬苑醉鄉佳處想
當年綠陰猶在羣仙寄語不須點勘鬼神功罪碧海
千尋赤城萬丈風高浪快待踞龜食蛤相期汗漫與
煙霞會

西河 己亥秋作○舊分三段非

天似洗殘秋未有寒意何人短笛弄西風數聲壯偉
倚闌感慨展雙眸離離煙樹如薺少年事成夢裏客
愁付與流水筆牀茶具　老空山未妨肆志世間富
貴要時賢深居宜有餘味大江東去日西墜想悠悠
千古興廢此地閱人多矣且揮絃寄興氛埃之外目
送蜚鴻歸天際

清平樂 宮怨

珠簾寂寂愁背銀釭泣記得少年初選入三十六宮

第一當年掌上承恩而今冷落長門又是羊車過也月明花落黃昏

又 宮詞

深深禁籞霽日明鶯羽風動槐龍交翠舞恰恰花陰亭午一簾暖絮悠颺金爐旋炷沈香天子方看諫疏內人休鬭新妝

酹江月 戲題玉林

玉林何有有一彎蓮沼數間茆宇斷塹疎籬聊補葺那得粉牆朱戶禾黍秋風雞豚曉日活脫田家趣客來茶罷自挑野菜同煮 多少甲第連雲十眉環座人醉黃金塢回首邯鄲春夢破零落珠歌翠舞得似衰翁蕭然陋巷長作溪山主紫芝可採更尋巖谷深處

又 夜涼

西風解事爲人間洗盡三庚煩暑一枕新涼宜客夢飛入藕花深處冰雪襟懷琉璃世界夜氣清如許劃然長嘯起來秋滿庭戶 應笑楚客才高蘭成愁悴遺恨傳千古作賦吟詩空自好不直一杯秋露淡月闌干微雲河漢耿耿天催曙此情誰會梧桐葉上疎雨

浣沙溪　醮壇

鐘磬泠泠夜未央梨花庭院月如霜步虛聲裏拜瑤章　紫極清都雲渺渺紅塵濁世事茫茫未知誰有返魂香

鷓鴣天　暮春

沈水香銷夢半醒斜陽恰照竹間亭戲臨小草書團扇自揀殘花插淨瓶　鶯宛轉燕丁寧晴波不動晚山青玉人只怨春歸去不道槐雲綠滿庭

又　張園作

雨過芙蕖葉葉涼摩挲短髮照橫塘一行歸鷺拖秋色幾樹鳴蟬餞夕陽　花側畔柳旁相微雲澹月又昏黃風流不在談鋒勝袖手無言味最長

秦樓月　秋夕

心如結西風老盡黃花節黃花節塞鴻聲斷冷煙淒月　漢朝陵廟唐宮闕興衰萬變從誰說從誰說千年青史幾人華髮

重疊金　壬寅立秋

西風半夜驚羅扇蛩聲入夢傳幽怨碧藕試初涼露痕啼粉香　清冰凝簟竹不許雙鴛宿又是五更鐘鵶啼金井桐

又　冬

南山未解松梢雪西山已挂梅梢月說似玉林人人間無此清　此身元是客小住娛今夕拍手凭闌干霜風吹鬢寒

又　除日立春

銀幡綵勝參差翦東風吹上釵頭燕一笑繞花身小桃先報春　新春今日是明日新年至擘繭莫探官人間行路難

謁金門　初春

花事淺方費化工勻染牆角紅梅開未偏小桃纔數點　人在暮寒庭院閉續茶經香傳酒思如冰詩思嬾雨聲簾不捲

南鄉子　夏夜

多病帶圍寬未到衰年已鮮歡夢破小樓風馬響珊珊缺月無情轉畫闌　涼入苧衾單起探燈花夜欲闌書冊滿牀空伴睡慵觀拈得漁樵笛譜看

又　冬夜○或刻秦少游

萬籟寂無聲鈴鐵稜稜近五更香斷燈昏吟未穩淒清只有霜華伴月明　應是夜寒凝惱得梅花睡不成我念梅花花念我關情起看清冰滿玉瓶

花發沁園春芍藥會上

曉燕傳情午鶯喧夢起來檢校芳事荼蘼褪雪楊柳吹綿迤邐麥秋天氣翻階傍砌看芍藥新妝嬌媚正鳳紫勻染綃裳猩紅輕透羅袂　晝暖朱闌困倚是天姿妖嬈不減姚魏隨蜂惹粉趁蝶棲香引動少年情味花濃酒美人正在翠紅圍裏問誰是第一風流折花簪向雲髻

阮郎歸　倣姜堯章體

粉香吹暖透單衣金泥雙鳳飛閒來花下立多時春風酒醒遲　桃葉曲柳枝詞芳心空自知湘皐月冷佩聲微雁歸人不歸

鵲橋仙　春情

青林雨歇珠簾風細人在綠陰庭院夜來能有幾多寒已瘦了梨花一半　寶釵無據玉琴難托合造一襟幽怨雲窗霧閣事茫茫試與問杏梁雙燕

木蘭花慢

鶯啼啼不盡燕語語難通這一點芳心十年不斷惱亂東風重來故人何處但依前流水小橋東記得同題粉壁而今壁破無蹤　蘭皐空漲綠溶溶流眼落花紅念著破春衫當時送別燈下裁縫相思謾令自

苦嘆雲煙過眼總成空落日楚天無際凭闌目送歸鴻

水調歌頭 題李季九侍郎鄂州吞雲樓

輪奐半天上勝概壓南樓籌邊獨坐豈欲登覽快雙眸浪說胸吞雲夢直把氣吞殘虜西北望神州百載好機會人事恨悠悠 騎黃鶴賦鸚鵡漫風流嶽王祠畔楊柳煙鎖古今愁整頓乾坤手段指授英雄方略雅志昔爲酬杯酒不在手雙鬢怨驚秋

滿庭芳 楚州上巳萬柳池應監丞飲客

三月春光羣賢勝踐山陰何似山陽鵝池墨妙曲水記流觴自許風流邱壑何人共擊楫長江新亭上山河有異舉目恨堂堂 使君經世志十年邊上兩鬢風霜問池邊楊柳因甚淒涼萬樹重新種了株株在桃李花旁仍須待賸栽蘭芷爲國洗河湟

又元夕上邵武王守子文

草木生春樓臺不夜團團月上雲霄太平官府民物共逍遙指點江梅一笑幾番負爾秀風嬌今年好花邊把酒歌舞醉元宵 風流賢太守青雲志氣玉樹丰標是神仙班裏舊日王喬出奉版輿行樂金蓮照十里笙簫收燈後看看丹詔催入聖明朝

清平樂吳國軍呈李司直

今朝欲去忽有留人處說與江頭楊柳樹繫我扁舟且住　十分酒興詩腸難禁冷落秋光借取春風一笑狂夫到老猶狂

散花庵詞

叔陽自號玉林別號花庵詞客早棄科舉雅意讀書顏其居曰散花庵嘗選唐宋詞及中興以來詞各十卷曰絕妙詞選末載自製詞四十首有總跋云其間體製不同無非英妙傑特之作昔游受齋稱其詩爲晴空氷柱樓秋房喜其與魏菊莊友善以泉石淸士目之余於其詞亦云湖南毛晉識

和清真詞

目錄

和清真詞目錄

和清真詞

瑞龍吟

宋　方千里

樓前路愁對萬點風花數行煙樹依依斜日紅收暮山翠接平蕪畫處　小留佇還是畫闌凭暖半扃朱戶簾櫳儘日無人消凝悵望時時自語　堪恨行雲難繫賦情楊柳徘徊猶舞追想向來歡娛懷抱非故題紅寄綠魂斷江南句何時見輕衫霧唾芳茵蓮步燕子西飛去爲人試道相思悶緒空有腸千縷清淚滿斑斑多于春雨忍看鬢髮密堆飛絮

瑣窗寒

燕子池塘黃鸝院落海棠庭戶東風暗許借與輕風柔雨奈春光困人正濃畫闌小立慵無語念冶遊時節融怡天氣異鄉愁旅朝暮　凝情處嘆聚散悲歡歲常十五連飛並羽未抵鴛朋鳳侶算章臺楊柳尚存楚娥鬢影依舊否再相逢擠解雕鞍燕樂同杯俎

風流子

春色徧橫塘年華巧過雨溼殘陽正一帶翠搖嫩莎平野萬枝紅滴繁杏低牆惱人是燕飛盤軟舞鶯語咽輕簧還憶舊遊禁煙寒食共追清賞曲水流觴

迴思歡娛處人空老花影尚占西廂堪惜翠眉環坐雲鬟分行看戀柳煙光遮絲藏絮妬花風雨飄粉吹香都為酒驅歌使應也無妨

渡江雲

長亭今古道水流暗響渺渺雜風沙倦遊驚歲晚自歎相思萬里夢還家愁凝望結但掩淚慵整鉛華更漏長酒醒人語睥睨有啼鴉　傷嗟回腸千縷淚眼雙垂遏離情不下還暗思香翻香燼深閉窗紗依稀看徧江南畫記隱隱煙靄蒹葭空健羨□鴛鴦共宿叢花

應天長

嫩黃上柳新綠漲池東風豔冶天色又見乍晴還雨年華傍寒食春依舊身是客對麗景易傷岑寂悵凝望一帶平蕪無翦就茵藉　前度少年場醉記旗亭聯句徧窗壁調笑映牆紅粉參差水邊宅蘆鞭懶過故陌恨未老漸成塵跡漫無語立盡斜陽懷抱誰識

荔枝香

勝日登臨幽趣乘興去翠壁古木千章林影生寒霧空濛冷溼人衣山路元無雨深澗斗瀉飛泉溜甘乳漁唱晚看小棹歸前浦笑指官橋風颭酒旗斜舉

還脫宮袍一醉芳杯倒鸚鵡幸有雕章蠟炬

又

小園花梢雨歇淚羞泫碧瓦光霽羅幕香浮鶯啼燕語交加是處池館春偏風外認得笙歌近遠　醉魂半縈夜酒吹未散暗憶年時正日赴西池宴笑攜豔質郢曲新聲妙如翦有愁容易排遣

還京樂

歲華慣每到和風麗日歡再理爲妙歌新調粲然一曲千金輕費記夜闌沈醉更衣換酒珠璣委悵畫燭搖影易積銀盤紅淚　向笙歌底問何人能道平生聚合歡娛離別興味誰憐露浥煙籠盡栽培豔桃穠李漫縈牽空坐隔千山情遙萬水縱有丹青筆應難摹畫憔悴

掃花遊

野亭話別恨露草芊綿曉風酸楚怨絲恨縷正楊花碎玉滿城雪舞耿耿無言暗灑闌干淚雨片帆去縱百種避愁愁早知處　離思都幾許但漸慣征塵斗迷歸路亂山似俎更重江浪淼易沈書素暗目銷魂自覺孤吟調苦小留佇隔前村數聲簫鼓

解連環

素封誰託空寒潮浪疊亂山雲邈對倦景無語消魂但香斷露晞絮飛風薄杜宇聲中動多少客情離索繞闌干竚立暗記那回賞徧花藥　依依歲華自若更低煙暮草殘照孤角嘆息故里春光有幽圃名園算也閒卻早早歸休漸過了芳條華萼趁良時按歌喚舞舊家院落

玲瓏四犯

傾國名姝似暈雪勻酥無限嬌豔素質閒姿天賦淡蛾豐臉還是睡起慵妝顧鬢影翠雲零亂悵平生把鑒驚換依約瑣窗逢見　繡幃凝想鴛鴦薦畫屏烘獸煙葱蒨依紅傍粉憐香玉聊慰風流眼空嘆倦客斷腸奈聽徹殘更急點仗夢魂一到花月底休飄散

丹鳳吟

宛轉迴腸離緒懶倚危闌愁登高閣相思何處人在繡幃羅幕芳年豔齒枉消虛過會合絲輕因緣蟬薄暗想飛雲驟雨霧隔煙遮相去還是天角　悵望不時夢到素書謾說波浪惡縱有青青髮漸吳霜妝點容易凋鑠歡期何晚忽忽坐驚搖落顧影無言清淚溼但絲絲盈握染斑客袖歸日須問著

滿江紅

爲憶仙姿相思恨纏綿未足從別後沈郎消瘦帶圍如束消息三年沈過處關山千里無飛肉算誰知中有不平心彈碁局　空想像金釵卜時畏戳回紋曲許何時重到瑣窗華屋長得一生花裏活輭紅深處鴛鴦宿也勝如騎馬著征衫京塵撲

瑞鶴仙

看青山繞郭更暮草萋萋疏煙漠漠無風自花落欲黃昏誰向官樓吹角剛腸頓弱恨別來辜負厚約想香閨念舊還憶去年共舉杯酌　寂寞光陰虛度未說離愁淚痕先閣珠簾翠幕除相見是奇藥況中年已後凭高臨遠情懷終是易惡早歸休月地雲階隤追笑樂

西平樂

倦踏征塵厭驅匹馬凝望故國猶賒孤館今宵亂山何許平林漠漠煙遮悵過眼光陰似瞬回首歡娛異昔流年迅景霜風敗葦驚沙無奈輕離易別千里意刷淚獨長嗟　綺窗人遠青門信杳敘影何時重見雲斜空怨憶吹簫韻曲旋錦回文想像宮商蠹損機杼生塵誰爲新裝暈素華那信自憐悠颺夢蝶浮沒書鱗縱有心情盡爲相思爭如傍早歸家

浪淘沙

素秋霽雲橫曠野浪拍孤堞柔櫓悲聲頓發驪歌恨曲未闋念一寸回腸千縷結柳條在忍使攀折但悵惘章臺路多少相思摻愁絶　淒切去程浩渺空闊奈斷梗孤篷西風外蔌蔌殘吹咽應暗爲行人傷念離別淚波易竭凝怨懷羞覩當時明月煙淚無窮青山疊魚封遠雁書漸歇甚時合金釵分處鈌慢飄蕩海角天涯再見日應憐兩鬢玲瓏雪

憶舊遊

念花邊玉漏帳裏鸞笙曾款良宵鏤鴨吹香霧更輕風動竹韻響蕭蕭畫簷皓月初掛簾幕縠紋搖記罷曲更衣挑燈細語酒暈全消　迢迢舊時路縱下馬銅駞誰聽揚鑣奈可憐庭院又徘徊虛過清夢難招斷魂暗想幽會回首渺星橋試彷彿仙源重尋當日千樹桃

驀山溪

園林晴晝花上黃蜂尾鶯語怯遊人又還傍綠楊深避曲池斜徑草色碧於藍闌倦倚簾半起魂斷斜陽裏　江南春盡渺渺平橋水身在一天涯問此恨何時是已飛帆輕槳催送莫愁來歌舞地尊酒底不羨

東隣美

少年遊

丹青閑展小屏山香燼一絲寒織錦回紋生綃紅淚不語自羞看　相思念遠關河隔終日望征鞍不識單栖忍教良夜魂夢覓長安

又

東風無力颺輕絲芳草雨餘姿淺綠還池輕黃歸柳老去願春遲　闌干凭暖慵回首閑把小花枝怯酒情懷惱人天氣消瘦有誰知

秋蕊香

一枕盤鴛錦暖初起嬾勻妝面綠雲嬝娜映嬌眼酒入桃腮暈淺　翠簾半捲香縈線礙飛燕畫屏淺立意閑遠春鎖深沈小院

漁家傲

燭彩花光明似晝羅幃夜出傾城秀紅錦紋茵雙鳳鬭看舞後腰肢宛勝章臺柳　眼尾春嬌波態溜金尊笑捧纖纖袖一陣粉香吹散酒更漏久消魂獨自歸時候

又

冷葉啼螿聲惻惻銀牀曉起清霜積魂斷江南煙水

國書難得相思此意無人識　綠鬢金釵年少客愁
來嬾傍菱花仄霧閣雲窗閒枕席情何適杯盈珠淚
還偷滴

南鄉子

西北有高樓淡靄殘煙漸漸收幾陣涼風生客袖颼
颼心逐年華衮衮流　花卉滿前頭老嬾心情萬事
休獨倚闌干無一語回眸鼓角聲中喚起愁

望江南

春色暮短艇艤長隄飛絮空隨花上下啼鶯占斷水
東西來往燕爭泥　桑柘綠歸去覓前蹊夜甕酒香
從蟻鬬曉窗眠足任雞啼猶勝旅情悽

浣溪沙

楊柳依依窣地垂麴塵波影漸平池霏微細雨出魚
兒　先自別來容易瘦那堪春去不勝悲腰肢寬盡
縷金衣

又

無數流鶯遠近飛垂楊裊裊弄晴暉斷腸聲裏送春
歸　鬢影空思香霧溼襪塵還想步波微去年花下
酒闌時

又

清淚斑斑著意垂消魂迢遞一天涯誰能萬里布長梯　先自樓臺飛粉絮可堪簾幕捲金泥相思心上乳鶯啼

迎春樂

參差鳳鐸鳴高屋漸驚覺清眠熟看夕陽倒影花陰速雙燕子歸來宿　幾曲危腸愁易束問雪鬢何時重綠料想此情同應暗損香肌玉

又

紅深綠暗春無跡芳心蕩冶遊客記搖鞭跋馬銅駞陌凝睇認珠簾側　絮滿愁城風捲白遞多少相思消息何處約歡期芳草外高樓北

點絳脣

池館春深海棠枝上斑斑雨酒旗斜舉風滾楊花絮遊子征衫凭暖闌干處空凝竚杜鵑啼苦還報南樓鼓

一落索

月影娟娟明秀簾波吹皺徘徊空度可憐宵漫問道因誰瘦　不見芳音長久鱗鴻空有渭城西路恨依然尚夢想青青柳

又

心抵江蓮長苦淒波人去厭厭消瘦不勝衣恨清淚多於雨　舊曲慵歌瓊樹誰傳香素碧溪流水過樓前問紅葉來何處

垂絲釣

錦鱗繡羽難傳愁態顰嫵岸草際天雲影垂絮人何許漫竝闌倚柱　煙光暮悵榆錢滿路送春殢酒歡期幽會希遇彩簫鳳侶回首分攜處雙臉吹愁雨無限語再見時記否

滿庭芳

山色澄秋水光融日浮萍飄碎還圓數行征雁分破白鷗煙高下回塘暗谷寫幽思終日濺濺閒凝望殘霞暝靄何處一漁船　江南思舊隱鶴軒野徑茆舍疎椽慣攜壺花下欹帽風前想像淵明舊節琴中趣何必疎絃歸歟計不將五斗輸與北窗眠

隔浦蓮

垂楊煙溼嫩葆別嶼環清窈紺影浮新漲夷猶終日魚鳥花妥庭下草鳴蟬鬧暗綠藏臺沼　野軒小欹眠斷夢閒書風葉顛倒詩懷酒思悔費十年昏曉投老紅塵壂倦再到愁覺悠然心寄天表

法曲獻仙音

庭葉飄寒砌蛩催織夜色迢迢難度細剔燈花再添香獸淒涼洞房朱戶見鳳枕羞孤另相思洒紅雨有誰語　道年來爲郎憔悴音問隔回首後期尚阻寂寞兩愁山鎖閒情無限顰嫵嫩雪消肌試羅衣寬盡腰素問何時夢裏趁得好風飛去

過秦樓

柳灑鵝黃草揉螺黛院落雨痕纔斷蜂鬢霧溼燕嘴泥融陌上細風頻扇多少豔景關心長苦春光疾如飛箭對東風忍負西園清賞翠深香遠　空暗憶醉走銅駝閒敲金鐙倦跡素衣塵染因花瘦覺爲酒情鍾綠鬢幾番催變何況逢迎向人眉黛供愁嬌波回倩料相思此際濃似飛紅萬點或作濃于空裏剩紅千點

側犯

四山翠合一溪碧繞秋容靚波定見鷺立魚跳動平鏡脩竹散步屧古木通幽徑風靜煙霧直池塘倒晴影　流年舊事老矣塵心瑩還暗省點吳箱憔悴愧潘令夢憶江南小園路迴愁聽葉落轆轤金井

塞翁吟

暮色催更鼓庭戶月影朧聰記舊跡玉樓東看枕上

芙蓉雲屏幾軸江南畫香篆燼暖煙空睡起處繡衾重尚殘酒潮紅　忡忡從分散歌稀宴小懷麗質渾如夢中苦寂寞離情萬緒似秋後怯雨芭蕉不展愁封何時細語此夕相思曾對西風

蘇幕遮

扇留風冰卻暑夏木陰陰相對黃鸝語薄晚輕陰還閣雨遠岸煙深彷彿菱歌舉　燕歸來花落去幾度逢迎幾度傷羈旅油壁西陵人識否好約追涼小艤蒹葭浦

浣溪沙

菱藕花開來路香滿船絲竹載西涼波搖髮彩粉生光　翡翠雙飛尋密浦鴛鴦濃睡倚回塘閒情須與酒商量

又

密約深期卒未成藏鉤春酒坐頻傾向人嬌豔夜亭亭　相顧無言情易覺歸來單枕夢猶驚眼梢怨淚幾時晴

又

面面虛堂水照空天然一朵玉芙蓉千嬌百媚語惺惚　未散嬌雲輕嚲鬢欲融輕雪乍凝胸石榴裙衩

一珍倣宋版印

爲誰紅

又

刻樣衣裳巧刻繒綵枝環繞萬年藤生香吹透縠鱗冰嫩水帶山嬌不斷溼雲堆嶺膩無聲香肩婀娜許誰凭

點絳脣

閒蕩蘭舟翠娥仙袂風中舉鴛鴦深浦綠暗曾來路留戀荷香薄晚慵歸去還相顧練波澄素月上潮生處

訴衷情

遠山重疊亂山盤江上晚風酸秋容更兼殘日楓葉照人丹　書未到夢猶閒鬢先斑凭高無語征雁知愁聲斷雲閒

風流子

河梁攜手別臨歧語共約踏青歸自雙燕再來斷無音信海棠開了還又參差料此際笑隨花便面醉騁錦鄣泥不憶故園粉愁香怨忍教華屋綠慘紅悲舊家歌舞地生疎久塵暗鳳縷羅衣何限可憐心事難訴歡期但兩點愁蛾纔開重斂幾行清淚欲制還垂爭表爲郎憔悴相見方知

華胥引

長亭無數羈客將歸故園換葉乳鴨隨波輕蘋滿渚時共唼接眼春色何窮更櫓聲伊軋思憶前歡未言心已愁怯　欺鬢吳霜恨惺惺又還盈鑷錦紋魚素那堪重翻再閱粉指香痕依舊在繡裳鴛箆多少相思皺成眉上千疊

清都宴

暮色聞津鼓煙波碧數行征雁時度輕艫聚網長歌和楫水村漁戶行人又落天涯但悵望高陽伴侶記舊日酒卸宮袍馬酬少妾詞賦　如今鬢影蕭然相逢似雪徒話愁苦芳塵暗陌殘花偏野歲華空去垂楊翠拂門徑尚夢想當時住處縱早歸綠漸成陰青娥在否

四園竹

花驄縱策制淚掩斜扉玉爐細裊鴛被半閒蕭瑟羅幃銀漏聲那更雜疎疎雨裏此時懷抱誰知　恨淒其西窗自翦寒花沈吟暗數歸期最愛深情密意無限當年往復詩辭千萬紙甚近日人來字漸稀

齊天樂

碧紗窗外黃鸝語聲聲似愁春晚岸柳飄綿庭花墮

雪惟有平蕪如翦重門向掩看風動疎簾淚鋪湘簟暗想前歡舊遊心事寄詩卷　鱗鴻音信未覩夢魂尋訪後關山又隔無限客館愁思天涯倦跡幾許良宵展轉閒情意遠記密閣深閨繡衾羅薦睡起無人料應眉黛斂

木蘭花

溶溶水映娟娟秀淺約宮妝籠翠袖舞餘楊柳乍縈風睡起海棠猶帶酒　憔悴蕭郎緣底瘦那日花前相見後西窗疑是故人來費得羅牋詩幾首

霜葉飛

塞雲垂地隄煙重燕鴻初度江表露荷風柳向人疎臺榭還清悄恨脈脈離情怨曉相思魂夢眼屏小奈倦客征衣自偏拂塵埃玉鏡羞照　無限靜陌幽坊追歡尋賞未落人後先到少年心事轉頭空況老來懷抱儘綠葉紅英過了離聲慵整當時調問麗質從憔悴消減腰圍似郎多少

蕙蘭芳

庭院雨晴倚斜照睡餘雙鷺正學染脩蛾官柳細勻黛綠繡簾半捲透笑語瑣窗華屋帶脆聲咽韻遠近時聞絲竹　乍著單衣纔拈圓扇氣候暗燠趁驕馬

香車同按繡坊畫曲人生如寄浪勤耳目歸醉鄉猶勝旅情愁獨

塞垣春

四遠天垂野向晚景雕鞍卸吳藍滴草塞綿藏柳風物堪畫對雨收霧霽初晴也正陌上煙光灑聽黃鸝啼紅樹短長音如寫　懷抱幾多愁年時趁歡會幽雅盡日足相思奈春晝難夜念征塵滿堆襟袖那堪更獨遊花陰下一別鬢毛減鏡中霜滿把

丁香結

煙溼高花雨藏低葉爲誰翠消紅隕歎水流波迅撫豔景尚有輕陰餘潤乳鶯啼處路思歸意淚眼暗忍青青榆莢滿地縱買閒愁難盡　勾引正記著年時乍怯春寒陣陣小閣幽窗殘妝膩粉黛眉曾暈迢遞魂夢萬里恨斷柔腸寸知何時重見空爲相思瘦損

氐州第一

朝日融怡天氣豔冶桃英杏蕚猶小燕壘初營蜂衙乍散池面煙光縹緲芳草如薰更瀲灩波光相照錦繡縈回丹青映發未容春老　倦客自嗟清興少念歸計夢魂飛繞浪闊魚沈雲高雁阻瞪目添愁抱憶香閨臨麗景無人伴輕顰淺笑想像消魂怨東風孤

衾獨曉

解蹀躞

院宇無人晴晝靜看簾波舞自憐春晚漂流向羈旅那況淚溼征衣恨添客鬢終日子規聲苦　動離緒漫徘徊愁步何時再相遇舊歡如昨匆匆楚臺兩別後南北天涯夢魂猶記關山屢隨書去

少年遊

人如穠李香濛翠縷芳酒嫩於橙寶燭烘香珠簾閉夜銀宇理鸞笙　歸時醉面春風醒花霧隔疎更低輾彫輪輕櫳驕馬相伴月中行

慶春宮

宿靄籠晴層雲遮日送春望斷愁城籬落堆花簾櫳飛絮更堪遠近鶯聲歲華流轉似行蟻盤旋萬星人生如寄利鎖名韁何用勞縈　駸駸皓髮相迎斜照難留朝霧多零宜趁良辰何妨高會爲酬月皎風清舞臺歌榭遇得旅懽朗易成莫辭杯酒天賦吾曹特地鍾情

醉桃源

良宵相對一燈青相思寫研綾去時情淚滴紅冰西風吹滿零　愁宛轉意飛騰晴窗穿紙蠅夢知關塞

不堪行憶君猶問程

又

鷺鶿濃睡碧溪沙荷花深處家快風收電掣金蛇涼波流素華　吳國豔楚宮娃紅潮連翠霞坐來忽忽燭光斜城頭聞亂鴉

點絳脣

綠葉陰陰滿城風雨催梅潤畫樓人近朝霧來芳信從解雕鞍休數花吹陣無多悶燕催鶯趁付與春歸恨

夜遊宮

一帶垂楊蘸水映芳草萋萋千里跋馬回隄少年子擁青蛾向紅樓南酒市　拚飲鶯花底恣懽笑粉融香墜不趁臨分醉中起但依稀寫柔情留蜀紙

又

城上昏煙四斂畫樓外陡聽更點千里相思夢中見恨年華逐東流隨急箭　簾影參差轉夜初過水沈煙亂賸枕餘衾故人遠憶閒窗軃雲鬢低粉面

訴衷情

一鉤新月淡於霜楊柳漸分行征塵厭堆襟袂雞唱促晨裝　淮水闊楚山長暗悲傷重陽天氣杯酒黃

花還寄他鄉

傷情怨

閒愁眉上翠小儘春衫寬了舞鑑孤鸞嚴妝羞獨照王孫音信尚渺度寒食禁煙須到趁賞芳菲今年春事早

紅林檎近

花幕高燒燭獸爐深炷香寒色上樓閣春威徧池塘多情天孫罷織故與玉女穿窗素臉淺約宮裝風韻勝笙簧 遊冶尋舊侶尊酒老吾鄉清歌度曲何妨塵落雕梁任瑤階平尺珠簾人報臘拚酩酊飛羽觴

又

曉起山光慘晚來花意寒映月衣纖縞因風珮琅玕三弄江梅聽徹幾點岸柳飄殘宛然舞曲初翻簾影捲波瀾 把酒同嘆醉促膝小留歡清狂痛飲能消多少杯盤況人生如寄相逢半老歲華休作容易看

滿路花

簾篩月影金風捲楊花雪天邊鴻雁少音塵絕春光欲暮客心歸心折江湖波浪闊目斷家山料應易過佳節 柔情千點杜宇枝頭血危腸餘寸許誰能接眠思夢憶不似今番切欲對何人說攬鏡沈吟瘦來

須有差別

解語花

長空淡碧素魄凝輝星斗寒相射鳳樓鴛瓦天風動冉冉珮環高下歌清韻雅對好景芳尊滿把花霧濃燈火瑩煌笑語烘蘭麝　千斛明珠照夜況人如圖畫明豔容冶繡巾香帕歸來路緩逐杏韉驕馬笙歌散也秋愁萬炬絳蓮分謝更漏殘驚聽西樓吹小梅初罷

六幺令

照人明豔肌雪消繁燠嬌雲慢垂柔領紺髮濃於沐微暈紅潮一線拂拂桃腮熟羣芳難逐天香國豔試比春蘭共秋菊　當時相見恨晚彼此縈心目別後空憶仙姿路隔吹簫玉何處闌干十二縹緲陽臺曲佳期重卜都將離恨拚與尊前細留囑

倒犯

盡日任梧桐自飛翠階慵掃閒雲散縞秋容瑩暮天清窈斜陽到地樓閣參差簾櫳悄嫩袖舞涼颸拂拂生林表蕩塵襟寫名醥　攜手故園勝事尋蹤松篁幽徑鴛曲沼瞰靜綠蔭簷影龜魚小信倦跡歸來好倩叮嚀長安遊子道鬢髮霜侵莫待菱花照醉鄉深

處老

大酺

正夕陽閒秋光淡鴛瓦參差華屋高低簾幕迴但風搖環珮細聲頻觸瘦怯單衣涼生兩袖零亂庭梧窗竹相思誰能會是歸程客夢路諳心熟況時節黃昏閑門人靜凭闌身獨　歡情何太速歲華似飛馬馳輕轂漫自歎河陽青鬢苒苒如霜把菱花悵然凝目老去疏狂減思墮策小坊幽曲趁游樂繁華國回首無緒清淚紛於紅蔌話愁更堪翦燭

玉燭新海棠

海棠初雨後似露粉妝成肉紅團就太眞帳裏春眠醒緩麼樓前宮漏潮生酒暈獨自倚闌干時候吹鬢影斜立東風餘寒半侵羅袖　驪山宮殿無人想笑問君王豔容如否萬花競鬬難比並麗美巧勻豐瘦閨房挺秀一顧丹鉛低首應對羯鼓聲中清歌美奏

花犯荷花

渚風低芙蓉萬朵清妍賦情味霧綃紅綴看曼立分行閒淡佳麗靚姿豔冶相扶倚高低紛愠喜正曉色嬾窺妝面嬌眠斂翠被　秋色爲花且徘徊朱顏迎縞露還應憔悴腰肢小腮痕嫩更堪飄墜風流事舊

宮暗鎖誰復見塵生香步裏漫歎息玉兒何許繁華空逝水

醜奴兒

淩波臺畔花如翦幾點吳霜煙淡雲黃東閣何人見晚妝　江南春近書千里誰寄清香別墅橫塘鼓角聲中又夕陽

水龍吟　海棠

錦城春色移根麗姿迥壓江南地瓊酥拂臉彩雲滿袖羣芳羞避雙燕來時暮寒庭院雨藏煙閉正□□未足宮妝尚怯還輕洒燕脂淚　長是歡遊花底怕東風陡成怨吹高燒銀燭梁州催按歌聲漸起綠態多慵紅情不語動搖人意算吳宮獨步昭陽第一可依稀比

六醜

看流鶯度柳似急響金梭飛擲護巢占泥翩翩飛燕翼昨夢前迹暗數歡娛處豔花幽草縱冶遊南國芳心蕩漾如波澤繫馬青門停車紫陌年華轉頭堪惜奈離襟別袂容易疏隔人間春寂　漫雲容暮碧遠水沈雙鯉無信息天涯漸老羈客嘆良宵漏斷獨眠愁極吳霜皎半侵華幘誰復省十載勻香暈粉鬢傾

鬟側相思意不離潮汐想舊家接酒巡歌討今難再得

虞美人

花臺響徹歌聲暖白日林中短春心搖蕩客魂消搓粉揉香排比一團嬌　重來猶自尋芳徑吹鬢東風影步金蓮處綠苔封不見彩雲雙袖舞鸞鴻

又

高樓遠閣花飛偏急雨梢池面翛翛楊柳不知門多少亂鶯啼處暮煙昏　銀鉤小字題芳絮宛轉回文語可憐單枕夢行雲腸斷江南千里未歸人

蘭陵王

晚煙直池沼波痕皺碧年芳爲花態柳情挼粉柔藍釀春色繁華記上國曾識傾城幼客風流事聯句送鉤牋綠綃紅遞書尺　行雲去無跡念暖響歌臺香霧瑤席當時誰信盟言食知一歲離聚幾多間阻人生如夢寄蜉驛況分散南北　悲惻萬愁積奈鸞鳳歡踈魚雁音寂天涯何處相思極但目斷芳草恨隨塞笛那堪庭院更聽得夜雨滴

蝶戀花

漏泄東君消息後短葉長條著意遮軒牖嫩比鵝黃

初熟酒染勻巧費春風手　萬縷飾金新月透入夜柔情還勝朝來秀綵筆彫章知幾首可人標韻無新舊

又

一搦腰肢初見後恰似娉婷十五藏朱牖春色惱人濃抵酒風前脈脈如招手　黛染脩眉蛾綠透態婉儀閑自是閨房秀堪惜年華同轉首女郎臺畔春依舊

又

碎玉飛花寒食後薄影行風終日穿疏牖有客思歸還把酒閑吹倦絮輕粘手　雪滿愁城寒欲透飄盡殘英翠幄成穠秀張緒風流今白首少年襟度難如舊

又

翠浪藍光新雨後整整斜斜高下籠窗牖萬斛深傾重碧酒暈愁知落何人手　櫳霧梳煙晴色透照影回風一段嫣然秀白下門東空引首藏鴉枝葉長懷舊

西河

都會地東南王氣須記龍盤鳳舞到錢塘瑞煙回起

畫圖彩筆寫西湖波光溶漾無際翠闌最宜半倚柳陰駿馬誰繫鱗差觀閣接飛翬徧廬萬疊倒空碧浸轉琉璃雲收天淨如水　夕陽照晚聽近市沸笙簫歡動閭里比屋樂逢堯世好相將載酒尋歌玄對酬答年華鶯花裏

三部樂

簾捲窗明聽杜宇乍啼漏聲初絕亂雲收盡天際留殘月奈相送行客將歸悵去程漸促霽色催發斷魂別浦自上孤舟如葉　悠悠音信易隔縱怨懷恨語到見時難說堪嗟水流急景霜飛華髮想家山路窮望睫空倚仗魂親夢切不似嫩朵猶能替離緒千結

菩薩蠻

黃雞曉唱玲瓏曲人生兩鬢無重綠官柳繫行舟相思獨倚樓　來時花未發去後紛如雪春色不堪看蕭蕭風雨寒

品令

露晞煙靜寂寥轉梧桐寒影天際歷歷征鴻近被風吹散聲斷無行陣　秋思客懷多少恨慢厭厭誰問暈殘蘭地香消印夢魂長定愁伴更籌盡

玉樓春

華堂銀燭堆紅淚解說離人多少意恨從別後恨無
窮愁到濃時惟一味　江南渭北三千里憔悴相思
何日已馬蹄清曉草黏天庭院黃昏花滿地

滿路花

鶯飛翠柳搖魚躍浮萍破班班紅杏子交榴火池臺
晝永繚繞花陰裏山色遙供座枕簟清涼北窗時喚
高臥　翻思少年走馬銅駝左歸來敲鐙月留關鎖
年華老矣事逐浮雲過今吾非故我那日尊前祇今
問有誰呵

和清真詞

美成當徽廟時提舉大晟樂府每製一調名流輒依律賡唱獨東楚方千里樂安楊澤民有和清真全詞各一卷或合爲三英集行世花庵詞客止選千里過秦樓風流子訴衷情三闋而澤民不載豈楊劣於方耶湖南毛晉識

後村別調

目錄

後村別調目錄

滿江紅　夜雨涼甚忽動從戎之興　宋　劉克莊

金甲琱戈記當日轅門初立磨盾鼻一揮千紙龍蛇猶溼鐵馬曉嘶營壁冷樓船夜渡風濤急有誰憐猨臂故將軍無功級　平戎策從軍什零落盡慵收拾把茶經香傳時時溫習生怕客談榆塞事且教兒誦花間集嘆臣之壯也不如人今何及

又二月二十四夜飲海棠花下作

老子年來頗自許心腸鐵石尚一點消磨未盡愛花成癖懊惱每嫌寒勒住丁寧莫被晴烘拆奈暄風烈日太無情如何得　張畫燭頻頻惜憑素手輕輕摘更一番雨過彩雲無迹今夕不來花下飲明朝空向枝頭覓對殘紅滿院杜鵑啼添愁寂

又　范尉梅谷

赤日黃埃夢不到清溪翠麓空健羨君家別墅幾株幽獨骨冷肌清偏要月天寒日暮尤宜竹想主人杖屨繞千迴山南北　寧委澗嫌金屋寧映水羞銀燭歎出羣風韻背時裝束競愛東鄰姬傅粉誰憐空谷人如玉笑林逋何遜漫爲詩無人讀

又送宋惠父入江西幕

滿腹詩書餘事到穰苴兵法新受了烏公書幣著鞭垂發黃紙紅旗喑道路黑風青草空巢穴向幼安宣子頂頭行方奇特　谿峒事聽儂說龔遂外無長策便獻俘非勇納降非怯帳下健兒休盡銳草間赤子俱求活到崆峒快寄凱歌來寬離別

又

落日登樓誰管領倦游狂客待喚起滄浪漁父隔江吹笛看水看山身尚健憂晴憂雨頭先白對暮雲不見美人來遙天碧　山中鶴應相憶沙上鷺渾相識想石田茆屋草深三尺空有鬢如潘騎省斷無面見陶彭澤便倒傾海水浣衣塵難湔滌

又送王實之

天壤王郎數人物方今第一談笑裏風霆驚座雲煙生筆落落元龍湖海氣琅琅董相天人策問如何十載尚青衫諸侯客　易愛底此些官職難保底此些名節擬閉門投轄劇談三日疇昔評君天下寶當爲天下蒼生惜向臨分慷慨出商聲摧金石

又壽王實之

鶴馭來時長占定一年清絕九萬里纖雲收盡帝青

空闊月露偏爲丹桂地風霜欲放黃花節聽玉笙縹緲度緱山吹初徹　曾直把龍鱗批曾戲取鯨牙拔向絳河濯足咸池晞髮俗子底量吾輩事天仙不在臞儒列世豈無瑤草與蟠桃堪攀掇

又 和王實之韻送鄭伯昌

怪雨盲風留不住江邊行色煩問信冥鴻高士釣鼇詞客千百年傳吾輩話二三子繫斯文脈聽王郎一曲玉簫聲淒金石　晞髮處怡山碧垂釣處滄溟白笑而今拙宦它年遺直只願長留相見面未宜輕屈平生膝有狂談欲吐且休休驚鄰壁

又 四首並和實之

往日封章曾聳動君王玉色今似得三閭公子四明狂客古不能箝言者口天方欲壽中朝脈算人間豈有病無醫須鍼石　年冉冉袍猶碧心耿耿頭先白笑臣舒迂緩臣山愚直拂袖歸來羞炙手望塵拜了難伸膝把富春瀨與首陽山圖齋壁

又

三黜歸來飯蔬食渾無慍色中年後家如旅舍身如行客軒冕豈非疣贅具煙霞已是膏肓脈有些兒隙地更疏泉堆卷石　鄰媼餉新篘碧溪友賣鮮鱗白

向陳編冷笑孔明元直俗事不教汙兩耳燕居聊可盤雙膝取當年行脚一枝笻懸高壁

又

疇昔臚傳仗下奏祥雲五色何況是西山弟子鶴山賓客上帝照臨忠義膽老師付受文章脈問此君鬚鬚似何人徂徠石　園官菜登盤碧田舍米翻匙白懶投詩見素寄書杓直德耀不嫌爲隱髻龜兒已解搖吟膝有誰憐給札老相如家徒壁

又

下見西山料它日面無慚色君記取不爲呂黨亦非秦客檜有十客有意挽回當世事無方延得諸賢脈笑海波渺渺幾時平空啣石　園五畝紛紅碧家四世傳清白任天孫笑拙女嬃嫌直老去何煩援以手向來不要加諸膝待深山深處著茆齋看青壁

又壽唐夫人

八十加三人盡訝還童返少爭信道夜舂曉織總曾經了凜凜共姜當日誓諄諄孟母平生教到如今象服擁魚軒天之報　如船藕如瓜棗斑衣舞金鐘釂望秋宵一點老人星照塵世少如孃福壽上蒼知得兒忠孝待看它孫子又生孫添懷抱

又 和吳叔永尚書時吳喪少子

著破青鞵渾不憶蹋它龍尾更冷笑癡人擘劃二三百歲殤子彭籛誰壽夭靈均漁父爭醒醉向江天極目羨禽魚悠然矣 杯中物姑停止牀頭易都拋廢慨事常八九不如人意白雪調高尤協律落霞語好終傷綺待煩公老手一摩挲文公記

風入松 福清道中作

橐泉夢斷夜初長別館淒涼細思二十年中事數人琴已矣俱亡改盡潘郎鬢髮銷殘荀令衣香 多年布被冷如霜到處同牀簫聲一去無消息但回首天海茫茫舊日風煙草樹而今總斷人腸

又 同前

歸鞍尚欲小徘徊逆境難排人言酒是銷憂物奈病餘孤負金罍蕭瑟搗衣時候淒涼鼓缶情懷 遠林搖落晚風哀野店猶開多情惟是燈前影伴此翁同去同來逆旅主人相問今迴老似前迴

又 癸卯至石塘追和十五年前韻

殘更難睚抵年長曉月淒涼芙蓉院落深深閉歎芳卿今在今亡絕筆無求凰曲癡心有返魂香 起來休鑷鬢邊霜半被堆牀定歸兜率蓬萊去奈人間無

路茫茫緣斷漫三彈指憂來欲九迴腸

又 同前

攀翻宰樹暫徘徊草草安排昔人徒步陳雞絮愧公家僕馬飢羸華表舊愁滿目黃粱殘夢傷懷 欲將莊列等歡哀對卷慵開憑高指點虛無路問何年遼鶴歸來宿酒得風漸解小輿待月同迴

水龍吟 己亥自壽

年年歲歲今朝左弧懸罷渾無事吾衰久矣我辰安在老之將至懶寫京書怕看除目敗人佳思把東籬掩定北窗開了悠然酌頹然睡 客有過門投贄道先生訪華胥氏誰能辛苦陪它綺語記它奇字屈指先賢戴花老監豈其苗裔待異時約取寬夫彥國入耆英會

又

先生放逐方歸不如前輩抽身早臺郎舊秩看來俗似散人新號起舞非狂行吟非怨高眠非傲嘆終南捷徑太行盤谷用卿法從吾好 閑了草廬長嘯後將軍來時休報牀頭書在古人出處今人非笑製箇淡詞呷些薄酒野花簪帽願雲臺任滿又還因任賽汾陽考

又 自和前韻

病翁一榻蕭然劉屏山號病翁不知世有歡娛事雀羅庭院載醪客去催租人至報答秋光要些酒量要些詩思奈長鯨罷吸寒蛩息響茶甌外惟貪睡 窮巷幸無干贊或相過莫知誰氏柴門草戶闃人守舍任伊題字自和山歌國風之變離騷之裔待從今向去年年強健插花高會

又

平生酷愛淵明偶然一出歸來早題詩信意也書甲子也書年號陶侃孫兒孟嘉甥子疑狂疑傲與柴桑樵牧斜川魚鳥同盟後歸于好 除了登臨吟嘯事如天莫相諮報田園閒靜市朝翻覆回頭堪笑節物催人東籬把菊西風吹帽做先生處士一生一世不論資考

浪淘沙 旅況

紙帳素屏遮全似僧家無端霜月闖窗紗喚起玉關征戍夢幾疊寒笳 歲晚客天涯短髮蒼華今年衰似去年些詩酒新來都減價孤負梅花

又

疊嶂碧周遮游子思家掩藏白髮賴烏紗落日倚樓千萬恨社鼓城笳 老去淡生涯虛擲年華臘茶盂

子太清些待得癡兒公事畢謝了梅花

又丁未生日

去歲詣公車天語勤渠絳紗玉斧照寒儒恰似昔人曾夢到帝所清都　骨相太清臞謫墮須臾今年黃敕換稱呼只爲此翁霜鬢禿老不中書

又

早歲類寒蛩晚節遭逢曾開黃卷侍重瞳歸去青藜光照牖階藥翻紅　出晝頗匆匆主眷猶濃除官全似紫陽翁寶文漳州換箇新銜頭面改又似包公辭郡得小龍

念奴嬌木犀

繞籬尋菊菊猶遲舍北芙蓉渾未卻是小山叢桂裏一夜天香飄墜約束奴兵丁寧稚子莫掃青苔砌風高露冷倚闌疑匪人世　客有載酒過予朗吟招隱洗盡悲秋意白髮長官窮似蝨剛被天公調戲偏地堆金滿空雨粟不濟淵明事殘英賸馥明朝猶可同醉

又菊花

老夫白首尚兒嬉廢圃一番料理餐飲落英并墜露

重把離騷拈起野豔幽香深黃淺白占斷西風裏飛來雙蝶繞叢欲去還止　嘗試詮次羣芳梅花差可伯仲之間耳佛說諸天金色界未必莊嚴如此尚友靈均定交元亮結好天隨子籬邊坡下一杯聊泛霜蕊

又壬寅生日

比如去歲前年今朝差覺門庭靜玉軸錦標無一首知道先生遠佞假使文殊攜諸菩薩來問維摩病無花堪散亦無香積齋襯　回首雪浪驚心黃茆過頂瘴毒如□□□□□□□□□□□□□□□□□□□□□□□□□□□令年年今日白頭母子家慶

六州歌頭牡丹

維摩病起兀坐等枯株清晨裏誰來問是文殊遣名姝奪盡羣芳豔色浴纔出醒初解千萬態嬌無力困相扶絕代佳人不入金張室卻訪吾廬對茶鐺禪榻笑殺此翁癯瑤砌金壺始消渠　憶承平日繁華事修成譜寫成圖奇絕甚歐公記蔡公書古來無一自京華隔問姚魏竟何如多應是彩雲散劫灰餘野鹿銜將花去空回首河洛邱墟漫傷春弔古夢繞漢唐

都歌罷欷歔

沁園春　夢方孚若

何處相逢登寶釵樓訪銅雀臺喚廚人斫就東溟鯨鱠圉人呈罷西極龍媒天下英雄使君與操餘子誰堪共酒杯車千乘載燕南代北劒客奇材　飲酣鼻息如雷誰信被晨雞催喚回嘆年光過盡功名未立書生老去機會方來使李將軍遇高皇帝萬戶侯何足道哉推衣起但悽涼感舊慷慨生哀

又　送包尉

我羨君歸一路秋風芙蓉木犀想慈顏望久靈烏作噪新眉畫就郎馬頻嘶忙脫征衫快呼斗酒細與家人說建谿情知道這中年懷抱生怕分攜　丈夫南北東西應笑殺離筵粉淚啼悵佳人來未碧雲冉冉王孫去後芳草萋萋明日相思山長水複古道人稀茆店雞元龍老有高樓百尺誰共登梯

又　寄鍾賢良

我夢見君帶飛霞冠著宮錦袍與牧之高會齊山風月謫仙同載采石雲濤萬卷星羅千篇電掃不學窮兒賦楚騷掀髯處有魚龍起舞狐兔悲嗥　英雄埋沒蓬蒿暗摸索當年劉與曹嘆事機易失功名難偶

誅茅西崦種秋東皋柵有雞豚庭無羔雁不是先生索價高人間窄待相期海上共摘蟠桃

又 贈孫季蕃

歲暮天寒一見飄然幅巾布裘儘侵雲鳥道躋攀絕頂拍天鯨浸笑傲中流疇昔期君紫髯鐵面生子當如孫仲謀誰知道到中年猶未建節封侯 南來萬里何求因感慨喬公成遠遊悵名姬駿馬都如昨夢隻雞斗酒難到新邱天地無情功名有數千古英雄只麽休平生獨羊曇一個淚灑西州

又 寄九華葉賢良

一卷陰符二石硬弓百斤寶刀更玉花驄噴鳴鞭電抹烏絲闌展醉墨龍跳牛角書生虬鬚豪客談笑皆從折簡招依稀記曾請纓係粵草檄征遼 當年目視雲霄誰信道淒涼今折腰悵燕然未勒南歸草草長安不見北望迢迢老去胸中有些磊塊歌罷猶須著酒澆休休也但帽邊鬢減鏡裏顏凋

摸魚兒 賞海棠

甚春來冷煙淒雨朝朝遲了芳信驀然作暖晴三日又覺萬姝嬌困天怎忍潘令老不成也沒看花分才情減盡悵玉局飛仙石湖絕筆孤負這風韻 傾城

色懊惱佳人薄命牆頭岑寂誰問東風日暮無聊賴
吹得胭脂成粉君細認花共酒古來二事天猶吝年
光去迅漫綠葉成陰蒼苔滿地做取異時恨

又感歎

怪新來倚樓看鏡清狂渾不如舊暮雲千里傷心色
那更亂蟬疏柳凝望久愴故國百年漢闕誰回首功
名大謬歎采藥名山讀書精舍此計何時就 封侯
事久矣輸人妙手扁舟聊作漁叟高冠長劍都閒物
世上切身惟酒千載後君試看拔山扛鼎俱烏有英
雄骨朽問顧曲周郎而今還解來聽小詞否

賀新郎 鬱孤臺

絕頂規危榭跨高寒鳥飛不過雲生其下斤斲無聲
人按堵翕忽青紅變化覽城郭山川如畫閣老鳳樓
修造手笑談閒突出凌雲廈臺上景買無價 唾壺
麈尾登臨暇似當年文章太守歐陽公也傾倒贛江
供硯滴判斷雪天月夜更喚取鄒枚司馬銅雀凌歊
歌舞罷訪殘磚斷甓無存者餘翰墨被風雅

又春景

動地東風起畫橋西繞溪桑柘漫山桃李寂寂牆陰
蒼苔路猶印前回屐齒驚歲月飆馳雲駛太息攀翻

長亭樹是先生手種今如此君不樂欲何俟　傍人錯會淵明意笑斯翁皇皇汲汲登山臨水佳處徑呼籃輿去彷彿柴桑栗里從我者門生兒子嘗試平章先賢傳屈原醒不似劉伶醉判茗芋臥花底

又　芍藥

一夢揚州事畫堂深金瓶萬朶元戎高會座上祥雲層層起不減洛中姚魏嘆別後關上迢遞國色天香何處在想東風猶憶狂書記驚歲月一彈指　數枝清曉煩馳騎向小窗依稀重見蕪城佳麗料得花憐儂消瘦儂亦憐花憔悴漫悵望竹西歌吹老矣應無騎鶴日但春衫點點當時淚那更有舊情味

又　送陳子華赴真州

北望神州路試平章這場公案向誰分付記得太行兵百萬曾入宗爺駕御今把作握蛇騎虎君去東京豪傑喜看投戈下拜真吾父談笑裏定齊魯　兩淮蕭索惟狐兔問當年祖生去後有人來否多少新亭揮淚客不夢中原塊土這事業須由人做甚笑書生心膽怯向車中閉置如新婦空目送塞鴻去

又　端午

深院榴花吐畫簾開綵衣紈扇午風清暑兒女紛紛

新結束時樣釵符艾虎早已有游人觀渡老大逢場慵作戲任白頭年少爭旗鼓溪雨急浪花舞　靈均標致高如許憶生平既紉蘭佩又懷椒糈誰信騷魂千載後波底垂涎角黍又說是蛟饞龍怒把似而今醒到了料當年醉死差無苦聊一笑弔千古

又九日

湛湛長空黑更那堪斜風細雨亂山如織老眼平生空四海賴有高樓百尺看浩蕩千崖秋色白髮書生神州淚盡淒涼不向牛山滴追往事去無迹　少時自負凌雲筆到如今春華落盡滿懷蕭瑟常恨世人新意少愛說南朝狂客把破帽年年拈出若對黃花孤負酒怕黃花也笑人岑寂鴻北去日西匿

又遊水東周家花園

溪上收殘雨倚危闌薄綿乍脫日陰亭午鬧市不知春色處散在荒園廢墅漸小白長紅無數客子雖非河陽令也隨緣暫作鶯花主那可負甕中醑　碧雲四合千巖暮恨匆匆余方有事子姑歸去趁取羣芳未搖落暇日提魚就煮歎激電光陰如許回首明年何處在問桃花尚記劉郎否公莫笑醉中語

又郡會聞妓歌有感

妾出於微賤少年時朱絃彈絶玉笙吹徧粗識詩家關雎亂羞學流鶯百囀總不涉閨情春怨誰向西鄰公子說要珠鞍迎入梨花院身未動意先懶　主家十二樓連苑那人人靚妝按曲繡簾初捲道是畫堂簫管唱笑殺街坊拍衮回首望侯門天遠我有平生離鸞操頗哀而不愠微而婉聊一奏更三歎

又 端午

思遠樓前路望平隄十里湖光畫船無數綠蓋盈盈紅粉面葉底荷花解語鬬巧結同心雙縷尚有經年離別恨一絲絲總是相思處相見也又重午　清江舊事傳荊楚嘆人情千載如新尚沈菰黍且盡尊前今日醉誰肯獨醒弔古泛幾盞菖蒲綠醑兩兩龍舟爭競渡奈珠簾暮捲西山雨看未足怎歸去

卜算子 手植海棠盛開風雨作祟輒作小詞二首

盡是手成持合得天饒借風雨干花有甚緣作意相陵藉　做暖逼教開做冷催教謝不負明年花下人只負栽花者

又

片片蝶衣輕點點猩紅小人道東君不惜花百種千

般巧　朝見樹頭繁暮見樹頭少人道東君果惜花雨打風吹了

一翦梅　中秋解宜春郡印

陌上行人怪府公還是文窮還是詩窮下車上馬太匆匆來是春風去是秋風　階銜免得管兵農嬉到昏鐘睡到齋鐘不須提岳與知宮喚作溪翁喚作山翁

木蘭花慢　癸卯生日

病翁將耳順牙齒落鬢毛疏也慚愧君恩放還田舍免詣公車兒時某邱某水到而今老矣可樵漁賣馬華軒無分蹇驢破帽如初　浮名箕斗竟成虛磨折總因渠帝錫余別號江湖聱叟山澤仙臞尊前未宜感慨事猶須看歲晏何如衛武耄年作戒伏生九十傳書

又　送鄭伯昌

古人吾不見君莫是鄭當時更築就山房躬耕谷口名動京師諸公任他袞袞與杜陵野老共襟期有客至門先喜得錢沽酒何疑　昔年聯轡柳邊歸陳迹恍難追況種桃道士看花君子回首皆非相逢故人問訊道劉郎老去久無詩把做一場春夢覺來莫要

尋思

又 丁未中秋

水亭凝望久期不至擬還差隔翠幌銀屏新眉初畫半面猶遮須臾淡煙薄靄被西風掃盡不留此二失了白衣蒼狗奪回雪兔金蟇 乘雲徑到玉皇家人世鼓三撾試自判此生更看幾度小住為佳何須如鉤似玦便相將只有半菱花莫遣素娥知道和它鬢也蒼華

最高樓 戊戌自壽

南嶽後累任作祠官試說與君看仙都玉局纔交卸新銜又管華州山怪先生吟膽壯飲腸寬 去歲擁旌旗稱太守今歲帶笭箵稱漫叟慵入鬧慣投閒有時拂袖尋种放有時攜枕就陳摶任旁人嘲潦倒笑癡頑

又 再題周登樂府

周郎後直數到清真君莫是前身八音相應諧韶樂一聲未了落梁塵笑而今輕郢客重巴人 只少個綠珠橫玉笛更少個雪兒彈錦瑟欺賀晏壓黃秦可憐樵唱并菱曲不逢御手與龍巾且酹眠篷底月甕閒春

臨江仙縣圃種花○或刻種海棠作

落魄長官江海客少豪萬里尋春而今憔悴向溪濱斷無觴詠興惟有簿書塵　手插海棠三百本等閒妝點芳辰他年絳雪映紅雲丁寧風與月記取種花人

又庚子重陽余以漕攝帥會前帥唐伯玉前漕黃戍父于越王臺明年是日寓海豐縣驛作

去歲越王臺上飲席間二客如龍憑高弔古壯懷同馬嘶千嶂暮樂奏半天中　今歲三家村市裏故人各自西東菊花時節酒尊空可憐雙雪鬢禁得幾秋風

又潮惠道中

不見仙湖能幾日塵沙變盡形容夜來月冷露華濃都忘茆屋下但記畫船中　兩岸綠陰猶未合更須補竹添松最憐幾樹木芙蓉手栽纔數尺別後爲誰紅

又己酉和實之燈夕

玉簽鈿車當日事東塗西抹都曾等閒曲子壓和凝曲子相公縱遊非草草已醉強惺惺　今向三家村送老身如罷講吳僧高樓百尺不須登半爐燒葉火

一琖勘書燈

昭君怨牡丹

曾看洛陽舊譜只許姚黃獨步若比廣陵花太虧他舊日王侯園圃今日荊榛狐兔君莫說中州怕花愁

又瓊華

后土宮中標韻天上人間一本道號玉真妃字瓊姬我與花曾半面流落天涯重見莫把玉簫吹怕驚飛

清平樂五月十五夜翫月

纖雲掃迹萬頃玻璃色醉跨玉龍游八極歷歷天青海碧　水晶宮殿飄香羣仙方按霓裳消得幾多風露變教人世清涼

又同前

風高浪快萬里騎蟾背曾識姮娥真體態素面元無粉黛　身游銀闕珠宮俯看積氣濛濛醉裏偶搖桂樹人間喚作涼風

又頃在維揚陳師文參議家舞姬絕妙賦此

宮腰束素只怕能輕舉好築避風臺護取莫遣驚鴻飛去　一團香玉溫柔笑顰俱有風流貪與蕭郎眉

語不知舞錯伊州

又 別意○丹陽舟中作

休彈別鶴淚與絃俱落歡事中年如水薄懷抱那堪作惡 昨宵月露高樓今朝煙雨孤舟除是無身方了有身長有閒愁

長相思 惜梅

寒相催暖相催催了開時催謝時丁寧花放遲 角聲吹笛聲吹吹了南枝吹北枝明朝成雪飛

又 寄遠

朝有時暮有時潮水猶知日兩迴人生長別離 來有時去有時燕子猶知社後歸君行無定期

又 餞別

風蕭蕭雨蕭蕭相送津亭折柳條春愁不自聊 煙迢迢水迢迢準擬江邊駐畫橈舟人頻報潮

又

煙淒淒草淒淒野火原頭燒斷碑不知名姓誰 印纍纍冢纍纍千萬人中幾個歸榮華朝露晞

又

勸一杯復一杯短鍤相隨死便埋英雄安在哉 眉不開懷不開幸有江邊舊釣臺拂衣歸去來

菩薩蠻戲林推

小鬟解事高燒燭羣花圍繞摴蒱局道是五陵兒風騷滿肚皮　玉鞭鞭玉馬戲走章臺下笑殺灞橋翁騎驢風雪中

玉樓春戲呈林節推鄉兄

年年躍馬長安市客舍似家家似寄青錢換酒日無何紅燭呼盧宵不寐　易挑錦婦機中字難得玉人心下事男兒西北有神州莫洒水西橋畔淚

生查子元夕戲陳敬叟

繁燈奪霽華戲鼓侵明發物色舊時同情味中年別　淺畫鏡中眉深拜樓西月人散市聲收漸入愁時節

憶秦娥暮春

遊人絕綠陰滿野芳菲歇芳菲歇養蠶天氣采茶時節　枝頭杜宇啼成血陌頭楊柳吹成雪吹成雪淡煙微雨江南三月

又上巳

脩禊節晉人風味終然別終然別當時賓主至今清絕　等閑寫就蘭亭帖豈知留與人間說人間說永和之歲暮春之月

又

泥滑滑一聲聲喚征鞍發征鞍發客亭楊柳不禁攀折 荀郎衣上香初歇蕭娘心下書難說書難說雲時吹散一生愁絶

又感舊

春酲薄夢中毬馬豪如昨豪如昨月明橫笛曉寒吹角 古來成敗難描摸而今卻悔當時錯當時錯鐵衣猶在不堪重著

又

梅謝了塞垣解凍鴻歸早鴻歸早憑伊問訊大梁遺老 浙河西面邊聲悄淮河北去炊煙少炊煙少宣和宮殿冷煙衰草

鵲橋仙戊戌生朝

金風淅淅銀河淡淡長少羣賢畢會平生心事麴生知怪此夕惺惺相對 玄花生眼新霜點鬢不肯遮藏老態人閒何處有仙方擘劃得二三百歲

踏莎行甲午重九牛山作

日月跳丸光陰脫兎登臨不用深懷古向來吹帽插花人盡隨殘照西風去 老矣征衫飄然客路炊煙三兩人家住欲攜斗酒答秋光山深無覓黃花處

水調歌頭 和西外判宗湖樓韻

君看郭西景渾不減孤山飛樓突兀百尺輪奐後前觀絕唱新詞寡和墮淚舊碑無恙往事付驚瀾不見遼鶴返惟對水鷗閒　又何必珠翠盛管弦懽唾壺麈尾瀟灑領客上高寒丞相功存宗廟祭酒義兼家國世事尚相關風月寓意耳莫作晉人看

又遊蒲澗追和崔菊坡韻○余頃爲儀真郡督郵白事維揚崔公銳欲羅致屬先受制置使李公之辟崔公始聘洪公舜俞入幕後二十五年奉使嶺外拜公祠像俯仰今昔輒和公所作水調以寓悲慨

敕使竟空返公不出梅關當年玉座記憶仄席問平安羽扇尉佗城上野服仙遊閣下遼鶴幾時還賴有蜀耆舊健筆與書丹　青油士珠履客各凋殘四方蹙蹙靡騁獨此尚寬閒丞相祠堂何處太傅石碑墮淚木老瀑泉寒往者不可作置酒且登山

又再和○喜歸

遣作嶺頭使似戍玉門關來時送者舉酒珍重祝身安街畔小兒拍笑馬上是翁矍鑠頭與壁俱還何處得仙訣髮白頰猶丹　屋茆破籬菊瘦架籤殘老夫

自討甚審忙定不如閒客難楊雄拓落友笑王良來往面汗背芒寒再拜謝不敏早晚乞還山

又三和○解印有期戲作

老子頗更事打透利名關百年擾擾于役何異入槐安夢裏偶然得意醒後纔堪發笑蟻穴駕車還恰佩南柯印髣髴戴曾丹　客未散日初昳酒猶殘向來幻境安在回首總成閒莫問浮雲起滅且跨剛風遊戲露冷玉簫寒寄語抱朴子候我石樓山

又四和○八月上澣解印別同官席上賦

半世慣歧路不怕唱陽關朝來印綬解去今夕枕初安莫是散場優孟又似下棚傀儡脫了戲衫還老去事多忘公莫笑師丹　筆端花胸中錦兩消殘江湖水草空曠何必養天閒久苦諸君共事更盡一杯別酒風露夜深寒回首行樂地明日隔雲山

又五和○客散循隄步月而作

落日幾呼渡佳夕每留關有時來照清淺鬢雪似潘安一曲親蒙君賜兩岸更無人迹惟見鷺飛還隙地欠栽接蕉荔雜黃丹　柳全疏松尚幼怕摧殘旁人笑我癡計管鑰費防閑翁意在乎林壑客亦知夫水月滿腹貯清寒賦詠差有愧赤壁與滁山

又六和○次夕觴客湖上賦葛仙事

羯虜問周鼎柱史出秦關苦求勾漏何意身世遠差安不見跕鳶墮水時有飛鴻遵渚樂此久忘還采藥寓言耳胸次有靈丹　釣游處榕葉暗荻花殘自翁仙後千載輸與水鷗閒我讀內篇未竟忽被急符驅去洞閒白雲寒回首愧幽子隱約海中山

又七和○十三夜同官載酒相別不見月作

怪事廣寒殿此夕不開關林間烏鵲相賀暫得一枝安只在浮雲深處誰駕長風挾取明鏡忽飛還玉兎呼不應難覓白中丹　酒行深歌聽徹笛吹殘嫦娥老去孤另離別匹如閒待得銀盤擎出只怕玉峯醉倒衰病不禁寒鄉去我欲睡辜負此湖山

又癸卯中秋作

老去有奇事天放雨中秋使君飛榭千尺縹緲見麟洲景物東徐城上歲月北征詩裏圓缺幾時休俯仰慨今昔惟酒可澆愁　風露高河漢澹素光流賈胡野老相慶田海十分收競看姮娥金鏡爭信仙人玉斧費了一番修衰晚筆無力誰伴賦黃樓

哨徧昔坡公以盤谷序配歸來詞然陶詞旣檃括入律韓序則未也暇日游方氏龍山別墅

試效顰爲之俾主人刻之崖云

勝處可宮平處可田泉土尤甘美深復深路絶佳人稀有人兮盤旋於此送子歸是他隱居求志是要明主媒當世嗟此意誰論其言甚壯孔顏猶有遺旨大丈夫之被遇于時入坐廟朝出旗麾列屋名姬夾道武夫滿前才子　噫有命存焉吾非惡此而逃之富貴人所欲如之何幸而致向茂樹堪休清泉可濯谷中別有閑天地鱠細於絲蕨甜似蜜采於山釣於水大丈夫不遇時之所爲唐處士依稀是吾師覺山林尊如朝市五侯門下賓客擾擾趨形勢嗟盤之樂誰爭子所占斷千秋萬歲呼僮秣馬更膏車便與君從此逝矣

賀新郎

吾少多奇節頗揶揄玉關定遠壺頭新息一劍防身行萬里選甚南溟北極看塞雁銜來秋色不但槊棋夸妙手管城君亦自無前敵終賈輩恐難匹　酒腸詩膽新來窄向西風登高望遠亂山斜日安得良弓并快馬聊與諸公角力漫醉把闌干頻拍莫恨寒蟬離海晚待與君秉燭游今夕歡易買健難得

又杜子昕覬歌

盡說番和漢這琵琶依稀似曲驀然絃斷作麼一年來一度欺得南人技短歎幾處城危如卵元凱後身居玉帳報□□休作尋常看佈嚴令運奇算　開門決鬬雌雄判笑中宵奚車氈屋獸驚禽散箇箇巍冠横麈柄誰了君王此段也莫靠長江能限不論周郎并妨度便仲尼復起嗟微管馳露布築京觀

又　跋唐伯玉奏稾

宣引東華去似當年文皇親擢馬周徒步殿上風霜生白簡下殿扁舟已具怎不與官家留住古有一言腰相印誰教他滿篋嬰鱗疏還笏退不迴顧　新來邊報猶飛羽問諸公可無長策少寬明主攀檻朱雲頭雪白流落如今底處但一片丹心如故賴有越臺堪眺望那中原莫已平安否風色惡海天暮

又　送唐伯玉還朝

驛騎聯翩至道臺家籌邊方急酒行姑止作麼攜將琴鶴去不管州人墮淚富與貴平生無味可但紅塵難着腳便山林未有安身地搔白髮几相對　前身小范疑公是憶當年天章閣上建明尤偉慶曆諸賢方得路便不容他老子須著放延州城裏一句殷勤牢記取在朝廷最好圖西事何必向玉關外

又送黃成父還朝

飛詔從天下道中朝名流欲盡君王思賈時事秖今堪痛哭未可徐徐侯駕好著手扶將宗社多少法筵龍象衆聽靈山祝付些兒話千百世要傳寫　子方行矣乘驄馬又送它江南太史去游戱廈老我伴身惟有影倚偏風軒月榭悵玉手何時重把君向柳邊花底問看貞元朝士誰存者桃滿觀幾開謝

又戊戌壽張史君九月十八日

南國秋容晚曉寒輕芙蓉臺榭拒霜池館試向壺山堂上望萬頃黃雲刈偏總喫著君侯方寸不要漢庭誇擊斷要史家編入循良傳春脚到福星現　家家香火人人願要還他慶元戭座建炎蟬冕穩奉安輿迎兩國誰謂山遙水遠福壽比河沙難算來歲而今黃花節早驂鸞入侍瑤池宴風浩蕩海清淺

又宋庵訪梅

鵲報千林喜還猛省謝家池館早寒天氣要與瑤姬敘離索草草杯盤籍地悵減盡何郎才思不願玉堂并金屋願年年歲歲花間醉餐秀色挹高致　西園飛蓋東山妓問何如半山雪裏孤山煙外管甚夜深風露冷人與長缾共睡任翠羽枝頭多事老子平生

無他過爲梅花受取風流罪譽白髮莫教墜

又 和人詠荼蘼

曾與瑤姬約恍相逢翠裳搖曳珠韉聯絡風露青冥非人世攬結玉龍驂鶴愛萬朶千條纖弱禱祝花神憐惜取到開時晴兩須斟酌枝上雪莫銷卻 惱人匹似中狂藥凭危闌燭光交映樂聲遙作身上春衫香熏透看到參橫月落算茉莉猶底一著坐有緣山王郎子倚玉簫度曲難爲酢君不飲鑄成錯

又 用前韻賦黃荼蘼

想赴瑤池約向東風名姬駿馬翠韉金絡太液池邊鵠羣下又似南樓呼鶴畫不就穠纖嬌弱羅帕封香來天上瀉銅盤沆瀣供清酌春去也被留卻 芳魂再反應無藥似詩詠綠衣黃裏感傷而作愛惜尚嫌蜂採去何況流鶯蹴落且放下珠簾遮著除卻江南黃九外有何人敢與花酬酢君認取莫教錯

又 再用約字

淺把宮黃約細端相普陀煙裏金身珠絡萼綠華輕羅韈小飛下祥雲仙鶴朶朶賽蜂腰纖弱已被色香撩病思儘鵝兒酒美無多酌看不足怕殘卻 人間難得傷春藥更枝頭流鶯喚起少年狂作留取姚家

花相伴羞與萬紅同落未肯讓蠟梅先著樂府今無
黃絹手問斯人清唱何人酢休草草認題錯

又郡宴和韻

草草池亭宴又何須珠韝絡臂琵琶遮面賓主一時
詞翰手倏忽龍蛇滿案傳寫處塵飛鶯囀但得時平
魚稻熟這腐儒不用青精飯陰霧掃霽華見使君
償了豐年願便從今也無敲朴也無厨傳試拂籠紗
看壁記幾箇標名渠觀想九牧聞風爭羨此老飽知
民疾苦早歸來載筆熏風殿詩有諷賦無勸

又再和前韻

夢斷鈞天宴怪人間曲吹別調局翻新面不是先生
瘖啞子怕殺烏臺舊案但掩耳蟬嘶禽囀老去把茅
依地土有瓦盆盛酒荷包飯停造請免朝見少狂
誤發功名願苦貪他生前死後美官佳傳白髮歸來
還自笑管轄希夷古觀看一道冰銜堪羨妃子將軍
嗔未已問匡山何似金鑾殿休更待杜鵑勸

又題蒲澗寺

風露驅炎毒記僊翁飄然謫墮吹笙騎鵠歷歷漢初
秦季事山下瓜猶未熟過眼見羣雄分鹿想得拂衣
游汗漫試回頭劉項俱蠻觸斫鯨鱠脯麟肉越人

好事因成俗擁遨頭如雲士女山南山北問訊先生無恙否齊魯干戈滿目且游戲扶胥黃木不是世無瓜樣棗便有來肯飽癡兒腹聊舉酒笑相屬

又王實之喜予出嶺命愛姬歌新詞以相勞輒次其韻

此腹元空洞少年時諸公過矣上天吹送老大被它禁害殺身與浮名孰重這般笛休休拈弄綵筆擲還殘錦去用江淹鮑昭事願今生來世無妖夢且飯犢莫吞鳳　新來喑啞如翁仲羨王郎驂鸞縹緲玉簫吹動應笑夔州村裏女灸面生愁進奉要絕代傾城安用今古何人知此理有吾家酒德先生頌三萬卷漫充棟

又蒙恩主崇禧再用前韻

主判茅君洞有簷閒杳杳喜鵲曉來傳送幾度黃符披戴了此度君恩越重僕五任祠廟一南岳二仙都三玉局四雲臺五崇禧被賀監天隨調弄做取散人千百歲笑渠儂一霎邯鄲夢歌而過鳳兮鳳　灌園織屨希陳仲問先生加齊卿相可無心動除卻醴泉中太乙揀箇名山自奉那捷徑輸它藏用有耳不曾聞黜陟免教人貶駁徂徠頌服蘭佩結茅棟

又二和

謫下神清洞更遭它揶揄點鬼路旁遮送薄命書生雞肋爾卻笑尊拳忒重破故紙誰教繙弄一枕茅簷春睡美便周公大聖何須夢門前客任題鳳　卜鄰羊仲并求仲願春來西疇雨足土膏犂動白髮巡官占歲稔不問京房翼奉槹與甕從今無用醉與老農同擊壤莫隨人頭獻嘉禾頌在陋巷勝華棟

又生日用實之來韻

鬢雪今千縷更休休癡心猷望故人明主晚學瞿聃無所得不解飛昇滅度似曉鼓鼕鼕撾五散盡朝來湯餅客且烹雞要飯茅容母怕迴首太行路　麟臺學士微雲句便尊前周郎復出審音無誤安得春鶯雪兒輩輕拍紅牙按舞也莫笑儂家蠻語老去山歌尤協律又何須手筆如燕許援琴操促箏柱

又再用前韻

放逐身繿縷被門前羣鷗戲狎見推盟主若把士師三黜比老子多他兩度袖手看名場呼五不會車邊望塵拜免它年青史羞潘母勾曲洞是歸路　平生怕道蕭蕭句況新來冠欹弁側醉人多誤管甚是非并禮法頓足低昂起舞任百鳥喧啾春語欲托朱絃

寫悲壯這琴心脈脈誰堪許君按拍我調杜

又實之三和有憂邊之語走筆答之

國脈微如縷問長纓何時入手縛將戎主未必人間無好漢誰與寬些尺度試看取當年韓五豈有穀城公付授也不干曾遇驪山母談笑起兩河路　少時棋枰曾聯句歎而今登樓攬鏡事機頻誤聞說北風吹面急邊上衝梯屢舞君莫道投鞭虛語自古一賢能制難有金湯便可無張許快投筆莫題柱

又四用縷字韻爲王實之壽

萬字如鐵縷憶王郎丹墀大對氣爲文主貴近旁觀俱失色仰止如天聖度笑杜牧成名居五晚面清光猶若諫似封人懇切言君毋謫塵世錯行路　當時宜和薰風句又那知青雲一跌被才名誤輸與靈和殿前柳柔軟隨風學舞怪兩鳥新來停語不是先生高索價問何時宰相先生許舉杯祝莫傾柱

又實之用前韻爲老者壽戲答

身畔無絲縷但從前練裳練帨做他家主甲子一周加二紀兔走烏飛幾度賽孔子如來三五徐陵云小如來五歲多孔子三年鶴髮蕭蕭無可截要一杯留客噉陶母門外草欲迷路　朗吟白雪陽春句狩夫

君驪駒不至鵲聲還誤老去聊攀萊子例倒著斑衣
戲舞記田舍火爐頭語肘後黃金腰下印有高堂未
敢將身許且扇枕莫倚柱

沁園春 癸卯佛生翌日將曉夢中作既醒但易
數字

有箇頭陀形等枯株心猶死灰幸春山筍賤無人爭
喫夜爐芋美與客同煨何處旛花忽相導引莫是天
宮迎赴齋又疑道向毗耶城裏講席初開 這邊尚
自徘徊笑那裏紛紛早見猜有尊神奮杵拳麤似鉢
名緇豎拂喝猛如雷老子無能山僧不會誰誤檀那
舉請哉山中去便百千億劫休下山來

又 和吳尚書叔永

我所思兮延陵季子別來九春笑是非浮論白衣蒼
狗文章定價秋月華星獨步岷峨後身坡潁何必荀
□有二仁中朝裏看叔兮袞斧伯也絲綸 洛中曾
識機雲記玉立堂堂九尺身歎苕溪漁艇幽人孤往
鴈山馬鬣弔客誰經宣室釐殘玄都花謝回首舊游
存幾人新腔美堪洗空恩怨喚起交情

又 吳叔永尚書和予舊作再答

莫羨渠儂白玉成樓黃金築臺也不消顛怪騎鱗被

髮誰能委曲令鳩爲媒鬢有一毛袖閑雙手只子持螯與把杯公過矣賞陳登豪氣杜牧麤才　便煩問訊張雷甚斗宿無光劍不迴想閣中鳴佩時攜客去壁間懸榻近有誰來撤我虎皮讓君牛耳誰道兩賢相戹哉中年後向歌闌易感樂極生哀

又　維揚作

遼鶴重來不見繁華只見凋殘甚都無人誦何郎詩句也無人報書記平安閭里俱非江山略是縱有高樓莫倚闌沈吟處但螢飛草際雁起蘆間　不辭露宿風餐怕萬里歸來雙鬢斑算這邊贏得黑貂裘弊那邊輸了翡翠衾寒檄草流傳吟牋倚閣閑到瓊花亦懶看君記取向中州差樂塞地無歡

摸魚兒　用實之韻

便披蓑荷鋤歸去何須身着宮錦與誰共話桑麻事朱老阮生尤稔餙樣餅甕樣團長鬚赤腳供樵飪清流濁品盡掃去胸中置諸膜外對酒莫辭飲　華胥夢怕殺人驚曉枕疏牕惟月來闖一生常被弓旌誤且告朝家追寢愁箇甚君管取有薇堪采松堪蔭茆山再任幸不是謀臣又非世將免犯道家禁

一翦梅　余赴廣東實之夜餞于風亭

束緼宵行十里強挑得詩囊拋了衣囊天寒路滑馬蹄僵元是王郎來送劉郎　酒酣耳熱說文章驚倒鄰牆推倒胡牀旁觀拍手笑疏狂疏又何妨狂又何妨

滿庭芳　記夢

涼月如冰素濤翻雪人世依約三更扁舟乘興莫計水雲程忽到一洲奇絕花無數多不知名渾疑是芙蓉城裏又似牡丹墀　蓬萊應不遠天風海浪滿目淒清更一聲鐵笛石裂龍驚回顧塵寰局促揮袂去散髮騎鯨蘧蘧覺元來是夢鐘動野雞鳴

鷓鴣天　腹疾且睡和朱希真詞

前度看花白髮郎平生痼疾是清狂幸然無事汙青史省得教人奏赤章　游俠窟少年場輸他羣謝與諸王居人不識庚桑楚弟子誰從魏伯陽

又戲題周登樂府

詩變齊梁體已澆香匳新製出唐朝紛紛競奏桑間曲寂寂誰知爨下焦　揮綵筆展紅綃十分峭措稱妖嬈可憐才子如公瑾未有佳人敵小喬

卜算子

亂似盎中絲密似風中絮行徧茫茫禹迹來底是無

愁處　好客挽難留俗事推難去惟有翻身入醉鄉愁欲來無路

木蘭花慢　壽王實之

瀛洲眞學士爲底事在紅塵爲語觸宮闈沈香亭裏嗔謫僊人爲親近君側者見萬言策子甚劉蕡爲是尚方請劍漢廷多憚朱雲　君言往事勿重陳且鬬酒邊身也不會區區算它甲子記甚庚寅爾曹譬如朝菌又安知老柏與靈椿世上榮華難保古來名節如新

念奴嬌　壽方德潤

卯君來處與眉州仙子依稀同日一自前朝龔蔡後頗覺壺山岑寂誰料端平繼居遺補復有斯人出幅巾林下姓名玉座長憶　須信諂語尤甘忠言最苦橄欖何如蜜諸老蕭疏星欲曉留取南都鐵壁洛社自佳鏡湖雖好莫問君王乞年年歲歲大家同做眞率

又丙午鄭少卿生日

禁中張讌苦留公未許歸壽初服千載君臣魚有水不比嚴光文叔大德中天客星一夕草草聊同宿重來凝碧依然賡載相屬　過眼夸奪紛紛浮雲野馬

幾度棋翻局客話鳳池三入事洗耳湖光一曲伯始泉荒稺圭圃冷占斷西風菊年年歲歲金英常泛芳醁

後村別調

攷淳祐辛丑八月御批二云劉克莊文名久著史學尤精可特賜同進士出身由是負一代盛名偶有題跋後人輒以爲定衡所撰別調一卷大率與辛稼軒相類揚升庵謂其壯語足以立懦余竊謂其雄力足以排奡二云湖南毛晉識

蘆川詞

目錄

蘆川詞目錄

蘆川詞

宋 張元幹

賀新郎 送胡邦衡待制赴新州

夢繞神州路悵秋風連營畫角故宮離黍底事崑崙傾砥柱九地黃流亂注聚萬落千村狐兔天意從來高難問況人情老易悲難訴更南浦送君去 涼生岸柳催殘暑耿斜河疏星淡月斷雲微度一作雨 萬里江山知何處回首對牀夜語雁不到書成誰與目盡青天懷今古肯兒曹恩怨相爾汝舉大白聽金縷

又 寄李伯紀丞相

曳杖危樓去斗垂天滄波萬頃月流煙渚掃盡浮雲風不定未放扁舟夜渡宿雁落寒蘆深處悵望關河空弔影正人間鼻息鳴鼉鼓誰伴我醉中舞 十年一夢揚州路倚高寒愁生故國氣吞驕虜要斬樓蘭三尺劍遺恨琵琶舊語謾暗澀銅華澀一作拭塵土喚取謫仙平章看過苕溪尚許垂綸否風浩蕩欲飛一作輕舉

滿江紅 自豫章阻風吳城山作○或作春暮誤

○或誤入片玉集

春水迷天桃花浪幾番風惡雲乍起遠山遮盡晚風

還作綠徧芳洲生杜若楚帆帶雨煙中落傍向來沙觜共停橈傷飄泊　寒猶在衾偏薄腸欲斷愁難著倚篷窗無寐引杯孤酌寒食清明都過卻最憐輕負年時約想小樓終日望歸舟人如削

蘭陵王　春恨

卷珠箔朝雨輕陰乍閣闌干外煙柳弄晴芳草侵階映紅藥東風妬花惡吹落梢頭嫩萼屏山掩沈水倦熏中酒心情怕杯勺　尋思舊京洛正年少疏狂歌笑迷著障泥油壁催梳掠曾馳道同載上林攜手燈夜初過早共約又爭信漂泊　寂寞念行樂甚粉淡衣襟音斷絃索瓊枝璧月春如昨悵別後華表那回雙鶴相思除是向醉裏暫忘卻

又

綺霞散空碧留晴向晚東風裏天氣困人時節鞦韆閑深院簾旌翠波颭窗影殘紅一線春光巧花臉柳腰勾引芳菲鬧鶯燕　閑愁費消遣想蛾綠輕暈鸞鑑新怨單衣欲試寒猶淺羞衾鳳空展塞鴻難託誰問潛寬舊帶眼念人似天遠　迷戀畫堂宴看最樂王孫濃豔爭勸蘭膏寶篆春宵短擁檀板低唱玉杯重暖衆中先醉慢倚檻早夢見

念奴嬌

江天雨霽正露荷擎翠風槐搖綠試問秦樓今夜裏愁到闌干幾曲笑撚黃花重題紅葉無奈歸期促暮雲千里桂花初綻寒玉　有誰伴我淒涼除非分付與杯中醽醁水本無情山又遠回首煙波雲木夢繞西園魂飛南浦自古情難足舊遊何處落霞空映孤鶩

又丁卯上巳燕集葉尚書蕊香堂賞海棠即席賦之

蕊香深處逢上巳生怕花飛紅雨萬點臙脂遮翠袖誰識黃昏凝佇燒燭呈妝傳杯繞檻莫放春歸去垂絲無語見人卻似羞妒　修禊當時今日羣賢絃管裏英姿如許寶靨羅衣應未有許多陽臺神女氣湧三山醉聽五鼓休更分今古壺中天地大家著意留住

又代洛濱次石林韻

吳淞初冷記垂虹南望殘日西沈秋入青冥三萬頃蟾影吞盡湖陰玉斧爲誰冰輪如許宮闕想寒深人間奇觀古今豪士悲吟　蒼弁丹頰仙翁淮山風露底曾賦幽尋老去專城仍好客時擁歌吹登臨坐揖

龍江舉杯相屬桂子落波心一聲猿嘯醉來虛籟千林

又題徐明叔海月吟笛圖

秋風萬里湛銀潢清影冰輪寒色八月靈槎乘興去織女機邊爲客山擁雞林江澄鴨綠四顧滄溟窄醉來橫吹數聲悲憤誰測　飄蕩貝闕珠宮羣龍驚睡起馮夷波激雲氣蒼茫吟嘯處鼉吼鯨奔天黑回首當時蓬萊方丈好箇歸消息而今圖畫慢教千甲傳得

又

寒綃素壁露華濃羣玉峯巒如洗明鏡池開秋水淨冷浸一天空翠荷芰波生菰蒲風動驚起魚龍戲山河影裏十分光照人世　誰似老子癡頑胡牀欹坐自引壺觴醉醉裏悲歌歌未徹屋角烏飛星墜對影三人停杯一問誰解騎鯨意玉京何處翠樓空鎖十二

又己卯中秋和陳文少卿韻

垂虹望極掃太虛纖翳明河翻雪一碧天光波萬頃湧出廣寒宮闕好事浮家不辭百里俱載如花頰琴高雙鯉鼎來同醉孤絕　浩蕩今夕風煙人間天上

別似尋常月陶冶三高千古恨賞我中秋清節八十仙翁雅宜圖畫寫取橫江檝平生奇觀夢回猶竦毛髮

石州慢

寒水依痕春意漸回沙際煙闊溪梅晴照生香冷蕊數枝爭發天涯舊恨試看幾許消魂長亭門外山重疊不盡眼中青是愁來時節 情切畫樓深閉想見東風暗銷肌雪辜負枕前雲雨尊前花月心期切處更有多少淒涼殷勤留與歸時說到得再相逢恰經年離別

又己酉秋吳興舟中

雨急雲飛瞥然驚散暮天涼月誰家疏柳低迷幾點流螢明滅夜帆風駛滿湖煙水蒼茫菰蒲零亂秋聲咽夢斷酒醒時倚危檣清絕 心折長庚光怒羣盜縱橫逆胡猖獗欲挽天河一洗中原膏血兩宮何處塞垣秖隔長江唾壺空擊悲歌缺萬里想龍沙泣孤臣吳越

永遇樂宿鷗盟軒

月仄金盆江縈羅帶涼颸天際摩詰丹青營邱平遠一望窮千里白鷗盟在黃粱夢破投老此心如水耿

無眠披衣顧影乍聞繞階絡緯　百年倦客三生習
氣今古到頭誰是夜色蒼茫浮雲滅沒舉世方熟寐
誰人著眼放神八極逸想寄塵寰外獨凭闌雞鳴日
上海山霧起

又　爲洛濱橫山作

飛觀橫空衆山繞甸江面相照曲檻披風虛簷挂月
據盡登臨要有時巾屨訪公良夜坐我半天林杪攬
浮邱飄飄衣袂相與似遊蓬島　主人勝度文章英
妙合住北扉西沼何事十年風灑露沐不厭江山好
曲屏端有吹簫人在同倚暮雲清曉乘除了人間寵
辱付之一笑

八聲甘州　陪筠翁小酌橫山閣

倚凌空飛觀展營邱臥軸恍移時漸微雲點綴參橫
斗轉野闊天垂草樹縈迴島嶼杳靄數峯低共一尊
明月顧影爲誰　俯仰乾坤今古正嫩涼生處濃露
初霏據胡牀殘夜唯我與公知念老去風流未減見
向來人物幾興衰身常健何妨遊戲莫問棲遲

又　西湖有感寄劉晞顏

記當年共飲醉畫船搖碧罥花鈿問蒼顏華髮煙蓑
雨笠何事重來看盡人情物態冷眼只堪咍賴有西

湖在洗我塵埃　夜久波光山色間淡妝濃抹冰鑑雲開東湖頭千丈江海兩崖嵬曉涼生荷香撲面洒天邊風露逼襟懷誰同賞通宵無寐斜月低回

水調歌頭 同徐師川泛太湖舟中作

落景下青嶂高浪卷滄洲平生頗慣江海掀舞木蘭舟百二山河空壯底事中原塵漲喪亂幾時休澤畔行吟處天地一沙鷗　想元龍猶高臥百尺樓臨風酹酒堪笑談話覓封侯老去英雄不見惟與漁樵爲伴回首得無憂莫道三伏熱便是五湖秋

又 和薌林居士中秋

閏餘有何好一歲兩中秋滕王高閣曾醉月湧大江流今夜釣龍臺上還是當時逢閏佳句記英遊看山兼看月登閣復登樓　別離久今古恨大刀頭老來常是清夢宛在舊神州遐想薌林風味甕裏自傾春色不用貫貂裘笑我成何事搔首慢私憂

又 陪福帥讌集口占以授官奴

縹緲九重閣壯觀在人間涼飈乍起四圍晴黛入闌干已過中秋時候便是菊花重九爲壽一尊歡今古登高意玉帳正清閑　引三巴連五嶺控百蠻元戎小隊舊遊曾記並龍山閬嶠尤寬南顧聞道天邊兩

露持臺詔新頒且擁笙歌醉廊廟更徐還

又

平日幾經過重到更留連黃塵烏帽覺來眼界忽醒然坐見如雲秋稼莫問雞蟲得失鴻鵠下翩翩四海九州大何地著飛仙　吸湖光吞蟾影倚天圓胸中萬頃空曠清夜炯無眠要識世間閒處自有尊前深趣且唱釣魚船調鼎他年事妙手看烹鮮

又

雨斷翻驚浪山暝擁歸雲麥秋天氣聊泛征棹泊江村不羨腰間金印卻愛吾廬高枕無事閉柴門搔首煙波上老去任乾坤　白綸巾玉麈尾一杯春性靈陶冶我輩猶要箇中人莫變姓名吳市且向漁樵爭席與世共浮沈目送飛鴻去何用畫麒麟

又

露下菱歌遠螢傍藕花流臨溪堂上望中依舊柳邊洲晚暑冰肌沾汗新浴香綿撲粉湘簟月華浮長記開朱戶不寐待歸舟　恍重來思往事攬離愁天涯何處未應容易此生休莫問吳霜點鬢細與蠻牋封恨相見轉綢繆雲雨陽臺夢河漢鵲橋秋

又 癸酉虎邱中秋

萬里冰輪滿千丈玉盤浮廣寒宮殿西望湖海冷光流掃盡長空纖翳散亂疏林清影風露迫人愁徐步行歌去危坐口眠休 問孤篷緣底事苦淹留倦遊回首向來雲臥雨星周此夜此生長好明明月明年何處歸興在南州老境一傖父異縣四中秋

又 贈汪秀才

袖手看飛雪高臥過殘冬飄然底事春到先我逐孤鴻挾取筆端風雨快寫胸中邱壑不肯下樊籠大笑了今古乘興便西東 一尊酒知何處又相逢奴星結柳與君同送五家窮好是橘封千戶正恐樓高百尺湖海有元龍目光在牛背馬耳射東風

又

今夕定何夕秋水滿東甌悲涼懷抱何事還倍去年愁萬里碧空如洗寒浸十分明月簾捲玉波流非是經年別一歲雨中秋 坐中庭風露下冷颼颼素娥無語相對尊酒且遲留琴罷不堪幽怨遙想三山影外人倚夜深樓矯首望霄漢雲海路悠悠

又 爲趙端禮作

最樂賢王子今歲好中秋夜深珠履舉杯相屬盡名流宿雨乍開銀漢洗出玉蟾秋色人在廣寒遊浩蕩

山河影徧照岳陽樓　露華濃君恩重判扶頭霓旌
星節已隨絲管下皇州滿座燭光花豔笑罥烏巾同
醉誰問負薪裘月轉簷牙曉高枕更無憂

又追和

舉手釣鼇客削迹種瓜侯重來吳會三伏行見五湖
秋耳畔風波搖蕩身外功名飄忽何路射旄頭孤負
男兒志悵望故園愁　夢中原揮老淚徧南州元龍
湖海豪氣百尺臥高樓短髮霜黏兩鬢清夜盆傾一
雨喜聽瓦鳴溝猶有壯心在付與百川流

又

放浪形骸外憔悴山澤癯倒冠落佩此心不待白髭
鬚聊復脫身鵷鷺未暇先尋水竹矯首漢庭疏長夏
啖丹荔兩紀傲閑居　忽風飄連雨打向西湖藕花
深處尚能同載麴生無聽子談天舌本澆我書空胸
次醉臥踏冰壺畢竟淩煙像何似輞川圖

又丁丑春與鍾離少翁張元鑒登垂虹

挂策松江上舉酒酹三高此生飄蕩往來身世兩徒
勞長羨五湖煙艇好是秋風鱸鱠笠澤久蓬蒿想像
英靈在千古傲雲濤　俯滄波吞空曠恍神交解衣
盤礴政須一笑屬奇曹洗盡人間塵土掃去胸中冰

炭痛飲讀離騷縱有垂天翼何用釣連鼇

又 送呂居仁召赴行在所

戎虜亂中夏星歷一周天干戈未定悲咤河洛尚腥羶萬里兩宮無路政仰君王神武願數中興年吾道尊洙泗何暇議伊川 呂公子三世相在凌煙詩名獨步焉用兒輩更毛箋好去承明讜論照映金猊帶穩恩與荔枝偏回首東山路池閣醉雙蓮

風流子 政和間過延平雙谿閣落成席上賦

飛觀插彫梁憑虛起縹緲五雲鄉對山滴翠嵐兩眉濃黛水分雙派滿眼波光曲闌外汀煙輕冉冉莎草細茫茫無數釣舟最宜煙雨有如圖畫渾似瀟湘使君行樂處秦箏弄哀怨雲鬟分行心醉一缸春色滿座凝香有天涯倦客尊前回首聽徹伊州惱損柔腸不似碧潭雙劍猶解相將

魚遊春水

芳洲生蘋芷宿雨收晴浮暖翠煙光如洗幾片花飛點淚清鏡空餘白髮添新恨誰傳紅綾寄溪漲岸痕涙吞沙尾 老去情懷易醉十二闌干慵徧倚雙鳧人慣風流功名萬里夢想濃妝碧雲邊目斷孤帆夕陽裏何時送客更臨春水

寶鼎現 筠翁李似之作此詞見招因賦其事使
歌之者想像風味如到山中

山莊圖畫錦囊吟詠胸中邱壑年少日如虹豪氣吐鳳詞華渾忘卻便袖手向巖前溪畔種滿煙梢霧籜想別墅平泉當時草木風流如昨 瘦藤閑倚看鉏藥雙芒鞵雨後常著目送處飛鴻滅沒誰問蓬蒿爭燕雀乍霽月望松雲南渡短艇欹沙夜泊正萬里青冥千林虛籟從渠繒繳 攜幼尚有筠丁誰會得人生行樂岸幘綸巾歸去深戶香迷翠幕恐未免上淩煙閣好在秋天鶚念小山叢桂今宵狂客不勝杯勺

祝英臺近

枕霞紅釵燕墜花露滯雲髻粉淡香殘猶帶宿酲睡畫簷紅日三竿慵窺鸞鑑長是倚春風無力 又經歲玉腕條脫輕鬆羞郎見憔悴何事秋來容易又分袂可堪疏雨梧桐空階絡緯背人處偷彈珠淚

朝中措 次聰父韻

花陰如坐木蘭船風露正娟娟翠蓋匝庭芳影青蛟平地飛涎 春撩狂興香迷痛飲中聖中賢攜取一枝同夢從他五夜如年

蝶戀花

窗暗窗明昏又曉百歲光陰老去難重少四十歸來猶賴早浮名浮利都經了　時把青銅閑自照華髮蒼顏一任傍人笑不會參禪并學道但知心下無煩惱

又

燕去鶯來春又到花落花開幾度池塘草歌舞筵中人易老閉門打坐安閑好　敗意常多如意少著甚來由入鬧尋煩惱千古是非渾忘了有時獨自撚髭笑

沁園春紹興丁巳五月六夜夢與一道人對歌數曲遂成此詞

神水華池汞鉛凝結虎龍往來問子前午後陽銷陰長自然爐鼎何用安排靈寶玄門煙蘿真境三日庚生兌戶開泥丸透盡周天火候平步仙階　蓬萊直上瑤臺看海變桑田飛暮埃念塵勞良苦流光易度明珠誰得白骨成堆位極人臣功高今古總蹈危機吞禍胎爭知我辦青鞵布襪雁蕩天台

又

欹枕深軒散帙虛堂畏景屢移漸披襟臨水揩淋就月蓮香拂面竹色侵衣壓玉爲醪折荷爲醆臥看銀

潢星四垂人歸後任飢蟬自嘯宿鳥相依　癡兒莫蹈危機悟三十九年都盡非任紆朱拖紫圍金珮玉青錢流地白璧如坻富貴浮雲身名零露事事無心歸便歸秋風動正吳松月冷蓴長鱸肥

臨江仙　送王叔濟

玉立清標消晚暑胸中一段冰壺畫船歸去醉歌珠微雲收未盡殘月烱如初　鴛鷺行間催闊步秋來乘輿鳬趍煩君爲我問西湖不知疏影畔許我結茅無

又荼蘼有感

鶯喚屏山驚睡起嬌多須要郎扶荼蘼斗帳罷熏爐翠穿珠落索香泛玉流蘇　長記枕痕銷醉色日高猶倦妝梳一枝春瘦想如初夢迷芳草路望斷素鱗書

又趙端禮重陽後一日置酒坐上賦

十日籬邊猶袖手天教冷地藏香王孫風味最難忘逃禪留坐客度曲出宮妝　判卻爲花今夜醉大家且泛鵝黃人心休更問炎涼從渠簪髮短還我引杯長

又送宇文德和被召赴行在所

露坐榕陰須痛飲從渠疊鼓頻催暮山新月兩徘徊
離愁秋水遠醉眼曉帆開　泛宅浮家遊戲去流行
坎止忘懷江邊鷗鷺莫相猜上林消息好鴻雁已歸
來

醉落魄

浮家泛宅舊遊記霅溪蹤跡此生已是天涯隔投老
誰知還作三吳客　故人怪我踈髩黑醉來猶似丁
年日光陰未肯成虛擲蜀魄聲中著處有春色

又

綠枝紅萼江南芳信年年約竹轝路轉溪橋角晴日
烘香的皪疏籬落　玉臺粉面鉛花薄畫堂長記深
羅幕惜花老去情猶著客裏驚春生怕東風惡

又

一枝冰萼鬢雲低度橫波約醉扶曾冒烏巾角長是
春來腸斷寶釵落　羅衣乍怯春風薄夜深花困遮
垂幕不堪往事尋思著休問尊前客惡主人惡

又

雲鴻影落風吹小艇欹沙泊津亭古木濃陰合一枕
灘聲客睡何曾著　天涯萬里情懷惡年華垂暮猶
離索佳人想見猜疑錯莫數歸期已負當時約

南歌子中秋

涼月今宵滿晴空萬里寬素娥應念老夫閑特地中秋著意照人間　香霧雲鬟溼清輝玉臂寒休教凝佇向更闌飄下桂花開早大家看

又

遠樹留殘雪寒江照晚晴分明江上數峯青倚檻舊愁新恨一時生　春意來無際歸舟去有程道人元自沒心情楚夢只因沈醉等閑成

又

玉露團寒菊秋風入敗荷繚牆南畔曲池渦天迴遙岑倒影落層波　月轉簷牙短更傳漏箭多醉來歸去意如何只為地偏心遠慣絃歌

又

桂魄芬餘暈檀香破紫心高鬟鬆綰鬢雲侵又被蘭膏香染色沈沈　指印纖纖粉釵橫隱隱金更闌雲雨鳳帷深長是枕前不見殢人尋

卜算子梅

的皪數枝斜冰雪縈餘態燭外尊前滿眼春風味年年在　老去惜花深醉裏愁多嬾冷蕊孤芳底處愁少箇人人戴

又

涼氣入熏籠暗影歛花砌紫玉誰人三弄寒吹斷江梅意　花底溼春衣隔坐風輕遞卻笑笙簫繚嶺人明月偷垂淚

又

風露溼行雲沙水迷歸艇臥看明河月滿空斗挂蒼山頂　萬古只青天多事悲人境起舞聞雞酒未醒潮落秋江冷

又

芳信看寒梢影入花光畫玉立風前萬里春雪豔江天夜　誰折暗香來故把新篘瀉記得偎人並照時鬢亂斜枝惹

浣溪紗

曲室明窗燭吐光瓦爐灰暖炷瓢香夜闌茗椀間飛觴　坐穩蒲團憑棐几熏餘紙帳掩藜牀箇中風味更難忘

又

一枕秋風兩處涼雨聲初歇漏聲長池塘零落藕花香　歸夢等閑歸燕去斷腸分付斷雲行畫屏今夜更思量

又王仲時席上賦木犀

翡翠釵頭綴玉蟲秋蟾飄下廣寒宮數枝金粟露華濃　花底清歌生皓齒燭邊疏影映酥胸惱人風味冷香中

又武林送李似表

燕掠風檣款款飛豔桃穠李鬧長隄騎鯨人去曉鶯啼　可意湖山留我住斷腸煙水送君歸三春不是別離時

又

雲氣吞江卷夕陽白頭波浪電飛忙奔雷驚雨濺胡牀　玉節故人同壯觀錦囊公子更平章榕陰歸夢十分涼

又

山繞平湖波撼城湖光倒影浸山青水晶樓下欲三更　霧柳暗時雲度月露荷翻處水流螢蕭蕭散髮到天明

又

目送歸舟鐵甕城隔江想見蜀山青風前團扇僕頻更　夢裏有時身化鶴人間無數草為螢此時山月下樓明

又 薔薇水

月轉花枝清影疏露華濃處滴真珠天香遺恨罥花鬚 沐出烏雲多態度暈成蛾綠費工夫歸時分付與妝梳

又 篤耨香

花氣天然百和芬仙風吹過海中春龍涎沈水總銷魂 清潤巧縈金縷細氤氳偏傍玉肌溫別來長是惜餘熏

又 范才元自釀色香玉如直與綠蕚梅同調宛然京洛氣味也因名曰蕚綠春且作一首諺以竊嘗為吹笙云

蕚綠華家蕚蕚綠春山瓶何處下青雲濃香氣味已醺人 竹葉傳杯驚老眼松醪題賦倒綸巾須防銀字暖朱脣

又 戲簡宇文德和求拈香

花氣蒸濃古鼎煙水沈春透露華鮮心清無暇數龍涎 乞與病夫僧帳座不妨公子醉茵眠普熏三界掃腥羶

又 求年例貢餘香

花氣熏人百和香少陵佳句是仙方空教蜂蝶為花

忙　和露摘來輕換骨傍懷聞處惱迴腸去年時候
入思量

又

殘臘晴寒出衆芳風流勾引破春光年年長爲此花
忙　夜久莫教銀燭灺酒邊何似玉臺妝冰肌溫處
覓餘香

又

棐几明窗樂未央熏爐茗椀是家常客來長揖對胡
牀　蟹眼湯深輕泛乳龍涎灰暖細烘香爲君行草
寫秋陽

又　書大同驛壁

榕葉桄榔驛枕谿海風吹斷瘴雲低薄寒初覺到征
衣　歲晚可堪歸夢遠愁深偏恨得書稀荒庭日脚
又垂西

柳梢青

海山浮碧細風絲雨新愁如織慵試春衫不禁宿酒
天涯寒食　歸期莫數芳辰誤幾度回廊夜色入戶
飛花隔簾雙燕有誰知得

又

小樓南陌翠輧金勒誰家春色冷雨吹花禁煙怯柳

傷心行客　少年百萬呼盧擁越女吳姬共擲被底香濃尊前燭滅如今消得

醉花陰

紫樞澤笏趨龍尾平入鈞衡位春殿聽宣麻爭喜登庸何似今番喜　崑臺宜有神仙裔奕世貂蟬貴玉砌長蘭芽好擁笙歌長向花前醉

又

翠箔陰陰籠畫閣昨夜東風惡芳徑滿香泥南陌東郊惆悵妨行樂　傷春比似年時惡潘鬢新來薄何處不禁愁雨滴花腮和淚臙脂落

長相思令

香暖幃玉暖肌嬌臥嗔人來睡遲印殘雙黛眉　蟲聲低漏聲稀驚枕初醒燈暗時夢人歸未歸

又

花下愁月下愁花落月明人在樓斷腸春復秋　從他休任他休如今青鸞不自由看看天盡頭

如夢令七夕

雨洗青冥風露雲外雙星初度乞巧夜樓空月妒回廊私語凝佇凝佇不似去年情緒

又

潮退江南晚渡山鬧水西煙雨天氣十分涼斷送一年殘暑歸去歸去香霧曲屏深處

又

臥看西湖煙渚綠蓋紅妝無數簾捲曲闌風拂面荷香吹雨歸去歸去笑損花邊鷗鷺

春光好

疏雨洗細風吹淡黃時不分小亭芳草綠映簷低樓下十二層梯日長影裏鶯啼倚偏闌干看盡柳憶腰肢

又

吳綾窄藕絲重一鉤紅翠被眠時要人暖著懷中六幅裙窣輕風見人遮盡行蹤正是踏青天氣好憶弓弓

虞美人

開殘桃李春方到誰送東風早揩藜幽徑踏餘花卻對綠陰青子問年華 迢迢雲水橫清淺不遣愁眉展數竿脩竹自橫斜猶有小窗朱戶似儂家

青玉案 讌趙端禮堂成

華裾玉轡青絲鞚記年少金吾從花底朝回珠翠擁曉鐘初斷宿酲猶帶綠鎖窗中夢 天涯相遇鞭鸞

鳳老去堂成更情重月轉簷牙雲繞棟涼吹香霧酒迷歌扇春筍傳杯送

又 再和

王孫陌上春風軽蕊珠宴雲軿從歸去笙歌常醉擁蠟殘花炬月侵冰簟慣作涼堂夢　玉人勸客釵斜鳳條脫擎杯婉孌重燕子入簾飛畫棟雨餘深院漏催清夜更軋秦箏送

又 生朝

花王獨占春風遠看百卉芳菲偏五福長隨今日宴粉光生豔寶香飄霧方響流蘇顫　壽祺堂上脩篁畔乳燕雙雙賀新院玉斝明年何處勸旌幢滿路貂蟬宜面歸覲黃金殿

又 筠翁生朝

水芝香遠搖紅影泛瑞靄橫山頂縹緲笙歌雲不定玉鉤斜挂素蟾初滿醉愜浮瓜冷　庭蘭戲彩傳金鼎小袖青衫更輝映誰道筠溪歸計近秋風催去鳳池難老長把中書印

又 生朝

銀潢露洗冰輪皎謫仙下蓬萊島簾捲橫山珠翠繞生朝香霧玳筵絲管長醉壺天曉　金鑾夜鎖麻新

草入輔明光拜元老看取明明年人總道中興賢相太
平時世分外風光好

又

月華冷沁花梢露芳意戀香肌住心字龍涎饒濟楚
素馨風味碎瓊流品別有天然處　圍爐屈曲宜深
炷留取春光向朱戶綠綺聲中誰暗許小窗歸去夢
回猶記金鼎分雲縷

又　賀方回所作世間和韻者多矣余經行松江
何啻百回念欲下一轉語了無好懷此來偶
有得當與吾宗椿老子載酒浩歌西湖南山
間寫我滯思二公不可不入社也

平生百繞垂虹路看萬頃翻雲去山澹夕暉帆影度
菱歌風斷襪羅塵散總是關情處　少年陳迹今遲
暮走筆猶能醉詩句花底目成心暗許舊家春事覺
來客恨分付疏篷雨

點絳脣　丙寅秋社前一日溪光亭大雨作

山暗秋雲暝鴉接翅啼榕樹故人何處一夜溪亭雨
夢入新涼只道消殘暑還知否燕將雛去又是流
年度

又

水驛凝霜夜帆風駛潮生曉酒醒寒悄枕底波聲小
好去歸舟有箇人風調君行了此歡應少索共梅
花笑

又

春曉輕雷采蘋洲上清明雨亂雲遮樹暗澹江村路
今夜歸舟綠潤紅香處遙山暮畫樓何許喚取潮
回去

又

畫閣深圍暖紅光裏芳林影暗香成陣上下花相映
倒挂疏枝月落參橫冷休裝景要人酒醒除是花
枝並

又 生朝

嵩洛雲煙間生眞相者英裔要知鮐背難老中和氣
報道玉堂已草調元制華夷喜繡裳貂珥便向東
山起

又 皇洛濱筠谿二老

清夜沈沈暗蛩啼處簷花落乍涼簾幕香繞屏山角
堪恨歸鴻情似秋雲薄書難託儘教寂寞忘了前
時約

又

醉泛吳松小舟誰怕東風大舊時經過曾向垂虹臥月淡霜天今夜空清坐還知麼滿斟高和只有君知我

又

滅塑冠兒寶釵金縷雙綏結怎教寧帖眼兒惱裏劣韻底人人天與多磨折休分說放燈時節閒了花和月

又

水鷁風帆兩眉只解相思皺悄然難受教我怎唧溜待得書來不管歸時瘦嬌癡後是事擱就只這難依口

虞美人

廣寒蟾影開雲路目斷愁來處菊花輕泛玉杯空醉後不知星斗亂西東　今宵入夢陽臺雨誰忍先歸去酒醒長是五更鐘休念舊遊吹帽幾秋風

又

西郊追賞尋芳處聞道衝寒去雨肥紅綻向南枝歲晚纔開應是恨春遲　天涯樂事王孫貴花底還君醉有人風味勝疏梅醉裏折花歸去更傳杯

又

菊坡九日登高路往事知何處陵遷谷變總成空回首十年秋思吹臺東　西窗一夜蕭蕭雨夢繞中原去覺來依舊畫樓鐘不道木樨香撼海山風

漁家傲　題玄真子圖

釣笠披雲青障繞橛頭雨細春江渺白鳥飛來風滿棹收綸了漁童拍手樵青笑　明月太虛同一照浮家泛宅忘昏曉醉眼冷看城市鬧煙波老誰能惹得閑煩惱　苕溪漁隱云張仲宗有漁家傲詞余往歲在錢塘與仲宗從游甚久仲宗手寫此詞相示云舊所作也其詞第二句元是橛頭雨細春江渺余謂仲宗曰橛頭雖是船名今以雨襯之語晦而病因爲改作綠蓑雨細仲宗笑以爲然

又

樓外天寒山欲暮溪邊雪霽藏雲樹小艇風斜沙觜露流年度春光已向梅梢住　短夢今宵還到否葦村四望知何處客裏從來無意緒催歸去故園正要鶯花主

又　奉陪富公李申探梅有作

寒食西郊湖畔路天低野闊山無數路轉岡斜花滿樹絲吹雨南枝占得春光住　藉草攜壺花底去花

飛酒面香浮處老手調羹當獨步須記取坐中都是
芳菲侶

謁金門 或刻秦處度

鴛鴦渚春漲一江花雨別岸數聲初過櫓晚風生碧
樹 艇子相呼相語載取暮愁歸去寒食煙村芳草
路愁來無著處

又 道山亭餞張椿老赴行在

風露底石上岸巾愁起月到房心天似水亂峯清影
裏 此去登瀛須記今夕道山同醉春殿明年人共
指玉皇香案吏

又 送康伯檜

清光溢影轉畫簷涼入風露一天星斗湮無雲天更
碧 滿引送君何惜記取吾曹今夕目斷秋江君到
日潮來風正急

瑞鷓鴣

雛鶯初囀鬬尖新雙蕊花嬌掌上身總解滿斟偏勸
客多生俱是綺羅人 回波偷顧輕招拍方響低敲
更合箏荳蔻梢頭春欲透情知巫峽待為雲

又 彭德器出示胡邦衡新句次韻

白衣蒼狗變浮雲千古功名一聚塵好是悲歌將進

酒不妨同賦惜餘春　風光全似中原日臭味要須
我輩人雨後飛花知底數醉來贏取自由身

好事近

老去更思歸芳草正薰南陌上巳又逢寒食歎三年
爲客　吹花小雨溼鞦韆閒卻好春色天甚不憐人
老早教人歸得

又

梅潤乍晴天簾捲畫堂風月珠翠共迷香霧是長年
時節　瑤池清夜宴羣仙鸞笙未吹徹西母醉中微
笑看蟠桃初結

又

春色到花房芳信一枝偏好勾引萬紅千翠爲化工
呈巧　花姑玉貌笑東風今朝放春早看取鬢邊幡
勝永宜春難老

又

斗帳炷爐熏花露裛成薌澤縈透雪兒金縷醉玉壺
春色　非煙非霧鎖窗中王孫倦遊客不道粉牆南
畔也有人聞得

怨王孫

小院春晝晴窗霞透著雨胭脂倚風翠袖芳意惱亂

人多暖金荷　多情不分羣葩後傷春瘦淺黛眉尖秀紅潮醉臉半掩花底重門怨黃昏

又　紹興乙丑春二月既望季文中置酒溪閣日暮雨過盡得雲煙變態如對營邱著色山坐客有歌怨王孫者請予賦其情抱葉子謙爲作三弄吹雲裂石旁若無人永福前此所未見也老子於此興復不淺

霽雨天迥平林煙暝燈閃沙汀水生釣艇樓外柳暗誰家亂昏鴉　相思怪得今番甚寒食近小研魚牋信屏山半掩微醉獨倚闌干恨春寒

喜遷鶯令　送何晉之大著兄趨朝歌以侑酒

文倚馬筆如椽桂殿蚤登仙舊遊冊府記當年衮繡合貂蟬　慶天申瞻玉座鵷鷺正陪班看君穩步過花甎歸院引金蓮

鶴冲天　呈富樞密○向亦作喜遷鶯令誤

雲葉亂月華光羅幕捲新涼玉醅初泛嫩鵝黃花露滴秋香　地行仙天上相風度世間人樣懸知洗盞徑開嘗誰醉伴禪牀

喜遷鶯慢　鹿鳴宴作

雁塔題名寶津賜宴盛事簪紳常說文物昭融聖代

搜羅千里爭趨丹闕元侯勸駕鄉老獻書發軔龜前列山川秀圓觀衆多無如閩越　豪傑姓標紅紙帖報泥金喜信歸來俱捷驕馬蘆鞭醉垂藍綬吹雪芳□□月素娥情厚桂花一任郎君折須滿引南臺又是合沙時節

鷓鴣天

不怕微霜點玉肌恨無流水照冰姿與君著意從頭看初見東南第一枝　人散後雪晴時隴頭春色寄來遲使君本是花前客莫怪殷勤爲賦詩

憶秦娥

桃花萼雨肥紅綻東風惡東風惡長亭無寐短書難託　征衫辜負深閨約禁煙時候春羅薄春羅薄多應消瘦可忺梳掠

明月逐人來　燈夕趙端禮席上

花迷珠翠香飄羅綺簾旌外月華如水暖紅影裏誰會王孫意最樂昇平景致　長記宮中五夜春風鼓吹遊仙夢輕寒半醉鳳幃未暖歸去熏濃被更問陰晴天氣

小重山

誰向晴窗伴素馨蘭芽初秀發紫檀心國香幽豔最

情深歌白雪秪少一張琴　新月冷光侵醉時花近
眼莫頻斟薛濤箋上楚妃吟空凝睇歸去夢中尋

上西平　一作金人捧露盤

臥扁舟聞寒雨數佳期又還是輕誤仙姿小樓夢冷
覺來應恨我歸遲鬢雲鬆處枕檀斜露泣花枝　名
與利空縈繫添憔悴漫孤恓得見了說與教知偎香
倚暖夜爐圍定酒温時任他飛雪灑江天莫下層梯

春光好　爲楊聰父侍兒切鱠作

花恨雨柳嫌風客愁濃坐久霜刀飛碎雪一尊同
勞煩玉指春葱未放筯金盤已空更與箇中尋尺素
兩情通

又

寒食近踏青時畫堂西可是春來偏倦繡乍生兒
香綿輕拂臙脂加文褓初試班衣悄沒工夫存問我
且憐伊

清平樂

亂山深處雪擁溪橋路曉日乍明催客去驚起玉鴉
翻樹　翠衾香暖檀灰一枝想見疏梅憑仗東風說
與畫眉人共春回

又

明珠翠羽小緡同心縷好去吳松江上路寄與雙魚尺素　蘭橈飛取歸來愁眉待得伊開相見嫣然一笑眼波先入郎懷

菩薩蠻

天涯客裏秋容晚妖紅聊戲思鄉眼一朵醉深妝羞渠照鬢霜　開時誰斷送不待司花共有腳號陽春芳菲屬主人

又戲呈周介卿

拍隄綠漲桃花水畫船穩泛東風裏絲雨溼苔錢淺寒生禁煙　江山留不住卻載笙歌去醉倚玉搔頭幾曾知旅愁

又三月晦送春有集坐中偶書

春來春去催人老老夫爭肯輸年少醉後少年狂白髭殊未妨　插花還起舞管領風光處把酒共留春莫教花笑人

又

雨餘翠袖瓊膚潤一枝想像傷春困老眼見花時惜花心未衰　釀成誰與醉應把流蘇綴淚沁枕囊香惱儂歸夢長

又政和壬辰東都作

黃鶯啼破紗窗曉蘭釭一點窺人小春淺錦屏寒麝煤金博山　夢回無處覓細雨梨花溼正是踏青時眼前偏少伊

又

甘林玉蘂生香霧遊蜂爭採清晨露芳意著人濃微烘曲室中　春來瀛海外沈水迎風碎好事付餘熏頻分幾縷雲

樓上曲

樓外夕陽明遠水樓中人倚東風裏何事有情怨別離低鬟背立君應知　東望雲山君去路斷腸迢迢盡愁處明朝不忍見雲山從今休傍曲闌干

又

清夜燈前花報喜心隨社燕涼風起雲路修成寶月時東樓悵望君先期　沈鑿秋香生玉井畫檐深轉梧桐影看君西去侍明光杯中丹桂一枝芳

荳葉黃 唐腔也爲伯南賦早梅復和韻

水溪疏影竹邊春翠岫天寒炯暮雲雪裏精神澹佇人隔重門寶粟生香玉半溫

又

疏枝冷蘂忽驚春一點芳心入鬢雲風韻情知似玉

人笑迎門香暖紅爐酒未溫

又 見草堂別集

輕羅團扇掩微羞酒滿玻瓈花滿頭小板齊聲唱石州月如鉤一寸橫波入鬢流

滿庭芳 壽

梁苑春歸章街雪霽柳梢花萼初萌非煙非霧新歲樂昇平京兆雍容報政金狨過九陌塵輕朝回處青霄路穩黃色起天庭　東風吹綠鬢薄羅翦綵小綰流鶯比渭濱甲子尚父難兄滿泛椒觴獻壽班衣侍雲母分屏明年會雙衣對引談笑秉鈞衡

又 壽富樞密

韓國殊勳洛都西內名園甲第相連當年綠鬢獨占地行仙文彩風流瑞世延朱履絲竹喧闐人皆仰一門相業心許子孫賢　中興方慶會再逢甲子重數天先問千齡誰比五福俱全此去沙隄步穩調金鼎七葉貂蟬香檀緩杯傳鸚鵡新月正娟娟

又 爲趙西宗外壽

玉葉聯芳天潢分潤壽筵長對熏風閒平襟度濮邸行尊崇忠孝容傳大雅無喜恨一種寬容芝蘭盛綵衣嬉戲親睦冠西宗　絲綸膺重寄遙防遷美本鎮

恩隆應萱堂齊福誕月仍同花蘂香濃氣暖凝瑞露
滿酌金鍾龍光近星飛驛馬宣入嗣王封

又

三十年來雲游行化草鞋踏破塵沙徧參尊宿曾記
到京華衲子如麻似粟誰□笑瞿老拈花經離亂青
山盡處海角又天涯　今宵閑打睡明朝粥飯隨分
僧家把木佛燒卻除是丹霞撞著門徒施主驀然箇
喜捨由他廬陵米還知價例毫髮更無差

瑞鶴仙 壽

倚格天峻閣舞庭槐陰轉盆榴紅爍香風泛簾幕擁
霞裾瓊珮真珠瓔珞華陽慶渥誕蘭房流芳秀萼有
赤繩繫足從來相問自然媒妁　遊戲人間榮貴道
要元微水源清濁長生大樂彩鸞韻鳳簫鶴對木公
金母子孫三世婦姑爲壽滿酌看千齡舉家飛昇玉
京更樂

又 壽

喜西園放鑰對燕寢香潤棠陰寒薄東風夜來惡禁
煙時天氣鶯啼花落新晴共約怕韶光容易過卻把
銅壺緩泛金杯祓禊嬉遊行樂　絃索笙簧聲裏還
記蘭房正垂羅幕初眠柳弱梅如荳玉如琢向鳳凰

池上鴛鴦影裏他年何啻紫臺看流芳繼踵韋平盛傳輩洛

瑤臺第一層 壽

寶曆祥開飛練上青冥萬里光石城形勝秦淮風景威鳳來翔臘餘春色早兆鈞璜賢佐興王對熙日正格天同德全魏分疆　熒煌五雲深處化鈞獨運斗魁旁繡裳龍尾千官師表萬事平章景鍾文瑞世醉尚方難老金漿慶垂裳看雲屏間坐象笏堆牀

又

江左風流鍾間氣洲分二水長鳳凰臺畔投懷玉燕照社神光荳花初秀雨散暑空洗出秋涼慶生日正圓蟾呈瑞仙桂飄香　肝腸撥文摛錦駕雲乘鶴下鵷行紫樞將命紫微如綍常近君王舊山同梓里荷月旦久已平章九霞觴薦刀圭丹餌袞繡朝裳

望海潮 癸卯冬爲建守趙季西賦碧雲樓

蒼山煙澹寒谿風定玉簪羅帶綢繆輕靄暮飛青冥遠浮珠星壁月光浮城際湧層樓正翠簾高捲綠瑣低鈎影落尊罍氣和歌管共清遊　史君冠世風流擁香鬟凭几檻霧鬢凝眸銀燭暖宵花光照席譙門莫報更籌逸興醉無休賦探梅芳信翻曲新謳想見疏

枝冷蕊春意到沙洲

又 爲富樞密生朝壽

麒麟圖畫貂蟬冠冕青氈自屬元勳綠野舊遊平泉雅詠霞舒煙捲朝昏風月小陽春照玳筵珠履公子王孫雪度崧高影横伊水慶生申　早梅長醉芳尊況中興盛際宥密宗臣琳館奉祠金甌覆宇和羹妙手還新光射紫薇垣看五雲朝斗千載逢辰開取八荒壽域一氣轉洪鈞

十月桃

年華催晚聽尊前偏唱衝暖欺寒樂府誰知分付點化金丹中原舊遊何在頻入夢老眼空潸撩人冷蕊渾似當時無語低鬟　有多情多病文園向雪後尋春醉裏凭闌獨步羣芳此花風度天然羅浮淡妝素質呼翠鳳飛舞斕斑參横月落留恨醒來滿地香殘

又 爲富樞密

蟠桃三熟正清霜吹冷愛日烘香小試芳菲時候無限風光洛濱老人星見□少室雲物開祥丹青萬彙熊兆崑臺鳳舉朝陽　向元樞曾輔巖廊記名著金甌位入中堂夢熟鈞天屢驚顛倒衣裳黄髮更宜補袞歸去定軍國平章筦絃珠翠蘭玉簪纓歲歲稱觴

感皇恩 壽

綠髮照魁星，平康爭看，錦繡肝腸五千卷。出逢熙運，蚤侍玉皇香案。禁塗揚歷徧，紆宸眷。　安養老成，十年蕭散。天要中興相公健。生朝開宴，長是通宵絃筦。藕花香不斷，南風遠。

又 壽

年少太平時，名園甲第。談笑雍容萬鍾貴。姚黃重綻，長對小春天氣。綺羅叢裏慣，今朝醉。　台衮象賢，元樞虛位。壯歲青雲自曾致。流霞麟脯，難老洛濱風味。謝公須再爲蒼生起。

又 壽

荔子著花繁，清徹庭院。賀廈雙飛畫梁燕。綺羅叢裏，百和爐煙祝願。願從今日去，身長健。　檀板競催，榕陰初轉。舞袖風前翠翹顫。明年開府，錫宴金鍾宣勸。壽星朝北斗，君王眷。

又 壽

豹尾引黃旛，宣麻金殿。雨露恩濃自天遣。縉紳交譽，最樂至誠爲善。信知宗姓喜，君王眷。　寶炬密香，玉卮波灩。醉擁笙歌夜深院。西清班近，雅稱元戎同燕。要看茅土相，貂蟬面。

夏雲峯　丙寅六月爲筠翁壽

湧冰輪飛沆瀣霄漢萬里雲開南極瑞占象緯壽應三台錦腸珠唾鍾間氣卓犖天才正暑有祥光照社玉燕投懷　新堂深處捧杯乍香泛水芝空翠風迴涼送豔歌緩舞醉墮瑤釵長生難老都道是柏葉仙階笑傲且山中宰相平地蓬萊

千秋歲　壽

相門出相和氣濃春釀傳家冠珮雲臺上龐眉扶壽杖綠髮披仙氅星兩兩泰階已應昇平象　玉砌蘭芽長定向東風賞添綵袖褰羅幌絲簧俱妙手珠翠爭宮樣江海量年年醉裏翻新唱

水龍吟　周總領生朝

水晶宮映長城藕花萬頃開浮蘂紅妝翠蓋生朝時候湖山搖曳珠露爭圓香風不斷普熏沈水似瑤池侍女霞裾緩步壽煙光裏　霖雨已沾千里兆豐年十分和氣星郎綠鬢錦波春釀碧筩宜醉荷橐還朝青氈奕世除書將至看巢龜戲葉蟠桃著子祝三千歲

南鄉子　壽

山寺輞川圖霜葉雲林錦繡居壽斝浮春珠翠擁歡

娛滿院流泉繞綺疏　道氣自膚腴几席輕塵一點
無天要耆英修相業清都已有泥書降玉除

捲珠簾　壽

祥景飛光盈衮繡流慶崑臺自是神仙胄誰遣陽和
放春透化工重入丹青手　雲璈錦瑟爭爲壽玉帶
金魚共願人長久偷取蟠桃薦芳酒更看南極星朝
斗

醉蓬萊　壽

對小春桃艷曲室爐紅作寒天氣七葉蓂開應金章
通貴夢草銀鉤燦花珠唾是素來風味滿腹經綸回
天議論崑臺仙裔　祕殿陞華紫樞勳舊退步真祠
簡心端扆迎日天元聽正衙宣制盡洗中原徧爲霖
雨宴後堂歌吹柏子千秋丹砂九轉今宵長醉

隴頭泉

少年時壯懷誰與重論視文章真成小技要知吾道
稱尊奏公車治安祕計樂油幕談笑從軍百鎰黃金
一雙白璧坐看同輩上青雲事大謬轉頭流落徒走
出修門三十載黃粱未熟滄海揚塵　念向來浩歌
獨往故園松菊猶存送飛鴻五絃寓目望爽氣西山
忘言整頓乾坤廓清宇宙男兒此志會須伸更有幾

渭川垂釣投老策奇勳天難問何妨袖手且作閒人

天仙子三月十二日奉同蘇子陪富丈訪筠翁

於舊居遂爲杏花留飲懽甚命賦長短句乃

得天仙子寫呈兩公末章併發一笑

樓外輕陰春澹佇數點杏梢寒食雨少年油壁記尋芳梁苑路今何處千樹紅雲空夢去　驚見此花須折取明日滿城傳侍女情知醉裏惜花深留春住聽鶯語一段風流天付與

鵲橋仙

靚妝豔態嬌波流盼雙靨橫渦半笑尊前燭畔粉生光更低唱新翻轉調　花房結子冰枝清瘦醉依香濃寒峭雛鶯新囀上林聲驚夢斷池塘春草

漁父家風

八年不見荔枝紅腸斷故園東風枝露葉誰新採悵望冷香濃　冰透骨玉開容想筠籠今宵歸夢滿頰天漿更御泠風

生查子

天生幾種香風味因花見旖旎透香肌髣髴飛花片雨潤惜餘熏煙斷猶相戀不似薄情人濃淡分深淺

減字木蘭花

客亭小會可惜無歡容易醉歸去更闌細雨鳴窗一夜寒　昏然獨坐舉世疏狂誰似我強撥爐煙也道今宵是上元

眼兒媚

蕭蕭疏雨滴梧桐人在綺窗中離愁偏繞天涯不盡卻在眉峯　嬌波暗落相思淚流破臉邊紅可憐瘦似一枝春柳不禁東風

昭君怨

春院深深鶯語花愁一簾煙雨禁火已銷魂更黃昏　衾暖麝燈落地雨過重門深夜枕上百般猜未歸來

夜遊宮

半吐寒梅未折雙魚洗冰澌初結戶外明簾風任揭擁紅爐灑窗間惟稷雪　比去年時節這心事有人忺說斗帳重熏鴛被疊酒微醺管燈花今夜別稷一作霰比去一作此日

楊柳枝 席上次韻曾穎玉

深院今宵枕簟涼燭花光更籌何事促行觴惱剛腸　老去一蓑煙雨裏釣滄浪看君鳴鳳向朝陽且腰

黃

綵鸞歸令 爲張子安舞姬作

珠履爭圍小立春風趁拍底態閑不管樂催伊整朱衣 粉融香潤隨人勸玉困花嬌越樣宜鳳城燈夜舊家時數他誰

江神子

夢中北去又南來飽風埃鬢華衰浮水飛蓬蹤跡爲誰催自笑自悲還自語一杯酒鼻如雷 曉輿行處覺春回眉瓊瑰糝莓苔病眼衝寒欲閉又還開水近人家籬落畔遙認得一枝梅

西江月 和蘇庭藻

小閣劣容老子北窗仍遞南風維摩丈室久空空不與散花同夢 且作太真遊戲未甘金粟龍鍾憐君病後頰顴隆識取小兒戲弄

訴衷情 余兒時不知有荔子自呼爲紅蕊父母賞其名新昔所未聞殊盡形似之美久欲記之而因循比與諸公和長短句故及之以訴衷情蓋里中推星毬紅鶴頂紅皆佳品海舫便風數日可到

兒時初未識方紅學語問西東對客呼爲紅蕊此與

已偏濃　嗟白首抗塵容費牢籠星毬何在鶴頂長
丹誰寄南風

採桑子 奉和秦楚村史君荔枝詞

華堂清暑榕陰重夢裏江寒火齊星繁輿在冰壺玉
井闌　風枝露葉誰新採欲飽防慳遺恨空槃留取
香紅滿地看

菩薩蠻 送友人還富沙

山城何歲無風雨樓臺底事隨波去歸棹望譙門沙
痕烟斷雲　詩成空弔古想像經行處陵谷有餘悲
舉觴澆別離

又

微雲紅襯餘霞綺明星碧浸銀河水欹枕畫簷風愁
生草際蛩　雁行離塞晚不道衡陽遠歸恨隔重山
樓高莫凭闌

浣溪紗 詠木香

睡起中庭月未蹉繁香隨影上輕羅多情肯放一春
過　比似雪時猶帶韻不如梅處卻緣多酒邊枕畔
奈愁何

好事近

華燭烱離觴山吐四更寒月公子唾花枝玉盡一時
豪傑　三冬蘭若讀書燈想見太清絕紙帳地爐香

暖傲一窗風月

南歌子

玉斧修圓了冰輪分外清共看星向繡衣明元是生朝爲壽對難兄　鴻雁翻秋影塤篪和笑聲他年中令綵衣榮記取今宵丹荔醉瑤觥

醉花陰　詠木犀

紫菊紅萸開犯早獨占秋光老醞造一般清比著芝蘭猶自爭多少　霜刀翦葉呈纖巧手撚迎人笑雲鬢一枝斜小閣幽窗是處都香了

點絳脣

小雨忺晴坐來池上荷珠碎掉眉濃翠怎不教人醉美盼流觴白鷺窺秋水天然媚大家休睡笑倚西風裏

花心動　七夕

水館風亭晚香濃一番芰荷新雨簟枕乍閑襟裾初試散盡滿天袢暑斷雲卻送輕雷去疎林外玉鉤微吐夜漸永秋驚敗葉涼生庭戶　天上佳期久阻銀河畔仙車縹緲雲路舊怨未平幽懽□駐恨入半天風露綺羅人散金猊冷醉魂到華胥深處洞戶悄南

樓畫角自語

驀山溪

一番小雨陡覺添秋色桐葉下銀牀又送箇淒涼消息故鄉何處搔首對西風衣線斷帶圍寬衰鬢添新白　錢塘江上冠蓋如雲積騎馬傍朱門誰肯念塵埃墨客佳人信杳日暮碧雲深樓獨倚鏡頻看此意無人識

踏莎行　別意　○　草堂別選

芳草平沙斜陽遠樹無情桃葉江頭渡醉來扶上木蘭舟將愁不去將人去　薄劣東風夭斜飛絮明朝重覓吹笙路碧雲香雨小樓空春光已到銷魂處

蘆川詞

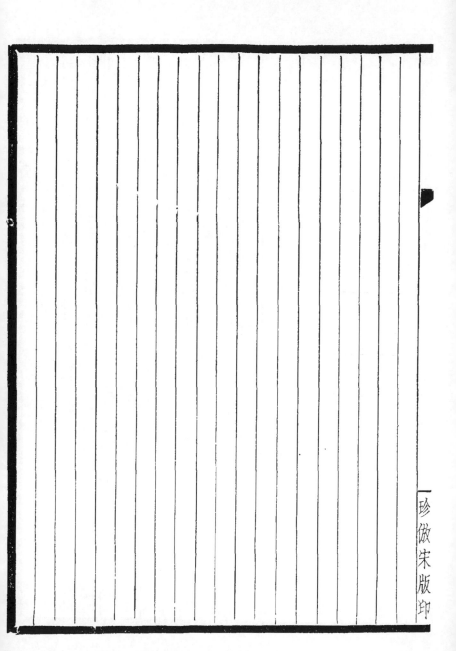

仲宗別號蘆川居士三山人平生忠義自矢不屑與奸佞同朝飄然掛冠紹興辛酉胡澹菴上書乞斬秦檜被謫作賀新郎一闋送之坐是與作詩王民瞻同除名茲集以此詞壓卷其旨微矣人稱其長於悲憤及讀花菴草堂所選又極嫵媚之致眞堪與片玉白石並垂不朽凡用字多有出處如洒窗間惟稷雪云云見毛詩疏稷雪霰也形如米粒能穿透瓦今本改作霰雪又如薄劣東風夭斜飛絮云云見白香山詩錢塘蘇小小人道最夭斜自注夭音歪時刻改作顚斜便無韻味姑記之以爲妄改古人字句之戒云古虞毛晉識

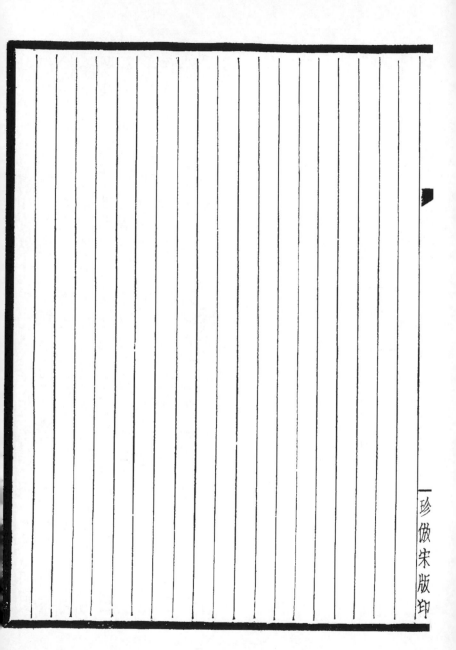

序

昔東坡見少游上巳遊金明池詩有簾幕千家錦繡垂之句曰學士又入小石調矣世人不察便謂其詩似詞不知坡之此言蓋有深意夫鏤玉雕瓊裁花翦葉唐末詞人非不美也然粉澤之工反累正氣東坡慮其不幸而溺乎彼故援而止之惟恐不及其後元祐諸公嬉弄樂府寓以詩人句法無一毫浮靡之氣實自東坡發之也于湖紫微張公之詞同一關鍵始公以妙年射策魁天下不數歲入直中書帝將大用之未幾出守四郡多在三湖七澤間何哉衡謂茲地自屈賈品題以來唐人所作不過柳枝竹枝詞而已豈□以物色分留我公要與大江東去之詞相爲雄長故建牙之地不於此而於彼也歟建安劉溫父博雅好事於公文章翰墨尤所愛重片言隻字莫不珍藏既裒次爲法帖又別集樂府一編屬予序之以冠其首衡嘗獲從公游見公平昔爲詞未嘗著稿筆酣興健頃刻即成初若不經意反復究觀未有一字無來處如歌頭凱歌登無盡藏岳陽樓諸曲所謂駿發踔厲寓以詩人句法者也自仇池仙去能繼其軌者非公其誰與哉覽者擊節當以予爲知言乾道辛卯

六月望日陳郡湯衡撰

于湖先生雅詞序

蘇明允不工於詩歐陽永叔不工於賦曾子固短於韻語黃魯直短於散語蘇子瞻詞如詩秦少游詩如詞才之難全也豈前輩猶不免耶紫薇張公孝祥姓氏風雷於一世辭彩日星於郡國其出入皇王縱橫禮樂固已見於萬言之陛對其判花視草演絲爲綸固已形於尺一之詔書至於託物寄情弄翰戲墨融取樂府之遺意鑄爲毫端之妙詞前無古人後無來者散落人間今不知其幾也比遊荊湖間得公于湖集所作長短句凡數百篇讀之泠然灑然真非煙火食人辭語予雖不及識荊然其瀟散出塵之姿自在如神之筆邁往淩雲之氣猶可以想見也使天假之年被之聲歌薦之郊廟當與英莖韶濩間作而遞奏非特如是而已一日鳳鳥去千年梁木摧予深爲公惜也于湖者公之別號也昔陳季常晦其名自稱爲龍邱子嘗作無愁可解東坡爲之序引世之不知者遂以龍邱爲東坡之號予故表而出之乾道辛卯仲冬朔日建安陳應行季陸序

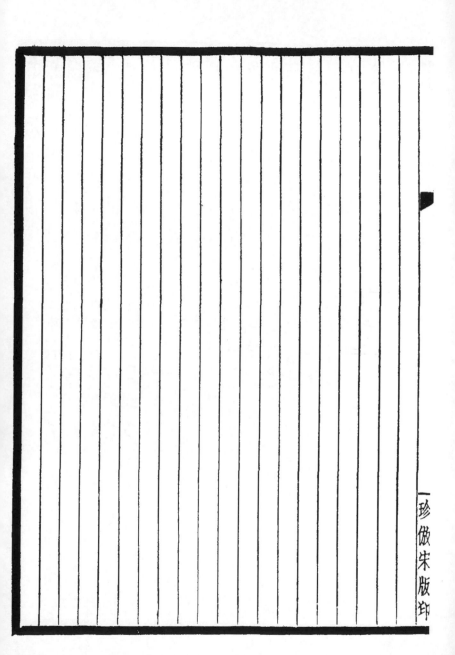

于湖詞目錄

卷一

卷二

卷三

于湖詞目錄

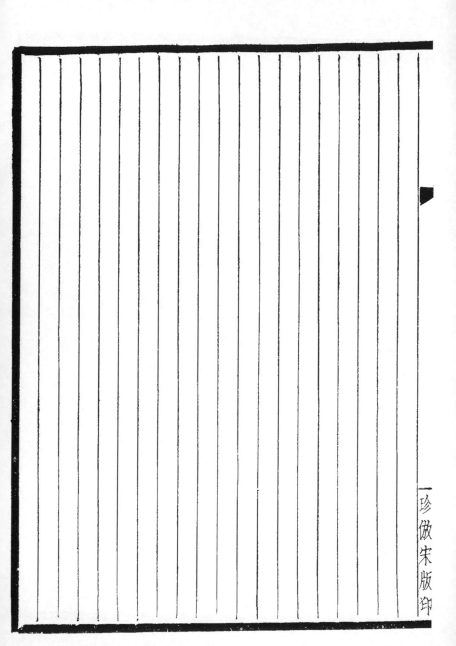

于湖詞卷一

宋　張孝祥

六州歌頭 此調或作三疊亦擅腥止第一段且休兵止第二段

長淮望斷關塞莽然平征塵暗霜風勁悄邊聲黯銷凝追想當年事殆天數非人力洙泗上絃歌地亦羶腥隔水氈鄉落日牛羊下區脫縱橫看名王宵獵騎火一川明笳鼓悲鳴遣人驚　念腰間箭匣中劍空埃蠹竟何成時易失心徒壯歲將零渺神京干羽方懷遠靜烽燧且休兵冠蓋使紛馳騖若為情聞道中原遺老常南望翠葆霓旌使行人到此忠憤氣填膺有淚如傾

水調歌頭 凱歌寄湖南安撫劉舍人

猩鬼嘯篁竹玉帳夜分弓少年荊楚劍客突騎錦襜紅千里風飛雷厲四校星流彗掃蕭斧挫春蔥談笑青油幕日奏捷書同　詩書帥黃閣老黑頭公家傳鴻寶祕略小試不言功聞道璽書頻下看卽沙隄歸去帷幄且從容君王自神武一舉朔庭空

又 舟過金山寺○或作詠月○或刻韓子蒼

江山自雄麗風露與高寒寄聲月姊借我寶鑑此中

看幽壑魚龍悲嘯倒影星辰搖動海氣夜漫漫擁起白銀闕危駐紫金山　表獨立飛玉佩整雲冠漱冰濯雪眇視萬里一毫端回首三山何處聞道羣仙笑我要我欲俱還揮手從此去翳鳳更驂鸞

又隱靜寺觀雨寺有碧霄泉

青嶂度雲氣幽壑舞回風江神助我雄觀喚起碧霄龍電掣金蛇千丈雷震靈鼉萬疊洶洶欲崩空盡瀉銀潢水散入寶蓮宮　坐中客淩積翠看奔洪人間應失匕筯惟我獨從容淨洗從來塵垢潤及無邊枯槁造物不言功天宇忽開霽日在五雲東

滿江紅秋懷

秋滿灕源瘴雲靜曉山如簇動遠思空江小艇高邱喬木策策西風雙鬢底暉暉斜日朱闌曲試側身回首望京華迷南北　思歸夢天邊鵠遊宦事蕉中鹿想一年好處砌紅堆綠羅帕分柑霜落齒冰盤剝芡珠盈掬借春纖縷鱠搗香虀新篘熟

又聽雨

斗帳高眠寒窗靜瀟瀟雨意南樓近更移三鼓漏傳一水點點不離楊柳外聲聲只在芭蕉裏也不管滴破故鄉心愁人耳　無似有遊絲細聚復散真珠碎

天應分付與別離滋味破我一牀蝴蝶夢輸他雙枕鴛鴦睡向此際別有好思量人千里

又 玩鞭亭○乾道元年正月十日

千古淒涼興亡事但悲陳迹凝望眼吳波不動楚山空碧巴滇綠駿追風遠武昌雲旆連天赤笑老奸遺臭到如今留空壁 邊書靜烽烟息通軺傳銷鋒鏑仰太平天子聖明無敵蹙踏揚州開帝里渡江天馬龍爲匹看東南佳氣鬱葱葱傳千億

念奴嬌 欲雪呈朱漕

朔風吹雨送淒涼天意垂垂欲雪萬里南荒雲霧滿弱水蓬萊相接凍合龍岡寒侵銅柱碧海冰澌結憑高一笑問君何處炎熱 家在楚尾吳頭歸期猶未對此驚時節記得年時貂帽暖鐵馬千羣觀獵狐兔成車歌鍾殷地歸踏層城月持杯且醉不須北望淒切

又 洞庭

洞庭青草近中秋更無一點風色玉界瓊田三萬頃著我扁舟一葉素月分輝銀河共影表裏俱澄澈怡然心會妙處難與君說 應念嶺海經年孤光自照肝肺皆冰雪短髮蕭騷襟袖冷穩泛滄浪空闊盡挹

西江細傾北斗萬象爲賓客扣舷一笑不知今夕何夕

又 離思

星沙初下望重湖遠水長雲漠漠一葉扁舟誰念我今日天涯飄泊平楚南來大江東去處處風波惡吳中何地滿懷俱是離索　長記送我行時綠波亭上泣透青羅薄檣燕低飛人去後依舊湘城簾幕不盡山川無窮烟浪辜負秦樓約漁歌聲斷爲君雙淚傾落

木蘭花慢 離思○向誤作木蘭花令

送歸雲去雁淡寒彩滿溪樓正佩解湘腰釵孤楚鬢鸞鑑分收凝情望行處路但疎烟遠樹織離憂只有樓前溪水伴人清淚長流　霜華夜永逼衾裯喚誰護衣篝念粉館重來芳塵未掃爭見嬉遊情知悶來殢酒奈回腸不醉只添愁脈脈無言竟日斷魂雙鴛南州

又 別情

紫簫吹散後恨燕子只空樓念璧月長虧玉簪中折覆水難收青鸞送碧雲句道霞扃霧鎖不堪憂情與文梭共織怨隨宮葉同流　人間天上兩悠悠暗淚

洒燈篝記谷口園林當時驛舍夢裏曾遊銀屏低聞笑語但夢時冉冉醒時愁撥把菱花一半試尋高價皇州

雨中花慢長沙○向失慢字誤

一葉淩波十里御風烟鬟雨鬢蕭蕭認得江皐玉珮水館冰綃秋淨明霞乍吐曙涼宿靄初消恨微顰不語欲進還休凝竚迢遙　神交冉冉愁思盈盈斷魂欲遣誰招還似待青鸞傳信烏鵲成橋悵望胎仙琴疊羞看翡翠蘭苕夢回人遠紅雲一片天際笙簫

驀山溪春情

雄風豪雨時節清明近簾幕起輕寒暖紅爐笑翻灰燼陰藏遲日欲驗幾多長繡工慵圍棋倦香篆頻銷印　茂林芳徑綠變紅添潤桃杏意酣酣占前頭一番花信華堂尊酒但作豔陽歌禽聲喜流雲盡明日春遊俊

鷓鴣天長沙餞劉樞密

浴殿西頭白玉堂湘江東畔碧油幢北辰躔次瞻星象南斗山川解印章　隨步武借恩光送君先促舍人裝他年眞肯傳衣鉢今日先須酹一觴

又春情

日日青樓醉夢中不知樓外已春濃杏花未溼疏疏雨楊柳初搖短短風　扶畫鷁躍花驄湧金門外小橋東行又入笙歌裏人在珠簾第幾重

菩薩蠻舟中

十年長作江南客檣竿又挂西風席白鳥去邊明楚山無數青　倒冠仍落佩我醉君同醉試問識君否青山與白鷗

又杏花○或作春暮

東風約略吹羅幕一簷細雨春陰薄試把杏花看溼紅嬌暮寒　佳人雙玉枕烘醉鴛鴦錦折得最繁枝暖香生翠幃

鵲橋仙

橫波滴素遙山蹙翠江北江南腸斷不知何處御風來雲霧裏釵橫鬢亂　香羅疊恨鸞牋寫意付與瑤臺女伴醉時言語醒時愁道說與醒時休看

又梅

吹香成陣飛花如雪不那朝來風雨可憐無處避春寒但玉立仙衣數縷　清愁萬斛柔腸千結醉裏一時分付勸君不用嘆飄零待結子成陰歸去

西江月黃陵廟

滿載一船明月平鋪千里秋江波神留我看斜陽喚
起鱗鱗細浪　明日風回更好今朝露宿何妨水晶
宮裏奏霓裳準擬岳陽樓上

又　洞庭

問訊湖邊春色重來又是三年東風吹我過湖船楊
柳絲絲拂面　世路如今已慣此心到處悠然寒光
亭下水連天飛起沙鷗一片

又　爲劉樞密太夫人壽

疇昔通家事契卽今兩鎮交承起居樞密太夫人綠
髮斑衣相映　乞得神仙九醞祝教福祿千春台星
直上壽星明長見門闌鼎盛

憶秦娥　雪

雲垂幕陰風慘澹天花落天花落千林瓊玖滿空鸞
鶴　征車渺渺穿華薄路迷迷路增離索增離索楚
溪山水碧湘樓閣

又　梅

梅花發寒梢挂著瑤臺月瑤臺月和羹心事履霜時
節　斷橋流水聲嗚咽行人立馬空愁絕空愁絕爲
誰凝竚爲誰攀折

又　元夕

元宵節鳳樓相對鼇山結鼇山結香塵隨步柳梢微
月　多情又見珠簾揭游人不放笙歌歇笙歌歇曉
煙輕散帝城宮闕

桃源憶故人 冬飲

朔風弄月吹銀霰簾幕低垂三面酒入玉肌香輭壓
得寒威斂　檀槽乍撥么絲慢彈得相思一半不道
有人腸斷猶作聲聲顫

醉落魄 或誤作醉羅歌

輕寒澹綠可人風韻閒梳束多情早是眉峯蹙一點
秋波閒裏覷人毒　桃花庭院閒妝束銅鞮誰唱大
隄曲歸來想是櫻桃熟不道鞦韆誰伴那人蹴

于湖詞卷一

于湖詞卷二

水調歌頭 汪德邵作無盡藏樓於棲霞之間取玉局老仙遺意張安國過之爲賦此詞

淮楚襟帶地雲夢澤南州滄江翠壁佳處突兀起紅樓憑仗史君胸次爲問仙翁何在長嘯俯清秋試遣吹簫看騎鶴恐來遊　欲乘風凌萬頃從扁舟山高月小霜露旣降凜凜不能留一弔周郎羽扇尚想曹公橫槊興廢兩悠悠此意無盡藏分付水東流

又 帥靖江作

五嶺皆炎熱宜人獨桂林江南驛使未到梅蕊透春心繁會九衢三市縹緲層樓疊觀雪片一冬深自是清涼國不遣瘴塵侵　溪山好青羅帶碧玉簪平沙細浪欲盡陡起忽千尋家種黃柑丹荔戶拾明珠翠羽簫鼓夜沈沈莫問驂鸞事有酒且頻斟

又 桂林中秋作

今夕復何夕此地過中秋賞心亭上喚客追憶去年遊千里江山如畫萬井笙歌不夜挾路看鼇頭玉界湧銀闕珠箔捲瓊鉤　馭風去忽吹到嶺南州去年明月依舊還照我登樓樓下水明沙淨樓外參橫斗轉搔首思悠悠老子興不淺聊復少淹留

又過瀟湘寺

濯足夜灘急晞髮北風涼吳山楚澤行盡只欠到瀟湘買得扁舟歸去此事天公付我六月下滄浪蟬蛻塵埃外蝶夢水雲鄉　製荷衣紉蘭珮把萍房湘妃起舞一笑撫瑟奏清商喚起九歌忠憤拂拭三閭文字還與日爭光莫遣兒輩覺此樂未渠央

又

艤棹太湖岸天與水相連垂虹亭上五年不到故依然洗我征塵三斗快挹商飈千里鷗鷺亦翩翩身在水晶闕真作馭風仙　望中秋無五日月還圓倚闌清唱孤發驚起壑龍眠欲酹鴟夷西子未辦當年功業空繫五湖船不用知餘事鱸鱠正甘鮮

又聞采石戰勝

雪洗虜塵靜風約楚雲留何人為寫悲壯吹角古城樓湖海平生豪氣關塞如今風景剪燭看吳鉤賸喜燃犀處駭浪與天浮　憶當年周與謝富春秋小喬初嫁香囊猶在功業故優游赤岸磯頭落照淝水橋邊衰草渺渺喚人愁我欲乘風去擊楫誓中流

又

天上掌綸手閫外折衝才發蹤指示平蕩全楚息氛

埃緩帶輕裘多暇燕寢森嚴兵衛香篆幾徘徊襦袴見歌詠桃李藉栽培　紫泥封天筆潤日邊來趣裝入覲行矣歸去作鹽梅祖帳不須遮道看取眉間一點喜氣入尊罍此去沙隄路平步上三台

又

隆中三顧客圯上一編書英雄當日感會餘事了寰區千載神交二子一笑渺然於世卻顧駕柴車常憶淮南岸耕釣混樵漁　忽扁舟凌駭浪到三吳綸巾羽扇笑容與列仙如豈爲蓴羹鱸鱠便挂衣冠神武此興渺江湖學酒對明月高曳紫霞裾

又　送謝倅之臨安

客裏送行客常苦不勝情見公秣馬東去底事卻欣欣不爲青氈俯拾自是公家舊物何必更關心且喜謝安石重起爲蒼生　聖天子方側席選豪英日邊仍有知己應剡薦章間好把文經武略換取碧幢紅旆談笑掃胡塵勳業在此舉莫厭短長亭

又　送劉帥趨朝

鼇禁輟頗牧熊軾賴龔黃一時林莽千險蠭午要驅攘金版云韜初試煙斂山空野迥低草見牛羊旒纊釋南顧戈甲濯銀潢　玉書下褒懿績促曹裴帝衷

天近紅旆東去帶朝陽登輔五雲丹陛迴首楚樓千
里遺愛滿瀟湘應記依劉客曾此捧離觴

念奴嬌再用韻呈朱丈

繡衣使者度郢中絕唱陽春白雪人物應須天上去
一日君恩三接粉署香濃宮林錦重便把絲鉤結片
心如水不教炙手成熱　還記嶺海相從長松千丈
映我秋竿節忍凍推敲清興滿風裏烏巾獵獵只要
東歸歸心入夢夢泛寒江月不因蓴鱠白頭親望真
切

又仲欽提刑仲冬行邊漫呈小詞以備鼓吹之
闕

弓刀陌上過蠻煙瘴雨朔雲邊雪幕府橫驅三萬里
一把平安遙接方丈三韓西山八詔纂義羞椎結梯
航入貢路經頭痛身熱　今代文武通人青霄不上
卻把南州節虜馬秋肥鵰力健應看名王宵獵壯士
長歌故人一笑趁得梅花月王春奏記便須平步清
切

滿江紅思歸寄柳州林守

秋滿衡皐煙蕪外吳山遙碧風乍起蘭舟不住浪花
如席離岸櫓聲驚漸遠盈襟淚點淒猶滴問此情能

有幾人知新相識　追往事懽連夕經舊館人非昔把輕顰淺笑細思量紅葉題詩誰與寄青樓薄倖今遺迹但長洲茂苑草淒淒愁如織

定風波

鈴索收聲夜未央起尋花影步迴廊莫道嶺南冬更暖君看梅花如雪月如霜　見說牆西歌吹好玉人夾坐勸飛觴老子婆娑成獨冷誰省自挑寒灺自添香

木蘭花　送張魏公

擁貔貅萬騎聚千里鐵衣寒正玉帳連雲油幢映日飛箭天山錦城起方面重對籌壺盡日雅歌閑休遣沙場虜騎尚餘匹馬空還　那看更值春殘斟綠醑對朱顏正宿雨催紅和風換翠梅小香慳牙旗漸西去也望梁州故壘暮雲間休使佳人斂黛斷腸低唱陽關

雨中花

一舸淩風斗酒酹江翩然乘興東游欲吐平生孤憤壯氣橫秋浩蕩錦囊詩卷從容玉帳兵籌有當時橋下取履仙翁談笑同舟　先賢濟世偶耳功名事成豈爲封留何況我君恩深重欲報無由長望東南氣

王從教西北雲浮斷鴻萬里不堪回首赤縣神州

水龍吟 過語溪

平生只說語溪斜陽喚渡秋船繫月華未吐波光不動新涼如水長嘯一聲山鳴谷應棲禽驚起自顏元者後水流花謝當年事無人記 須信兩賢不死駕飛車時游此地漫郎宅裏中興碑下應留屐齒酌我清尊洗君孤憤來同一醉待相期把袂清都歸路騎鶴去三千歲

又 望九華作

竹輿曉入青陽細風涼月天如洗峯回路轉雲舒霧捲了非人世轉就丹砂鑄成金鼎碧光相倚料天關虎守箕疇龍負開神祕留茲地 縹緲朱幢羽衞望蓬萊初無弱水仙人拍手山頭笑我塵埃滿袂春瑣瑤房霧迷芝圃昔游都記悵世緣未了匆匆又去空凝竚煙霄裏

多麗

景蕭疏楚江那更高秋遠連天茫茫都是敗蘆枯蓼汀洲認炊煙幾家蝸舍映夕照一簇漁舟去國雖遙寧親漸近數峯青處是吾州便乘取波平風靜荃棹且夷猶闕情有冥冥去雁拍拍輕鷗 忽追思當年

往事惹起無限羇愁拄笏朝來多爽氣秉燭夜永足清游翠袖香寒朱絃韻悄無情江水只東流拖樓晚清商哀怨還聽隔船謳無言久餘霞散綺煙際帆收

蝶戀花

漠漠飛來雙屬玉一片秋光染就瀟湘綠雪轉寒蘆花簌簌晚風細起波紋穀　落日孤雲歸意促小倚蓬窗寫作思歸曲過盡碧灣三十六扁舟只在灘頭宿

訴衷情　中秋不見月

晚煙斜日思悠悠西北有高樓十分準擬明月還似去年遊　揮玉斝捲銀鉤喚新愁嫦娥貪共暮雨朝雲忘了中秋

鷓鴣天　上母夫人壽

阿母蟠桃不記春長沙星裏壽星明金花羅紙新裁詔貝葉旁行別授經　同犬子祝龜齡天教二老鬢長青明年今日稱觴處更有孫枝滿謝庭

又　餞劉共甫

憶昔追遊翰墨場武夷仙伯較文章瑣函奏號銀臺省氈筆書名御苑牆　經十載過三湘橫眉麗錦照傳觴醉餘吐出胸中墨只欠彭宣到後堂

又送錢使君守横州

舞鳳飛龍五百年盡將錦繡裹山川王家券冊諸孫
嗣主第笙歌故國傳　居玉鉉擁金蟬祇今門戶慶
綿聯君侯合侍明光殿且作横槎海上仙

又仲欽提刑行部萬里閱四月而後來歸轍奉
蔬果爲太夫人壽

去日清霜菊滿叢歸來高柳絮纏空長驅萬里山收
瘴徑度層波海不風　陰德徧嶺西東天教慈母壽
無窮遙知今夕稱觴處衣綵還將衣繡同

又

楚楚吾家千里駒老人心事正關渠風流合是階墀
玉愛惜真如掌上珠　紆綠綬薦芳壺老人還醉弟
兄扶間將何物爲兒壽付與家傳萬卷書

又上元啓醮

詠徹瓊章夜向闌天移星斗下人間九光倒影騰青
簡一氣回春達絳壇　瞻北闕祝南山遙知仙仗簇
清班何人曾侍傳柑燕翡翠簾開識聖顏

又

子夜封章扣紫清五霞深裹珮環聲驛傳風火龍鸞
舞步入煙霄孔翠迎　璚簡重羽衣輕金章雙引到

通明三湘五筦同民樂萬歲千秋與帝齡

又

瞻蹕門前識箇人香車油壁照雕輪短襟衫子新來棹四直冠兒內樣新　秋色淨曉妝勻不知何事在風塵主公若也憐幽獨帶取妖嬈上玉宸

又

憶昔彤庭望日華匆匆枯筆夢生花鬱輪袍曲懟新奏風送銀鑾犯斗槎　追往事及新瓜飛蓬何事及蘭麻一江湘水流餘潤千里河隄築淺沙

又

可意黃花人不知黃花標格世間稀園葵裛露迎朝日檻菊迎霜媚夕霏　芍藥好是金絲綠藤紅刺引薔薇姚家別有神仙品似著天香染御衣

又

割轄難留乘馬東花枝爭看裊長紅衮衣空使斯民戀綠竹誰歌入相同　回武事致年豐幾多遺恨在湘中深知楚水楓林下不似初聞長樂鐘

又

又向荊州住半年西風催放五湖船來時露菊團金顆去日池荷翦綠錢　斟別酒扣離絃一時賓從最

多賢今宵拚醉花迷坐後夜相思月滿川

眼兒媚

曉來江上荻花秋做弄箇離愁半竿殘日兩行珠淚一葉扁舟　須知此去應難遇直待醉方休如今眼底明朝心上後日眉頭

虞美人

盧敖夫婦駿鸞侶相敬如賓主森然蘭玉滿尊前案舉齊眉樂事看年年　我家白髮雙垂雪已是經年別今宵歸夢楚江濱也學君家兒子壽吾親

又

柳梢梅蕊香全未誰會傷春意一年好處是新春柳底梅邊只欠那人人　憑春約住梅和柳且待些時候錦帆風迅綵舟來卻放香苞嬌蕊一齊開

又

雲消煙漲清江浦碧草春無數江邊幾樹夕陽紅點點征帆吹盡夜來風　樓頭月壓章華館我已無腸斷斷行雙雁背人飛織錦迴文空在寄他誰

又

清宮初入韶華管宮葉秋聲滿滿庭芳草月嬋娟想見明朝喜色動天顏　持杯滿勸龍頭客榮遇時難

得詞源三峽瀉瞿塘便是醉中空去也無妨

鵲橋仙 上主管壽送南康酒北梨

南州名酒北園珍果都與黃香爲壽風流文物是家傳睨血指旁觀袖手 東君消息西山爽氣總聚公家戶牖舊時曾識玉堂仙在帝所頻開薦口

又

黃陵廟下送君歸去上水船兒一隻離歌聲斷酒杯空容易裏東西南北 重湖風月九秋天氣冉冉新愁如織我家住在楚江濱爲頻寄雙素尺

又 吳伯承侍兒

明珠盈斗黃金作屋占了湘中秋色金風玉露不勝情看天上人間今夕 枝頭一點琴心三疊算有詩名消得野堂從此不蕭疎何日向尊前喚客

又 邢少連送末利

北窗涼透南窗月上浴罷滿懷風露不知何處有花來但怪底清香無數 炎州珍產吳兒未識天與人間獨步冰肌玉骨歲寒時倩間止堂中留住 間止少連堂名

又 上運使壽

東明大士吾家老子是一元知非二共移甘雨趁生

朝作萬里豐年歡喜　司空山上長沙星裏乞與無
邊祥瑞仙鄉日月正鎮常春笑人說長生久視

踏莎行長莎花極小作此詞并二枝爲伯承欽
天諸兄一觴之薦

洛下根株江南栽種天香國色千金重花邊三閣建
康春風前十里揚州夢　油壁輕車青絲短鞚看花
日日催賓從而今何許定王城一枝且爲鄰翁送

又別劉子思

古木叢祠孤舟野渡青年與客分攜處漠漠愁陰嶺
上雲蕭蕭別意溪邊樹　我已北歸君方南去天涯
客裏多歧路須君早出瘴煙來江南山色青無數

又五月十三日夜月甚佳戲作

藕葉池塘榕陰庭院年時好月今宵見雲鬟玉臂共
清寒冰綃霧縠誰裁翦　撲粉香綿侵塵寶扇遙知
掩抑成淒怨去程何許是歸程離腸爲我深深勸

又

旋葺荒園初開小徑物華還與東風競曲檻暉暉落
照明高城冉冉孤煙暝　柳色金寒梅花雪靜道人
隨處成幽興一杯不惜小留連歸期已理滄浪艇

又

萬里扁舟五年三至故人相見尤堪喜山陰乘興不須回毗耶問疾誰爲對　不藥身輕高談心會匆匆我又成歸計他時江海肯相尋綠莎青箬看清貴

又　朱漕生朝

桂嶺南邊湘江東畔四年兩見生申日知君心地與天通天教仙骨年年換　便趁秋風橫翔霄漢相看黃紙書來喚但令丹鼎永頻添莫辭酒盞春無算

菩薩蠻　諸客往赴東鄰之集戲作此小詞

庭葉翻翻秋向晚砧聲敲月催金翦樓上已清寒不堪頻倚闌　鄰翁開社甕喚客情應重不醉且無歸醉時歸路迷

又

雪消牆角收燈後野梅官柳春全透池閣又東風燭花燒夜紅　一尊留好客歛盡闌干月已醉不須歸試聽烏夜啼

又　立春

絲金縷翠幡兒小裁羅撚線花枝裊明日是新春春風生鬢雲　吳霜看點染愁裏春來淺只願此花枝年年常戴伊

又

蘼蕪白芷愁煙渚曲瓊飛捲江南雨心事怯衣單樓高生晚寒　雲鬟香霧溼翠袖淒餘泣春去有來時春從沙際歸

又

恰則春來春又去憑誰說與春教住與問坐中人幾回迎送春　明年春更好只怕人先老春去有來時願春長見伊

又　林柳州生朝

史君家枕吳波碧朱門鋪手搖雙戟也到嶺邊州真成汗漫遊　歸期應不遠趁得東江暖翁媪雪垂肩雙雙平地仙

生查子　詠摺疊仙

宮紗蜂趕梅寶扇鸞開翅數摺聚清風一捻生秋意搖搖雲母輕裊裊瓊枝細莫解玉連環恐作飛花墜

臨江仙　帥長沙寄靜江三故人張仲欽朱漕滕憲

試問宜齋樓下竹年來應長新篁使君五嶺又三湘舊游知好在孰處更難忘　尚念論心舒嘯不只今湖海相望遙憐陰至酒尊涼舉觴須酹我樓外是清

江

又

罨畫樓前初立馬隔簾笑語相親鉛華洗盡見天眞衫兒輕罩霧髻子直梳雲　翠葉銀絲茉利櫻桃澹注香脣見人不語解留人數杯愁裏酒兩眼醉時春

二郎神

坐中客共千里瀟湘秋色漸萬寶西成農事了穲稏看黃雲阡陌橋口橘洲風浪穩嶽鎮聳倚天青壁追前事興亡相續空與山川陳迹　南國都會繁盛依然似昔聚翠羽明珠三市滿樓觀湧參差金碧乞巧處家家追樂事爭要做豐年七夕願明年强健百姓歡娛還如今日

浣溪沙

只倚精忠不要兵卷旗直入蔡州城賊營半夜落妖星　萬旅連屯看整暇十眉環坐卻娉婷白麻早晚下天庭

又　錢劉共甫

玉節珠幡出翰林詩書謀帥眷方深威聲虎嘯復龍吟　我是先生門下士相逢有酒莫辭斟高山流水遇知音

又

絶代佳人淑且貞雲爲肌骨玉爲神燭前花底不勝春 倚竹袖長寒卷翠凌波襪小暗生塵十分京洛舊來人

又

行盡瀟湘到洞庭楚天闊處數峯青旗梢不動晚波平 紅蓼一灣紋纈亂白魚雙尾玉刀明夜涼船影浸疎星

又

只說閩山錦繡幃忽從團扇得生枝纔紅衫子映豐肌 春線應憐壺漏永夜針頻見燭花摧塵飛一騎憶來時

又 瑞香

臘後春前別一般梅花枯淡水仙寒翠雲裘著紫霞冠 妙品只今推第一寶香元不是人間爲君更酌小龍團

又 餞別鄭憲

寶蠟燒香夜影紅梅花枝傍錦薰籠曲瓊低捲瑞香風 萬里江山供燕几一時賓主看談鋒問君歸計莫匆匆

又 荊州約馬舉先登城樓觀塞

霜日明霄水蘸空。鳴鞘聲裏繡旗紅。澹煙衰草有無中。　萬里中原烽火北，一尊濁酒戍樓東。酒闌揮淚向悲風。

又 再用韻

宮柳垂垂碧照空。九門深處五雲紅。朱衣只在殿當中。　細撚絲稍龍尾北，綏攜綸旨鳳城東。阿婆三五笑春風。

于湖詞卷二

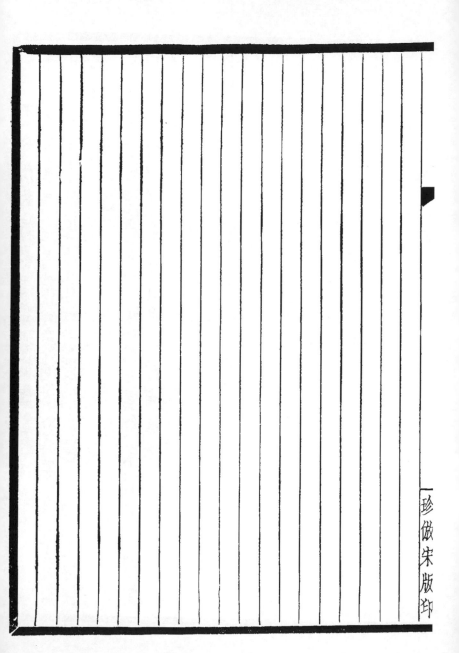

于湖詞卷三

浣溪沙

六客西來共一舟吳兒蹋浪翦輕鷗水光山影翠相浮　我欲吹簫明月下略須停棹晚風頭從前三五到蘄州

又

已是人閒不繫舟此心元自不驚鷗卧看駭浪與天浮　對月只應頻舉酒臨風何必更搔頭暝煙多處是神州

又中秋十八客

同是登瀛冊府仙今朝聊結社中蓮胡笳按拍酒如泉　喚起封姨清晚暑更將荔子薦新圓從今三五夜嬋娟

又

日暖簾幃春晝長纖纖玉指動秤牀低頭佯不顧檀郎　荳蔻枝頭雙蛺蝶芙蓉花下兩鴛鴦壁間聞得唾絨香

又餞劉共交

射策金門記昔年又教潘翰入陶甄不妨衣鉢再三傳　粉淚但能添楚竹羅巾誰解繫吳船捧杯猶願

小留連

又煙州亭定夫置酒作

灩灩湖光綠一圍脩林斷處白鷗飛天機雲錦蘸空霏　乞我百弓真可老爲公一飲醉忘歸扁舟日日弄晴暉

又過臨川席上賦此詞

我是臨川舊史君而今欲作嶺南人重來遼鶴事猶新　去路政長仍酷暑主公交契更情親横秋閣上晚風匀

又同前

康樂亭前種此君重來風月苦留人兒童竹馬笑談新　今代孟公仍好客政成歸去眷方新十眉環坐晚妝匀

又

羅襪生塵洛浦東美人春夢瑣窗空眉山細蹙恨千重　海上蟠桃留結子渥洼天馬去追風不須多怨主人公

西江月

諸老何煩薦口先生自簡淵衷千年聖學有深功妙處無非日用　已授一編圯下卻須三顧隆中鴻鈞

早晚轉春風我亦從君買勇

又 同僚飲錢宜齋

窗戶青紅尚溼主人已作歸期坐中賓客盡鄒枚盛事他年誰繼　別酒深深頻勸離歌緩緩休催扁舟明日轉清溪好月相望千里

又

不識平原太守向來水北山人世間功業漫虧成華髮蕭蕭滿鏡　幸有田園故里聊分風月江城西波西畔晚波平袖手時來照影

又 代□□宣教上母夫人壽

慈母行封大國老仙早上蓬山天憐陰德徧人間賜與還丹七返　莫問清都紫府長教綠鬢朱顏年年今日綵衣斑兄弟同扶酒盞

又

冉冉寒生碧樹盈盈露溼黃花故人玉節有光華高會仍逢戲馬　世事只今如夢此身到處爲家與君相遇更天涯摟了茱萸醉把

又 庾樓陪諸公飲醉甚和尚巨源任子嚴陶茂安韻呈周悅道使刻之樓上

樓外疎星印水樓頭畫燭烘蓮憑高舉酒思猒猒征

路虛無指點　酒興因君開闊山容向我增添一鉤
新月弄纖纖濃霧花房半斂
又
十里輕紅自笑兩山濃翠相呼意行著脚到精廬借
我繩牀小住　解飲不妨文字無心更狎鷗魚一聲
長嘯暮烟孤袖手西湖歸去
減字木蘭花　上黃倅宅太淑人壽
慈闈生日見說今年年九十戲綵盈門大底孩兒七
箇孫　人間喜事只這一般誰得似願我雙親都似
君家太淑人
又
江頭送客楓葉荻花秋瑟瑟絃索休彈清淚無多怕
溼衫　故人相遇不醉如何歸得去我自忘歸煙滿
空江月滿隄
又
一尊留夜寶蠟烘簾光激射凍合銅壺細聽冰簷夜
翦酥　清秋冉冉酒喚紅潮登玉臉明日重看玉界
瓊樓特地寒
又臘月二十六日立春
春如有意未接年華春已至春事還新多得年時五

日春　春郊便綠只向臘殘春已足屈指元宵正是新春二十朝

又　贈尼

吹簫泛月往事悠悠那更說碎破琉璃陡覺從前萬事非　清齋淨戒休作斷腸垂淚債識破囂塵作箇消遙物外人

又

枷花搦柳知道東君留意久慘綠愁紅憔悴都因一夜風　輕狂胡蝶擬欲扶持心又怯要免離披不告東君更告誰

憶秦娥

天一角南枝向我情如昨情如昨水寒煙淡霧輕雲薄　吹花嚼蕊愁無託年華冉冉驚離索驚離索倩春留住莫教搖落

浣溪沙

湓浦從君已十年京江仍許借歸船相逢此地有因緣　十萬貔貅環武帳三千珠翠入歌筵功成去作地行仙

又

一片西飛一片東高情已逐落花空舊歡休問幾時

董　爲習政如刀舐蜜掃除須著絜因風諸君持此
問龐公

柳梢青

碧雲風月無多莫被名韁利鎖白玉爲車黃金作印
不戀休呵　爭如對酒當歌人是人非恁麼年少甘
羅老成呂望必竟如何

醜奴兒

年年有箇人生日誰是君家誰是君家八十慈親髮
未華　棠陰閣上棠陰滿滿勸流霞滿滿勸流霞來歲
應添宰路沙

又

十分濟楚邦之媛此日追遊雨霽雲收夢入瀟湘不
那愁　主人白玉堂中老曾侍凝旒滿酌瓊舟即上
羲皇香案頭

又

珠煙壁月年時節纖手同攜今夕誰知自撚梅花勸
一巵　逢人問道歸來也日日佳期管有來時趁得
收燈也未遲

又

無雙誰似黃郎子自鄮無譏月滿星稀想見歌場夜

打圍　畫眉京兆風流甚應賦蛜蝛楊柳依依何日
文簫共駕歸

點絳脣

綺燕高張玉潭月麗玻璃滿旆霞行卷無復長安遠
夏木陰陰路裊薰風轉空留戀細吹銀管別意隨
聲緩

又

四到蘄州今年更是逢重九應時納佑隨分開尊酒
屢舞婆娑醉我平生友休回首世間何有明月疎
疎柳

卜算子

雪月最相宜梅雪都清絕去歲江南見雪時月底梅
花發　今歲早梅開依舊年時月冷豔孤光照眼明
只欠些兒雪

又

萬里去擔簦誰識新豐旅好事些兒說與郎奴是姮
娥侶　若到廣寒宮但道奴傳語待我仙郎折桂枝
揀箇高枝與

南歌子上吳提宮壽

人物羲皇上詩名沈謝間漫郎元是漫爲官醉眼瞢

騰只擬看湘山　小隱真成趣鄰翁獨往還野堂梅柳尚春寒且趁華燈頻泛酒船寬

又

曾到蘄州否人人說使君使君才具合經綸小試邊城早晚上星辰　佳節重陽近清歌午夜新舉杯相屬莫辭頻後日相思我已是行人

望江南 題南岸鎰德觀

談子醉獨立晛東風未試玉堂揮翰手只今楚澤釣魚翁萬里舉杯空　謀一笑與君同身老南山看射虎眼高四海看飛鴻赤岸晚潮通

又

朝元去深殿扣瑤鍾天近月明黃道冷參回斗轉碧霄空身在九光中　風露下環珮響丁東玉案燒香縈翠鳳松壇移影動蒼龍歸路海霞紅

柳梢青 蔣文粟兄趨朝錢文茹橫槎宗文如古藤孝祥置酒作別賦此以侑尊

滿城風雨重陽時節更催行色隴樹寒輕海山秋老清愁如織　一杯莫惜留連我亦是天涯倦客後夜相思水長山遠東西南北

又

草底蛩吟煙橫水際月澹松陰荷動香濃竹深涼早銷盡煩襟　髮稀渾不勝簪更客裏吳霜暗侵富貴功名本來無意何況如今

鳳棲梧

畫戟游閑刀入鞘安石榴花影落紅闌小似勸先生須飲酎枕中鴻寶微傳妙　袞袞鋒車還急詔滿眼瀟湘總是恩波渺歸去槐庭思楚嶠甌稜月曉期分照

瑞鷓鴣

香珮灊分紫繡囊野塘波急折鴛鴦春風灞岸空回首落日西陵更斷腸　雪下哦詩憐謝女花間爲令勝潘郎從今千里同明月再約圓時拜夜香

青玉案 送頻統轄行

相春堂上聞鶯語正花柳芳菲處有底尊前權且舞滿堂賓客紫泥丹詔袞袞煙霄路　君王天縱資仁武要尺箠平驕虜思得英雄親駕馭將軍行矣九重虛佇談笑清寰宇

南鄉子 荆監廟餞送朱太傅張直閣阻雨賦此詞

江上送歸船風雨排空浪拍天賴有清尊澆別恨淒

然寶蠟燒花看吸川　楚舞趁湘絃暖響圍春錦帳
氈坐上定知無俗客俱賢便是朱張與少連少連謂
刑監廟

清平樂

光塵撲撲宮柳低迷綠鬬鴨闌干春詰曲簾額微風
繡蹙　碧雲青翼無憑困來小倚雲屏楚夢未禁春
晚黃鸝猶自聲聲

又

向來省左謀國參伊呂暫借良籌匪再舉談笑肅清
三楚　良辰上客徜徉奏篇欲記傳香此日一尊相
屬它時同在巖廊

又詠梅

吹香嚼蕊獨立東風裏欲凍雲驕天似水羞殺夭桃
穠李　如今見說闌干不禁月冷霜寒嶺上驛程人
遠城頭戍角聲乾

霜天曉角

柳絲無力冉冉縈柔碧繫我船兒不住楚江上曉風
急　棹歌休怨抑有人離恨極說道歸期不遠剛不
信淚偷滴

歸梧謠送劉郎

歸十萬人家兒樣啼公歸去何日是來時

又

歸獵獵薰風捲繡旗攔教住重舉送行杯

又

歸數得宣麻拜相時秋前後公袞更萊衣

醜奴兒

伯鸞德耀賢夫婦見說宜家見說宜家庭砌森森長玉華　天公遣注長生籍服日滄霞服日滄霞壽紀應須海算沙

蝶戀花

君泛仙槎銀海去後日相思地角天涯路草草杯盤深夜語冥冥四月黃梅雨　莫拾明珠并翠羽但使斯民愛我如慈母待得政成民按堵朝天衣袂翩翩舉

念奴嬌

海雲四斂太清樓極目一天秋色明月飛來雲霧盡城郭山川歷歷良夜悠悠西風嫋嫋銀漢冰輪側雲霓三弄廣寒宮殿長笛　偏照紫府瑤臺香籠玉座翠靄迷南北天上人間凝望處應有乘風歸客露滴金盤涼生玉宇滿地新□白壺中清賞畫簷高掛虛

碧

又

風帆更起望一天秋色離愁無數明日重陽尊酒裏誰與黃花爲主別岸風煙孤舟燈火今夕知何處不如江月照伊清夜同去　船過采石江邊望夫山下酌水應懷古德耀歸來雖富貴忍棄平生荊布默想音容遙憐兒女獨立衡皐暮桐鄉君子念予憔悴如許

拾翠羽

春入園林花信總諸遲速聽鳴禽稍遷喬木夭桃弄色海棠芬馥風雨霽芳徑草心頻綠　禊事纔過相次禁煙追逐想千歲楚人遺俗青旗沽酒各家炊熟良夜遊明月勝燒花燭

蝶戀花　秦樂家賞花

爛爛明霞紅日暮豔豔輕雲皓月光初吐傾國傾城恨無語綵鸞祥鳳來還去　愛花常爲花留住今歲風光又是前春處醉倒扶歸也休訴習池人笑山翁語

又

恰則杏花紅一樹撚指來時結子青無數漠漠春陰

纏柳絮一天風雨將春去　春到家山須少住芍藥櫻桃更是尋芳處曉院碧蓮三百畝留春伴我春應許

踏莎行

楊柳東風海棠春雨清愁冉冉無來處曲徑驚飛蛺蝶叢叢回塘凍溼鴛鴦侶　舞徹霓裳歌殘金縷蘼蕪白芷愁煙渚欲識陽臺夢裏雲細聽華表歸來語

漁家傲 紅白蓮不可並栽用酒盆種之遂皆有花呈周倅

紅白蓮房生一處雪肌霞豔難爲喻當是神仙來紫府雙稟賦人間相見猶相妒　清雨輕煙凝態度風標公子來幽鷺欲遣微波傳尺素歌曲悞醉中自有周郎顧

夜遊宮 句景亭

聽話危亭句景芳郊迥草長川永不待崇岡與峻嶺倚闌干望無窮心已領　萬事浮雲影最曠闊鷺閑鷗靜好是炎天煙雨醒柳陰濃芰荷香風日冷

鷓鴣天

月地雲階歡意闌仙姿不合住人間驂鸞已恨車塵遠泣鳳空餘燭影殘　情脈脈淚珊珊梅花音信隔

關山只應楚雨清留夢不那吳霜綠易斑

又詠桃菊花

桃換肌膚菊換妝只疑春色到重陽偷將天上千年豔染卻人間九日黃　新豔冶舊風光東籬分付武陵香尊前醉眼空相顧錯認陶潛是阮郎

又送陳倅正字攝峽州

人物風流冊府仙誰教落魄到窮邊獨班未引甘泉伏三峽先尋上水船　斟楚酒扣湘絃竹枝歌裏意悽然明明時合下清猿淚間日頻題采鳳牋

菩薩蠻西齋爲杏花寓言

胭脂淺染雙珠樹春風到處嬌無數不語恨懨懨何人思故園　故園花爛熳笑我歸來晚我老只思歸故園花雨時

又回文

落霞殘照橫西閣閣西橫照殘霞落波淺戲魚多多魚戲淺波　手攜行客酒酒客行攜手腸斷九歌長長歌九斷腸

又回文

渚蓮紅亂風翻雨雨翻風亂紅蓮渚深處宿幽禽禽幽宿處深　澹妝秋水鑑鑑水秋妝澹明月思人情

情人思月明

又 回文

晚花殘雨風簾捲捲簾風雨殘花晚雙燕語虛窗窗虛語燕雙　睡醒風愜意意愜風醒睡誰與話情詩詩情話與誰

又 回文

白頭人笑花間客客間花笑人頭白年去似流川川流似去年　老羞何事好好事何羞老紅袖舞香風風香舞袖紅

又

玉龍細點三更月庭花影下餘殘雪寒色到書帷有人清夢迷　牆西歌吹好獨暖香閨小多病怯杯觴不禁冬夜長

南歌子 過嚴關

路盡湘江水人行瘴霧間昏昏西北度嚴關天外一簪初見嶺南山　北雁連書斷秋霜點鬢斑此行休問幾時還唯擬桂林佳處過春殘

鵲橋仙

湘江東畔去年今日堂上簪纓羅綺弟兄今日拜尊前共一笑歡歡喜喜　渚宮風月邊城鼓角更好親

庭一醉醉時重唱去年詞願來歲強如今歲

燕歸梁

風柳搖絲花纏枝滿目韶輝離鴻過盡百勞飛都不似燕來歸　舊來王謝堂前地情分獨依依畫梁雕拱啓朱扉看雙舞羽人衣

訴衷情牡丹

亂紅深紫過羣芳初欲減春光花王自有標格塵外鎖韶陽　留國豔問仙鄉自天香翠帷遮日紅燭通宵與醉千觴

浣溪沙 母氏生辰老者同在舟中

穩泛仙舟上錦帆桃花春浪舞清灣壽星相伴到人間　黃石公傳三百字西王母授九霞丹銀潢有路接三山

又 以貢茶沈水爲齊伯壽

北苑先春小鳳團炎州沈水勝龍涎殷勤送與繡衣仙　玉食向來思苦口芳名久合上淩煙天教富貴出長年

又 發公安風月甚佳明日至石首風雨驟至留三日同行諸公皆有詞孝祥用韻

方船載酒下江東孤管橫時浪拍空萬山紫翠晚雲

重擬看岳陽樓上月不禁石首岸頭風作賤我欲問龍公

卜算子

風生杜若洲日暮垂楊浦行到田田亂葉邊不見淩波女　獨自倚危闌欲向荷花語無奈荷花不應人背立啼紅雨

點絳脣

萱草榴花畫堂永晝風清暑廚團菰黍助泛菖蒲醑兵辟神符命續同心縷宜歡聚綺筵歌舞歲歲酬重午

又

秩秩賓筵玉潭春漲玻瓈滿旆霞風卷可但長安遠夏木成陰路裊薰風轉空留戀細吹銀管別意隨聲緩

西江月

風盡灘聲未已雨來篷底先知岸邊楊柳最憐伊憶得扁舟曾繫　朝霧平呑白塔茅簷似有青旗三杯村酒醉如沈天色寒呵且睡

又以寶鼎隋人寫小字蓮經爲總得壽

漢鑄九金神缶隋書小字蓮經剛風劫火轉青冥護

守應須仙聖　昨夢傳來帝所今朝壽我親庭只將此寶伴長生談笑中原底定

又 飲百花亭爲武夷樞密先生作亭望廬山雙劍峯爲惡竹所蔽是夕盡伐去

落日鎔金萬頃晴嵐洗劍雙峯紫樞元是黑頭公佳處因公愈重　分得湖光一曲喚回廬岳千峯一尊今夜偶然同早晚商巖有夢

水調歌頭 方務德生日

紫臺論思舊碧落拜除新內家敕使傳詔親付玉麒麟千里江山增麗是處旌旗改色佳氣鬱輪囷看取連霄雪借與萬家春　建崇牙開盛府是生辰十洲三島都向今日祝松椿多少活人陰德合享無邊長壽惟有我知君來歲更今日一氣轉洪鈞

又 過岳陽樓作

湖海倦游客江漢有歸舟西風千里送我今夜岳陽樓日落君山雲氣春到沅湘草木遠思渺難收徙倚闌干久缺月掛簾鉤　雄三楚吞七澤隘九州人間好處何處更似此樓頭欲弔沈累無所但有漁兒樵子哀此寫離憂回首叫虞舜杜若滿芳洲

字安國號于湖蜀之簡州人也後卜居歷陽故陳氏稱爲歷陽人甲戌狀元及第出自思陵親擢故秦相孫損居其下檜忌惡之以事召致于獄檜亡上眷益隆不數載入直中書惜其不年上嘗有用不盡之歎玉林集中與詞家選二十有四闋評云舊有紫薇雅詞湯衡爲序稱其平昔爲詞未嘗著稿筆酣興健頃刻即成無一字無來處如歌頭凱歌諸曲駿發蹈厲寓以詩人句法者也恨全集未見耳古虞毛晉記

洛水詞

目錄

洛水詞目錄

洛水詞

宋 程珌

水調歌頭 昏發烏江朝至湖陰月正午舟中作

玉女掃天淨雍觀掠江寬問君何事底急夜半掀舟還三島眠龍驚覺萬頃明瓊碾破涼月照東南碧氣正吞吐滿挹漱膺肝 煙蓬上乘雲象噭天闕人間已夢我獨危坐玩漫汗螭殿黃昏未鎖鶴氅翩躚蜚下共吸酒壺乾與罷吹笙去風露五更寒

又 壬子五月二十三日流杯玉泉雨忽大作連賦水調二章一書于壁一懷以歸

電闕驅神駿鐵梗起凝蛟木鳴山裂盛夏白晝野魑號急上瑤庭深處爲問龍君何怒抉破古天潮日華開絢采雨意屬詩豪 與君來蜚玉佩斬瓠瓢纖流沈羽借我萬斛沸銀濤醉拍滿缸香雪寫竭一池濃墨逸氣正飄飆何事謫仙子歸去續松醪

又

日轂金鉦赤雪寶水晶寒支機石下翻浪噴薄出層關半夜雌龍驚走明日靈蛇張甲蜚上石盤桓多謝山君護未放醉翁閑 安得醉風泚泚露珊珊翠雲老子邀我瑤佩駕紅鸞一勺流觴何有萬石橫缸如

注虹氣飲溪乾忽夢坐銀井長嘯俯清湍

又登甘露寺多景樓望淮有感

天地本無際南北竟誰分樓前多景中原一恨杳難論卻似長江萬里忽有孤山兩點點破水晶盆爲借鞭霆力驅去附崑崙　望淮陰兵冶處儼然存看來天意止欠士稚與劉琨三拊當時頑石喚醒隆中一老細與酌芳尊孟夏正須雨一洗北塵昏

又戊戌自壽

渤澥東南界西北倚崑崙當時推步但知宇內有乾坤午夜風輪微轉駕我浮空泛景一息過天垠俯眎人間世渺渺聚漚塵　挽天吳摩海若叱還吞寧用計年八十陽九又三陰要自榆星外直至黑流沙底山與澤俱平不論初末度一色界如銀

六州歌頭送辛稼軒

向來抵掌未必總談空難偏舉質三事試從公記當年賦得一邱一壑天鳶闚淵魚靜莫擊磬但酌酒儘從容一水西來他日會從公曳杖其中問前回歸去笑白髮成蓬不識如今幾西風　蒙莊多事論虱豕推羊蟻未辭終又驟說魚得計孰能通嘆如雲罔罟龍伯啖眇難窮凡三惑誰使我釋然融豈是匏瓜繫

者把行藏悉付鴻濛且從頭檢校想見□迎公湖上千松

滿江紅 龔撫幹示閏仲秋

黃鶴樓前江百尺波横光溢問老子當年高興與何人知得最愛洞庭天際水分明表裏玻璃色恐今宵未必似前番天應惜 都莫問鴻鍾勒也休羨壺天謫憶故人霜下亂灘横笛便好騎鯨游汗漫古來蟾影何曾沒更明年重約再來時乘槎客

又登石頭城歸已月生

頗恨登臨淚自作騷人愁語石城上何須苦說死袁生褚當日臥龍商略處秦淮王氣真何許與君來蕭瑟北風寒黃雲暮 枕鍾阜湖玄武生此虎真蹲踞看四山環合休臨江渚可笑唐人無意度卻言此虎淩波去君且住明月爲人來潮生浦

步虛詞 壽張門司

休怪頻年司鑰仙官長守仙宮東風未肯到凡紅先舞雲韶彩鳳 都是一團和氣故教上苑春濃羣仙拍手過江東高唱紫芝之新頌

沁園春 別陳總斛 ○此一闋本集誤作八聲甘州

玉局仙人輕帆萬里送入三吳怪一舟如葉元無濁
物依然姑射滿載冰壺昔日文君千言成誦不識如
今記得無新來也喜都將分付一顆驪珠　向來田
賦獨輸散多少春風巴與渝算公家粗了蓴鱸而已
何妨西子白髮江湖印鑄黃金時來須佩畢竟人生
萬卷書離情處正秦淮歲晚雪意模糊

又壽王運使

公有仙姿蒼松野鶴落落昂昂論法主長生仍須極
貴雲臺絳闕都許徜徉更憶當年而今時候一念功
名下帝旁天分付使人間草木盡有春香　人知相
法奇龐又那識陰功事更長算毘陵荒政江東風采
忠文典則凜凜生光再歲秦淮瓠稜入夢帷幄從來
在廟堂公歸去好平心獻替人望時康

又壽李通判

那用招秋休言推暑風自薰兮問誰解當初識公來
處月明碧落旆卷青霓千丈長松起人生意凍芋寒
瓜空滿畦還堪怪怪諸公袞袞我尚憑泥　須教一
舉崔嵬算人世功名各有梯更何須煉鼎玄霜絳雪
只煩煑茗水餅冰虀紫府多仙招來滿座公自長生
角亢齊何曾也有玉麟行地老鳳梧棲

又謝劉小山頻寄所作

君有新詞何妨爲我時遣奚奴看此山大小風流晉宋眼中餘子苦自侏儒九曲清溪千枝楊柳還記新條更有無春將好欲從君商略君意何如　佳人玉佩瓊琚更胸中澆灌有詩書把古人行處從頭檢點今人說底卻不須渠更上石頭重登鍾阜畫作金陵攷古圖頻相見怕薰風早晚便隔天隅

又庚午三月望日賦椿堂牡丹

消得瑚闌也不枉教車馬如狂怪元和一事韓公子者歸來斸去玉毀崑岡爲解花嘲朝來試看采佩殷霞浥露香君休怪算只緣太豔俗障難降　詩人未易平章向百卉彫零獨後裝看洪爐大器從來成晚只須這著也做花王況是月坡花圍一尺壓盡紛紛瑣細芳還堪笑笑龍鍾老鳳方入都堂

又讀史記有感

試課陽坡春後添栽多少杉松正桃塢書濃雲溪風輭從容延叩太史丞公底事越人見垣一壁比過秦關遽失曈江神吏靈能脫罟不發衞平蒙　休言唐舉無功更休笑丘軻自阨窮算汨羅醒處元來醉裏真敖假孟畢竟誰封太史亡言牀頭釀熟人在晴嵐

杳靄中新隄路喜摎枝鱗角夭矯蒼龍

錦堂春 留春

最是元來苦無風雨只恁匆匆歸去看遊絲都不恨恨秦淮新漲向人東注　醉裏仙人惜春曾賦卻不解留春且住問何人留得住怕小山更有碧蕪春句

壺中天慢 壽邱樞密○向失慢字

日躔東井正輪囷桂影十分光潔火令方中符國運天與非常英傑舉舉平生眼空宇宙綠髮千尋雪笑談一鎮單于庭事心懾　晚歲佛地功深人間富貴五湖煙水闊誰遣心期事左須酬滿麒麟勛業又也何妨長生仙籙已在黃金闕中原恢拓要公歸任調燮

燭影搖紅 元宵

青旆搖風朱簾漏月黃昏早蓬山萬壘忽蜚來上有千燈照和氣祥煙繚繞映瓊樓五雲縹緲青袥縞袂亂吹繁絃九衢驩笑　元是琴堂十分管領春光到手移星宿下人寰招客來仙島信道邦人見少彷徨似皇都春好明年只恐鼇山扈從隨班清曉

謁金門 用趙帳幹韻

煙漠漠醉裏看春都錯過了清明遲一著牡丹重約

擈曉日漸明簷角天與芳辰難卻駐得韶華元有藥桃源誰共約

水龍吟 壽李尚書

道家弱水蓬萊鯨波萬里誰知得人間自有南昌居士仙風道骨詩似白星貌如聃老風塵挺出向謫仙家裏滕王閣畔飄玉佩下丹闕　黃髮四朝元老又誰知重生綠髮手提一筆活人多少三千功積已冠文昌人人瞻望玉樞躔偪對新涼酒頰微紅宛是一星南極

喜遷鶯 別陳新恩

少年意氣腦燕兵胡韃虜王區脫眼底朦朧腹中空洞不著曹劉元自聞道殊科八中也要彩盧連擲收拾盡到如今但有寸心如鐵　天付真奇特口靜神充雙眼胡僧碧楚國離騷唐朝詞學未信芳塵□歇結取佳人香佩截斷兒曹綺舌歸去也且爛斑戲綵好春長日

又 壽李文昌

評君誰似似長松千丈離奇多節骨瘦稜稜文高舉舉今日□來仙闕走卒識公容貌酋虜問公官閥更史館一編書多少頰添勛業　偉絕今歲別新綠名

孫又見枝生葉底事七旬雙瞳如水畢竟桂花方發
賜第彤墀秋早又一瑤樞光潔故人也念相逢誰似
鳳池同列

又 壽薛尚書

一天風露喜初行彈壓人間殘暑金母此時雲軿先
降又見樞星光吐人道鴻濛逢日可是東方明處更
天上走王人絡繹儀鸞瓊醑 聽語更希舉試把皇
朝盛事都來數當日鼇頭皇扉侍母綠髮方瞳□□
更有飛鳧王季往往文星再聚渾休問但回班千歲
貂蟬成譜

又 壽薛樞密

去年玉燕記曾期今歲瑤光入度今日都人從頭屈
指盡是黑頭公輔爭道一朝語合誰信千齡際遇更
積雨曉來晴洗出瑠璃秋宇 笑語知何許旆卷青
霓來自鈞天所道骨仙風安排頓著須是人間紫府
要識雲臺高絕更有鳳池深處從今數看千秋萬歲
永承明主

柳梢青 壽薛尚書

官已尚書人猶寒素仙有名言謂是若人法當至貴
仍主脩年 唐人四字鮮妍甚照映畫堂綵煙更對

新涼一聲芝曲萬斛金舡

又 和齊仙留春

嫩綠成堆朝來紅紫都在莓苔方見春來又聞春去暗裏誰催 人生易老何哉春去矣秋風又來何似雲溪長春日月無去無歸

賀新郎 壽李端明本集前段第二句多紛紛二字後段第六句多常見二字

袖手雲溪上看人間飢烏腐鼠觸蠻交戰便得金魚垂玉帶多少雌黃點勘算此語必非河漢直自彈冠班八座更青春數到期頤算一段玉無纖玷 公難學處尤堪羨全似□泠泠秋水體清形健衮處從來高一著那肯隨人腳轉要須是乾坤清晏天意未教公猛去要都俞了卻從公便歌書壽畢朱簾捲

寶鼎現 壽李端明

綠楊欲舞紅杏微笑春工漸後試傳指自從嘉定數到寶慶□□裏無一歲不書年大有問元功誰燮理於變雍熙□□□如此自當千歲 況是端笏蓬萊陛看雍容玉立山峙煉五色補天無跡扶日天衢光四被安清祏填羣心聲色恬然如談笑耳更八荒民生奠枕此著又當千歲 又況善述先猷嚴武備不

開邊鄙陰功徧南北千歲未多疇祉且說總是三千歲此際方□岐嶷聽今日處處笙歌何止南樓十二

念奴嬌 丙子自壽○本集作酹江月

平生有意把六經膏澤人人霑受自被子明康節輩浪說乘除先後遇合一一時英雄千古誰是高強手蹉跎歲晚臨風浩然搔首　今但入夢青山雲谿深處煙月生懷袖宿有十年蕭散願此段功緣須就因憶坡公仇池有約莫誤歸時候今朝對酒歌此與君爲壽

又 憶先廬春山之勝

歸來一笑尚看看趁得人間寒食阿壽牽衣仍問我雙鬢新來添白忍見庭前去年芳草依舊青青色西湖雨後綠波兩岸平拍　天教斷送流年三之一矣又是成疎隔燕子春寒渾未到誰說江南消息玉樹熏香冰桃翻浪好箇真消息這回歸去松風深處橫笛

又 初見海棠花

嫣然一笑向燭花光下經年纔見欲語還羞如有恨方得東君一盼天意無情更教微雨香淚流丹臉今朝霽色笙歌初沸庭院　因是思入東屏當年手植

徧桃源低岸失脚東來春七度辜負芳叢士限問訊
園丁寧如歸去細與從頭看東風獨立白雲遮斷雙
眼

傾杯樂 丁亥自壽○本集失樂字誤

鑾殿秋深玉堂宵永千門人靜問天上西風幾度金
盤光滿露濃銀井碧雲飛下雙鸞影迤邐笙歌笑語
羣仙隱隱更前問訊隨墜在紅塵今省 漸曙色曉風
淸迥更積靄沈陰都捲盡向窗前引鏡看來尚喜精
神炯炯便折簡浮邱共酌奈天也未教酩酊來歲卻
笑羣仙月寒空冷余家天都山乃浮邱仙升之地

醉蓬萊 壽王司直

算千葩百卉誰伴東風早春時候唯有江梅在人間
長久雪後霜前衝涉多少尚精神如舊歲歲年年酴
酥飲了便爲公壽 更向尊前席上細看人與梅花
稜稜爭瘦桃李漫山都落芳塵後和氣滿身參調玉
鉉表天然孤秀來歲今朝星闈霧閣一卮春酒

又丙申自壽

記蟾宮桂子撒向人間如今時候□□□□□□□
□□白下長干亂灘橫笛想昔游依舊大海一漚千
年一息誰稱彭壽 開徧門前丹蕊漸西風入東籬

釀成仙酒□□□□□□□□卓筆雞籠懸天寶蓋占斷宣徽秀來歲清茗公家事了斑衣藍綬

西江月 壬辰自壽

天上初秋桂子今歲七月月中桂子下庭前八月丹花一年一度見仙槎秋色分明如畫 願把陰功一脈燈燈相續無涯降祥作善豈其差永作漁樵嘉話

又 癸巳自壽

底事中秋無月元來留待今宵羣仙拍手度仙橋驚起眠龍夭矯 天上靈槎一度人間八月江潮西興渡口幾魂消癸丑八月侍親西興又見潮生月上

滿庭芳 雪登前嶺自己酉西江右雪行彌月四十七年無此樂也今再見之

未歲嘉平初旬日四雪中歸自崇唐山林湖海一氣接蒼茫踏盡玉龍千丈更一望龍尾天長須臾上高峯四顧迤邐過前岡 羣山如玉削松林百萬盡傅瓊霜渾疑是天際一鶴翱翔人道玉皇三六欲一叩風力方剛明朝好金烏銜燭八表散祥光

又 戊戌上元喜霽訪開桃洞

去臘飛花今春未已迤邐將度元宵俄然甲子青帝下新條淨掃一天沈靄紅輪滿大地山河從今好便

當聽取萬國起歌謠　有人當此際鉏雲深塢翦月中阿已占斷春風自種仙桃更扶疏桂影直從巖底上拂雲梢仍爲我長摩蒼石無負此清波

又戊戌自壽

人道蒼姬燠多寒少故教千歲綿綿算來春夏一氣本無偏底事今年玉曆秋未朔風露冷然君知否山深地僻自是早霜天　如今當此去十分親切面問嬋娟何須看仙槎海上重還好在金英玉屑□爲我滿泛金船仍傳語橫江秀石□永鎖三川

減字木蘭花

不應雙睫看盡人間花與雪曾是當時一朶紅雲擁石飛　如今正好萬綠千紅深處坐也使春工喚作天池五月風

洛水詞

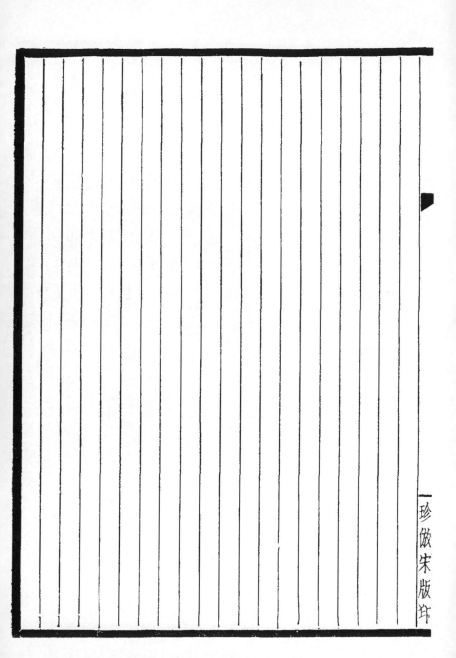

字懷古休寧人世系本河北洛川自號洛水遺民十歲詠冰便有莫言此物渾無用曾向滹沱渡漢兵之句舅氏黃寺丞叱爲非常兒挾以自隨以平生所得二吳之學及有聞於程大昌者悉以付之由鄉薦旅試南宮時丞相趙公典擧見其文曰天下奇才也擢魁多士或以道學相猜置本經第二論者莫不稱抑嘗讀宋史詳其功業恨未得全集讀之癸酉中秋衍門從秦淮購得端明洛水集二十六卷雖考之伊子誌中卷次遺逸甚多而大略已槩見矣先輩稱其宗歐蘇而長於文章洵哉急梓其詩餘二十有一調以存其人云古虞毛晉記

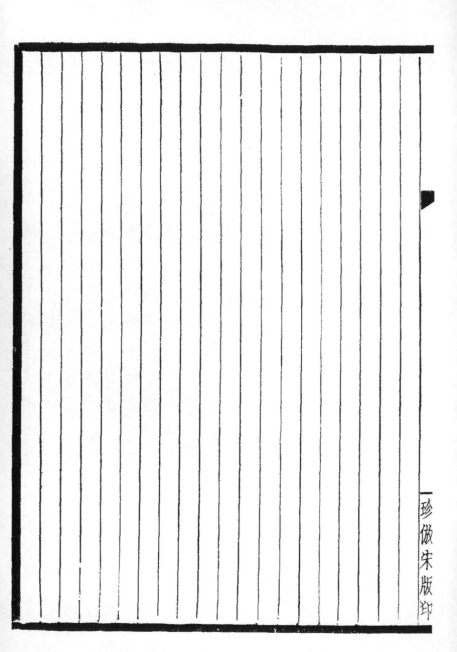

歸愚詞

目錄

歸愚詞目錄

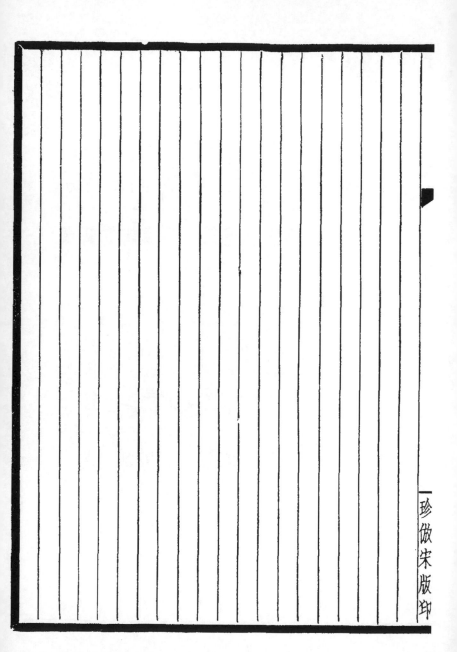

歸愚詞

宋 葛立方

滿庭芳 催梅

霜葉停飛冰魚初躍梅花猶閟芳叢剪酥裝玉應爲費天工爭奈江南驛使征鞍待一朵香濃憑誰報冰肌仙子聞早駕飛龍 溶溶春意動寒姿未展終愧羣紅與斬新末上開伴長松要看黃昏庭院橫斜映霜月朦朧蘭堂畔巡簷索笑誰羨杜陵翁

又 和催梅

未許蜂知難交雀啅芳叢猶是寒叢東方解凍春仗做春工何事仙葩未放寒苞祕冰麝香濃應須是驚聞羯鼓誰敢噴髯龍 梅花君自看丁香已白桃臉將紅結歲寒三友久遲筠松要看含章簷下閒妝靚春睡朦朧知音是凍雲影底鐵面葛仙翁

又 探梅

狂吹鳴籟祥霙剪水分明欺壓寒梅冰威初斂曦影上池臺應有一番和氣南枝上恐有春來須勤探呼吾筇杖屐齒上蒼苔 春風渾未到徘徊香徑巡繞千迴見瓊英一點小占條枚且看先鋒鬬艷看看便繁蕾齊開香浮動微熏詩夢須更著詩催

又賞梅

臘雪方凝春曦俄漏畫堂小秩芳筵玉壺仙蕊簾外冪瑤煙莫話青山萬樹聊須對一段孤姸杯行處香參鼻觀百濯未爲賢　吾盧何處好繡香竹畔偶桂溪邊且爲渠珍重滿泛金船已拚春酲一枕如今且醉倒花前花飛後歡呼一笑又是說明年

又泛梅

庾信何愁休文何瘦范叔一見何寒梅花酷似索笑畫檐看便肯嫣然一笑疎籬上玉臉冰顏須勤賞莫教青子半著樹頭酸　朱闌聊掩映崑崙頂上琪樹團欒命兒曹班坐草草杯盤旋折溪邊□朶璚蕤泛蕉葉杯寬從教□尊前有客拍手笑頹山

又簪梅

弄月黃昏封霜清曉數枝影墮溪濱化工仙手幻出一番新片片雕酥碾玉寒苞似已洩香塵聊相對畸人投分尊酒認荀陳　吾年今老矣佳人薄相笑插林巾愧蒼顏白髮回授烏雲玉鏡臺邊試看相宜是淺笑輕顰君知否壽陽額上不似髮邊春

又評梅

一陣清香不知來處元來梅已舒英出籬含笑芳意

爲人傾細看高標孤韻誰家有別得花人應須是魏徵嫵媚夷甫太鮮明　北枝方半吐水邊疎影綽約娉婷問橫空皎月匝地寒霙何似此花清絕憑君爲子細推評幽奇處素娥青女著意爲橫陳

又

扉映琉璃窗搖雲母水堂新甃雲灣際天波面玉鏡寶匳寬闌外青山幾曡瑤煙斂影落千鬟寒汀晚蘆花飛雪風定白鷗閒　塵寰何處有方壺圓嶠弱水波翻問何如藜杖此地躋攀種竹今逾萬个風枝靜日報平安他年事蒼雲屯處千畝看棲鸞

又五姪將赴當塗自金壇來別

栗里田園烏衣門巷別來幾換星霜華陽仙窟翠桁綵衣香夢墮當塗風月披絳帳欲指鱣堂浮鷗外來寧老子特泛霅溪航　相逢春正好梅舒香白柳曳宮黃且相將一笑樂未渠央須念離多會少難輕負百榼霞漿深深觀舞回飛雪樂奏小宮商

又胡汝明罷帥歸坐間次韻作

江國麾幢邊城鼓角溢川幾報嚴更笑談油幕英傑爲時生腹貯六韜三略新詩就矛槊頻橫功名事他年未晚一笴落欃槍　歸來何早計白蘋洲畔銫穫

深耕又何如竹帛彝鼎垂名犀節徵還伊趁春風外文鷁催行巖廊上談兵齒頰讜論佐休明

錦堂春慢 正旦作

氣應三陽氛澄六幕翔烏初上雲端問朝來何事喜動門闌田父占來好歲星說道宜官擬更憑高望遠春在煙波春在晴巒 歌管雕堂宴喜任重簾不捲交護春寒況金釵整整玉樹團團柏葉輕浮重醑梅枝巧綴新幡共祝年年如願壽過松椿壽過彭聃

水龍吟 遊釣臺作

九州雄傑溪山遂安自古稱佳處雲迷半嶺風號淺瀨輕舟斜渡朱閣横飛漁磯無恙鳥啼林塢弔高人陳迹空瞻遺像知英烈垂千古 憶昔龍飛光武悵當年故人何許羊裘自貴龍章難換不如歸去七里溪邊鸕鶿源畔一蓑煙雨嘆如今宕子翻將釣手遮日向西秦路

菩薩蠻 侍飲賞黄花

井梧葉葉秋風晚東籬點點金錢滿開急為重陽日烘深院香 幽姿無衆草莫恨生非早嚼蕊傍池臺壽公桑落杯

風流子 元旦作

夜半春陽啓東風峭猶帶去年寒嘆榆塞戰塵玉關煙燧壯心耿耿青鬢斑斑又還是一年頭上到日月信跳丸門帖繪雞曆頌金鳳酒浮柏葉人頌椒盤幽園春信近簾櫳靜小宴取次追歡聊□水沈煙裊清唱聲閒況良辰漸有梅舒瓊蕊柳搖金縷巧綴新旛莫惜醉吟親側衣曳荊蘭

又

細草芳南苑東風裏贏得一身閒見花朵繡田柳絲絡岸沼冰方泮山雪初殘又還是隴頭春信動梅蕊入征鞍月裏暗香水邊疏影淡妝宜瘦玉骨禁寒泛金溪上好閒幽戶聊面翠麓雲灣知道醉吟甚老名利難關算書帷意嬾宦塗遊倦舊時習氣惟有躋攀擬待杖藜花底直到春闌

多麗 賞梅

冷雲收小園一段瑤芳乍春來未回窮臘幾枝開犯嚴霜傍黃昏暗香浮動照清淺疏影低昂卻月幽姿含章媚態姮娥姑射下仙鄉倚闌看殷勤持酒索笑也何妨堪憐處東君不管獨自凄涼 算何人爲伊銷斷古今才子篇章有西湖賦詩處士□東閣年少臺郎驛使來時吳王醉處幾番牽動廣平腸贊宴賞

微酸如豆又是隔年長高樓外莫教羌管吹墮寒香

又七夕遊蓮蕩作

破波光如鏡三翼輕舟對雨餘重巖壘嶂何妨影墮清流望芙蕖渺然如海張雲錦掩映汀洲出水奇姿淩波豔態眼看一葉弄新秋恍疑是金沙池內玉井認峯頭花深處田田葉底魚戲龜遊　正微涼西風初度一彎斜月如鉤想天津鵲橋將駕看寶匳蛛網初抽晒腹何堪穿針無緒不如溪上少淹留競笑語追尋惟有沈醉可忘憂憑清唱一聲檀板驚起沙鷗

沙塞子詠梅

天生玉骨冰肌瘦損也知他爲誰寒底傲霜淩雪不教春知　高樓橫笛試輕吹要一片花飛酒巵拚沈醉帽簷斜插折取南枝

春光好立道生日作

去年曾壽生朝正黃菊初舒翠翹今歲雕堂重預宴梨雪香飄是時梨花盛開故云　明年應傍丹霄看寶胯重重在腰鵲尾吹香籠繡段且醉金蕉

又寒食將過淮作

禁煙卻釀春愁正繫馬清淮渡頭後日清明催疊鼓應在揚州歸時元巳臨流要綺陌芳郊恣遊三月

爵懷當一洗莫放觥籌

西江月 開爐

風送丹楓捲地霜乾枯葦鳴溪獸爐重展向深閨紅入麒麟方熾 翠箔低垂銀蒜羅幃小釘金泥笙歌送我玉東西誰管瑤花舞砌

蝶戀花 冬至席上作

緹室葦陰清曉散灰動葭莩漸覺微陽扇日永繡工才一線挈壺已報添銀箭 六幕無塵開碧漢非霧非煙彷彿登臺見梅萼飄香縈小宴霞斝莫放琉璃淺

清平樂 子直過省生日侯殿試席間作

文章驚世半挹南宮第蟾窟澄輝天似洗折得窅窊丹桂 當年蓬矢生賢流霞滿祝長年更願巨鼇連釣楓宸第一臚傳

減字木蘭花 四姪過省候廷試席上作

搖毫鑄藻縱有徽之應壓倒萬里鵬程南省今書淡墨名 臚傳丹陛月裏桂花先著袂雁塔高題玉季巍科尚覺低

又 章甥築地相望作

張南周北漫說清漳搖紺碧何似幽棲甥舅相望共

一溪　璇題沙版不用買隣糜百萬餘戶增輝庭列
芝蘭戶戟枝

水調歌頭

睡鴨凝香縷白酒瀉無聲郊墟不辨羊酪照筋紫絲
蓴此去青山深處邀得白雲爲伴絕意請長纓一舸
背君去幾幅布帆輕　帝恩重容祿隱吏祠庭膝閒
文度安親得計是揚名珍重金蘭交契共惜匆匆別
去送我幾煙林異日懷君處凝睇亂層岑

玉漏遲

窗戶明環堵山容黛染水光綃舞荷蓋擎煙花映步
波神女嫩臉鉛華掩素無語向熏風凝竚晴又雨征
轉隱隱雲洲沙渚　須臾風捲還晴看洩丹囊乍飄
沈灶魚颭荷衣珠顆亂傾無數休話金沙玉井爭似
我神龜處觴爲舉何人解歌金縷

行香子

風透紗窗葉落銀牀夾纈林吹下嚴霜新翦浮蟻班
坐飛觴有巖中秀籬中艷洛中香　金鈿放蕊玉粒
爭芳噴年年來趁清商不應素節還有花王看正封
詩龜年調太真狂

玉樓春　雪中擁爐聞琵琶作

青女飛花濃翦水寒氣霏微度窗紙人閑那得骨爲
簾罏有麒麟尊有蟻　笙簧凍澁閑纖指香霧暖熏
羅帳底卻教試作忽雷聲往往驚開桃與李

鷓鴣天 小孫周晬席上作

榴花庭院戲氍毹水翦雙眸畫不如莫恨未能通瑟
僩只今先已辯之無　虎睛淺綴新花帽龍腦濃熏
小繡襦乃祖未須貼厥力及時須讀五車書

浪淘沙 子直新第落成席上作

休看輞川圖未是幽居何如雲水繞儲胥新溼青紅
開棟宇霧拱風疏　小圃秀郊墟花破平蕪五峯列
影水平鋪只欠五城樓十二便是蓬壺

卜算子 賞荷以蓮葉勸酒作

明鏡蓋紅蕖軒戶臨煙渚翠翠珠簾淡淡風香裏開
尊俎　莫把碧筒彎恐帶荷心苦喚我溪邊太乙舟
瀲灩盛芳醑

又 席間再作

裊裊水芝紅脈脈蒹葭浦淅淅西風淡淡煙幾點疏
疏雨　草草展杯觴對此盈盈女葉葉紅衣當酒船
細細流霞舉

夜行船 章甥婚席間作

百尺雕堂懸蜀繡珠簾外玉闌瓊甃調鼎名家吹簫
賢冑新卜鳳凰佳耦　銀葉添香香滿袖滿金杯壽
君芳酒喜動蟾宮祥生熊帳應在細君歸後

雨中花 睢陽途中小雨見桃李盛開作

壯歲嬉遊樂事幾經青門紫陌芳春未見廉纖膏雨
浥花塵濯錦寶絲增豔洗妝玉頰尤新向韶光濃處
點染芳菲總是東君　蘇州老子經雨南園爲誰一
掃花林誰信道佳聲著處肌潤香勻曉洗何郎湯餅
暮留巫女行雲寄言遊子也須留聘小駐蹄輪

又 奉使途中作和前韻

寄徑睢陽陌上忽看夭桃穠李爭春又見楚宮行雨
洗芳塵紅豔霞光夕照素華瓊樹朝新爲奇姿芳潤
擬倩遊絲留住東君　拾遺杜老猶愛南塘寄情蘿
薜山林爭似此花如姝麗獺髓輕勻不數江陵玉杖
休誇花島紅雲少須澄霽一番清影更待冰輪

好事近 歸有期作

幾騎漢旌迴喜動滿川花木遙睇清淮古岸散離愁
千斛　煙籠沙嘴定連艘鷁腳蘸波綠歸話隔年心
事秉夜闌銀燭

又 和子直惜春

歸日指清明肯把話言輕食已是飛花時候賴東風無力　青帘沽酒送春歸莫惜萬金擲屈指明年春事有紅梅消息

眼兒媚回至汴京喜而成長短句

暫時莫蕩出燕然冰柱凍層簷時節馬蹄歸路楊花亂撲征韉　如今歸去銀鐺宜見七寶牀邊待得退朝花底家人爭捲珠簾

歸愚詞

珍做宋版郑

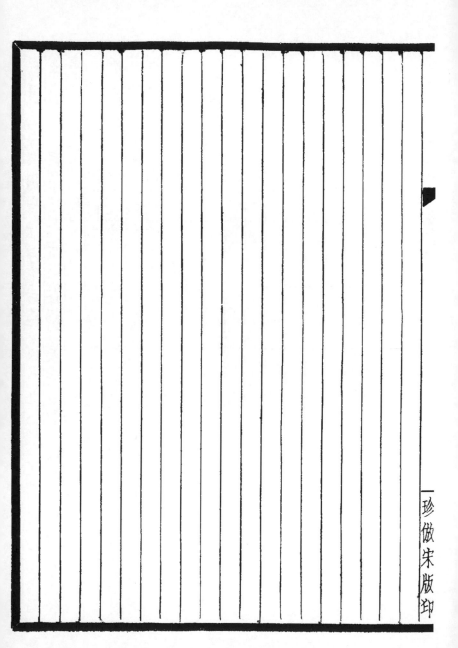

字常之清孝公書思之孫文康公勝仲之子文定公鄧之父也丹陽人後以文康守吳興因家於泛金溪與弟立象同登紹興戊午進士第所著西疇筆耕五十卷方輿別志二十卷歸愚集五十卷外制集五卷其膾炙人口者莫如韻語陽秋二十卷前有小引以晉人褚裒自況託故人徐林爲之序未果而卒復於夢中索之豈文人平生得力處至死未能已已耶其自題草廬曰歸愚識夷塗游宦泯捷徑故文集與詩餘俱名歸愚第其中如雨中花眼兒媚諸調俱不合譜未敢妄爲更定云古虞毛晉記

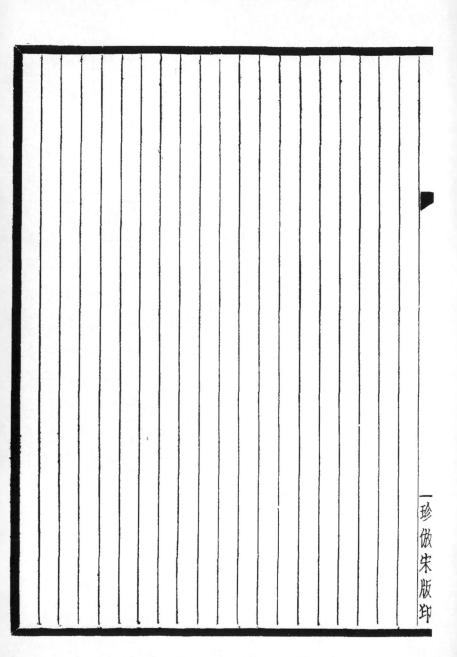

龍洲詞

目錄

龍洲詞目錄

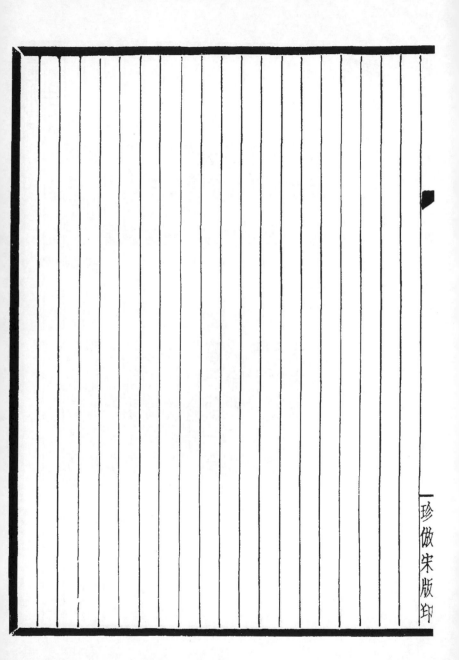

宋　劉　過

六州歌頭　弔武穆鄂王忠烈廟

中興諸將誰是萬人英身草莽人雖死氣填膺尚如生年少起河北劍三尺弓兩石定襄漢開虢洛洗洞庭北望帝京狡兔依然在良犬先烹過舊時營壘荆鄂有遺民憶故將軍淚如傾　說當年事知恨苦不奉詔僞耶眞臣有罪陛下聖可鑒臨一片心萬古分茅土終不到舊姦臣人世猶自白日照忽開明衮佩冕圭百拜九原下榮感君恩看年年三月滿地野花春鹵簿迎神

又　淮西帥李訦和仍爲書廟額

高皇神武拿駕馭豪英攘北狄驅羣盜命天膺救蒼生奈夢繞沙漠隔溫凊屈和好召大將歸兵柄列樞庭公指汴京威已振河洛不顧身烹失一時幾會嗟左袵吾民痛岳家軍孰扶傾　久沈寃憤七十載還復遇帝王眞表遺烈錫王號日照臨激士心始識安劉計寧禍已是忠臣我乘傳訪壁壘想精明英氣凜然若在仍題扁昭揭天恩笑原頭荒草一死不能春交怨人神

又

鎮長淮一都會古揚州升平日珠簾十里春風小紅樓誰知艱難去邊塵暗胡馬擾笙歌散衣冠渡使人愁屈指細思血戰成何事萬戶封侯但瓊花無恙開落幾經秋故壘荒邱似含羞　悵望金陵宅丹陽郡山不斷綢繆興亡夢榮枯淚水東流甚時休野竈炊煙裏依然是宿貔貅嘆燈火今蕭索尚淹留莫上醉翁亭看濛濛雨楊柳絲柔笑書生無用富貴拙身謀騎鶴來遊

沁園春 代壽韓平原

玉帶金魚綠鬢朱顏神仙畫圖把擎天柱石空留綠野濟川舟楫閑倚西湖天欲安劉公歸重趙許大元勳誰得如平章看直人如伊呂世似唐虞　不須別樣規模但收攬人才多用儒況自昔軍中膽能寒虜而今胸次氣欲吞吳紫府真人黑頭元宰收斂神功寂似無歸來好正芝香棗熟鶴瘦松癯

又 張路分秋閱作

萬馬不嘶一聲寒角令行柳營見秋原如掌鎗刀突出星馳鐵騎陣勢縱橫人在油幢戎韜總制羽扇從容裘帶輕君知否是山西將種曾繫詩名　龍蛇紙

上飛騰看落筆四簷風雨驚便塵壁沙出塞封侯萬里印金如斗未愜平生拂試腰間吹毛劍在不斬樓蘭心不平歸來晚聽隨車鼓吹也帶邊聲

又 送辛幼安弟赴桂林官

天下稼軒文章有弟□看來遲正三齊盜起兩河民散勢傾上國泛泛如杯猛士雲飛狂胡灰滅幾會之來人共知何爲者望桂林西去一騎星馳 離筵不用多悲喚紅袖佳人分藕絲種黄柑千戶梅花萬里等閒遊戲畢竟男兒入幕來南籌邊如北翻覆手高來去某公餘且盡玉簪朱履倩米元暉

又 寄辛稼軒

古豈無人可以似吾稼軒者誰擁七州都督雖然陶侃機明神鑒未必能詩常袞何如公羊聊爾千騎東方侯會稽中原事總匈奴未滅畢竟男兒 平生出處天知算整頓乾坤終有時問湖南賓客侵尋去矣江西戶口流落何之盡日樓臺四邊屏障目斷江山魂欲飛長安道算世無劉表王粲疇依

又 寄孫竹湖

問訊竹湖竹如之何如何未歸道吳山越水無非佳處來無定止去亦何之只怕秋來未能志耳心與輕

雲一樣飛愁無奈但北窗寄傲南澗題詩　人生萬
事成癡算世上久無公是非恨雲臺突兀無君子者
雪堂流落有美人兮疏雨梧桐微雲河漢鐘鼎山林
無限悲陽山縣時昌黎悞汝汝悞昌黎

又盧菊澗座上時座中有新第宗室

一劍橫空飛過洞庭又爲此來有汝陽璡者唱名殿
陛玉川公子開宴尊罍四舉無成十年不調大宋神
仙劉秀才如何好將百千萬事付兩三杯　未嘗戚
戚于懷嘆自古英雄安在哉看錢塘江上潮生潮落
姑蘇城裏花謝花開道號書生強名舉子漸老雪從
頭上催誰羨汝擁三千珠履十二金釵

又寄辛承旨時承旨招不赴○注或作風雪中
欲詣稼軒久寓湖上未能一往賦此以解

斗酒彘肩風雨渡江豈不快哉被香山居士約林和
靖與坡仙老駕勒吾回坡謂西湖正如西子濃抹淡
妝臨照臺二公者皆掉頭不顧只管傳杯　白云天
竺去來圖畫裏崢嶸樓閣開愛縱橫二澗東西水繞
兩峯南北高下雲堆逋曰不然暗香浮動不若孤山
先訪梅須晴去訪稼軒未晚且此徘徊

又送人赴營道宰

萬里湖南江山歷歷此吾舊遊看飛鳧仙子張帆直上周郎赤壁鸚鵡滄洲盡吸西江醉中橫笛人在岳陽樓上頭波瀾靜泛洞庭青草東整蘭舟　長沙會府風流有萬戶娉婷簾玉鉤恨楚城春晚岸花檣燕還將客送不是人留且喚陽城更招元結摩撫三關歌詠休心期處算世間真有騎鶴揚州

又 贈豐城王禹錫

自注銅瓶作梅花供尊前數枝說邊頭舊事人生消得幾番行役問我何之小隊紅旗黃金作印直待封侯知幾幾時杯行處想淋漓一醉明日東西　如椽健筆鸞飛重爲寫春風陌上詞便平生豪氣消磨酒裏世間此樂兒輩爭知霜冷貂裘夜寒如水飲到月斜猶未歸仙山路有笙簧度曲聲到琴絲

又 遊湖

柳思花情湖山應怪先生又來想舊時談舌依然解便六丁奔走驅斥風雷翠袖傳觴金貂換酒痛飲何妨三百杯人間世算謫仙去後誰是天才　碧窗畫鼓船齋胸次與乾坤一樣開試雲間招手下呼餘子逡巡去矣但覺塵埃若是花時無風無雨一日須來一百回教人道□玉山自倒不用人推

又蘇州黃尚書同夫人春聚遊報恩寺

綏鑾徐驅兒童聚觀神仙畫圖放芹泥雨過芹香路輭金蓮自策小小籃輿傍柳題詩穿花勸酒嬾惹攀條得自如山行處有松篁夾道不用傳呼　清泉石下盤紆算風景江淮各異殊記東坡賦好紗籠舊壁西山句妙簾捲晴虛白玉堂深黃金印大無此文君載後車杯行處相淋漓醉墨真草行書

又美人指甲

銷薄春冰碾輕寒玉漸長漸彎見鳳鞵泥汚偎人強剔龍涎香斷撥火輕翻學撫瑤琴時時欲翦更掬魚鱗波底寒纖柔處試摘花香滿鏤棗成斑　時將粉淚偷彈記綰玉曾教柳傳看算恩情相著搔便玉體歸期暗數畫徧闌干每到相思沈吟靜處斜倚朱脣皓齒閒風流甚把仙郎暗掐莫放春閒

又美人足

洛浦淩波爲誰微步輕塵暗生記踏花芳徑亂紅不損步苔幽砌嫩綠無痕襯玉羅慳銷金樣窄載不起盈盈一段春嬉遊倦笑教人款撚微褪些根　有時自度歌聲悄不覺微尖點拍頻憶金蓮移換文鴛得侶繡茵催衮舞鳳輕分懊恨深遮牽情半露出沒風

前煙縷裙知何似似一鉤新月淺碧籠雲

八聲甘州 送湖北招撫吳獵

問紫巖去後漢公卿不知幾貂蟬誰能借留侯筯著祖生鞭依舊塵沙萬里河洛染腥羶誰識道山客衣鉢曾傳　共記玉堂對策欲先明大義次第籌邊況重湖八桂袖手已多年望中原驅馳去也擁十州牙纛正翩翩春風早看東南王氣飛繞星躔

四犯翦梅花 上建康錢太郎壽

水殿風涼賜環歸正是夢熊華旦解連環疊雪羅輕稱雲章題扇醉蓬萊西清侍宴望黃傘日華籠輦雪獅兒金券三王玉堂四世帝恩偏眷醉蓬萊□臨安記龍飛鳳舞信神明有後竹梧陰滿解連環笑折花看橐荷香紅潤醉蓬萊功名歲晚帶河與礪山長遠雪獅兒麟脯杯行狨薦坐穩內家宣勸醉蓬萊

小桃紅 在襄州作○譜注詠美人畫扇

曉一作晚非入紗窗靜戲弄菱花鏡翠袖輕勻玉纖彈去小妝紅粉畫行人愁外兩青山與尊前離恨宿酒醺難醒笑記香肩並暖借蓮腮碧雲微透暈眉斜印最多情生怕外人猜拭香津微揾

天仙子 初赴省別妾于三十里頭○或作水仙

子誤

別酒醺醺渾易醉回過頭來三十里馬兒不住去如飛牽一憩坐一憩斷送殺人山與水　是則是青山終可喜不道恩情拚得未雪迷村店酒旗斜去則是住則是煩惱自家煩惱你

竹香子同郭季端訪舊不遇有作

一項窗兒明快料想那人不在熏籠脫下舊衣裳件件香難賽　匆匆去得忒喲這鏡兒也不曾蓋千朝百日不曾來沒這些兒箇采

賀新郎

彈鋏西來路記匆匆經行數日幾番風雨夢裏尋秋秋不見秋在平蕪遠渚想雁信家山何處萬里西風吹客鬢把菱花自笑人憔悴留不住少年去　男兒事業無憑據記當年擊筑悲歌酒酣箕踞腰下光芒三尺劍時解挑燈夜語更忍對燈花彈淚喚起杜陵風雨手寫江東渭北相思句歌此恨慰羈旅

又贈鄉人朱唐卿

多病劉郎瘦最傷心天寒歲晚客他鄉久大舸翩翩何許至元是高陽舊友便一笑相歡攜手與問武昌城下月又何如揚子江頭柳追往事兩眉皺　燭花

自翦明如畫喚青娥小紅樓上殷勤勸酒呢呢琵琶恩怨語春筍輕籠翠袖看舞徹金釵微溜若見故鄉吾父老道長安市上強如舊重會面幾時又

又 贈張彥功

曉印霜花步夢半醒扶上雕鞍馬嘶人去嵐溼青絲雙轡冷暖拴野梅江路聽畫角吹殘更鼓悲壯寒聲撩客恨甚貂裘重擁愁無數霜月白照離緒 青樓回首家何處早山遙水闊天低斷腸煙樹誰念天涯牢落況輕負暖煙濃雨記酒醒香銷時語客裏歸韉須早發怕天寒風急相思苦應看我翠眉聚

又 遊西湖

睡覺啼鶯曉醉西湖兩峯日日買花簪帽去盡酒徒無人問唯有玉山自倒任拍手兒童爭笑一舸乘風翩然去避魚龍不見波聲悄歌韻遠喚蘇小 神仙路遠蓬萊島紫雲深參差禁時刻缺禁字非樹有煙花繞人世紅塵西障日百計不如歸時刻多去字非好付樂事與他年少費盡柳金梨雪句問沈香亭北何時召心未愜鬢先老

又 平原納寵姬奏方響席上賦

倦舞輪袍後厭秦箏嬌鸞未嫁怨新懷舊別有豔妝

豪勢樂春筍微揎翠袖試一曲琅璈初奏莫放珠簾
容易捲怕人知世有梨園手雙臂冷釧金瘦　燭花
對翦明於晝正晝堂深曲屏山灰紅圍獸□□□□
依舊皺□□□鶯囀柳聽箭落銅壺銀漏一片雄心
天外去爲聲清響徹雲霄透人醉也尚呼酒

又

院宇重重掩醉沈沈亭陰轉午繡簾高捲金鴨香濃
噴寶篆驚起雕梁語燕正架上酴醾開徧嫩萼梢頭
舒素臉似月娥初試宮妝淺風力嫩異香輕　佳人
無意拈針線繞朱闌六曲徘徊爲他留戀試把芳心
輕輕數暗計歸期近遠奈數了依然重怨把酒問春
春不管枉教人只恁空腸斷斷腸斷處怎消遣

又自跋云去年秋余試牒四明賦贈老娼至今
天下與禁中皆歌之江西人來以爲鄧南秀
詞非也

老去相如倦向文君說似而今怎生消遣衣袂京塵
曾染處空有香紅尚軟料彼此魂銷腸斷一枕新涼
眠客舍聽梧桐疏雨秋風顫燈暈冷記初見　樓低
不放珠簾捲晚妝殘翠蛾狼藉淚痕流臉人道愁來
須殢酒無奈愁深酒淺但託意焦琴紈扇莫鼓琵琶

江上曲怕荻花楓葉俱淒怨雲萬壘寸心遠

水龍吟

謫仙狂客何如看來畢竟歸田好玉堂無此三山海上虛無縹緲讀罷離騷案香猶在覺人間小任菜花葵麥劉郎去後桃開處皆多少　一夜雪迷蘭棹傍寒溪欲尋安道而今縱有劉郎冰柱有知音否想見鸞飛如椽健筆檄書親草算平生白傳風流未肯問香山老

念奴嬌　回侍郎李大異

知音者少算乾坤許大著身無處直待功成方始退何日可尋歸路多景樓前垂虹亭下一枕眠秋雨虛名相誤十年枉費辛苦　不是奏賦明光獻書北闕無驚人之語我自匆忙天未肯贏得衣裙塵土白壁堆前黃金酬笑付與君爲主蓴鱸江上浩然明日歸去

滿江紅　同襄陽帥泛湖

獵獵風蒲畫船轉碧波灣浦都不是柳汀桃岸橘洲梅渚指點山公騎馬地經由羊祜登山處悄一如人在水晶宮消袢暑　薰風動簾帷舉秦箏奏凌波舞拼冰壺沈醉晚涼歸去侵岸一篙楊柳淚過雲幾點

荷花雨倚樓人十里凭闌干神仙侶

又 高帥馮太尉席上

敵面輕風一兩點海棠微雨春總在英雄元帥曉來遊處樓閣萬家簾幕捲江郊十里旌旗駐有黃鸝百舌囀新聲垂楊舞　寒食近笙簫鼓車馬鬧銅鞮路拚尊前一醉與花爲主風韻可將圖障畫笑談盡是文章路問何如鄒湛赴江頭陪羊祜

水調歌頭 晚春○一作春半

春事能幾許密葉著青梅日高花困海棠風急想都開不惜春衣典盡只怕春光歸去片片點蒼苔能得幾時好追賞莫徘徊　雨飄紅風換翠苦相催人生行樂且須痛飲莫辭杯坐則高談風月醉則恣眠芳草醒後亦佳哉湖上新亭好何事不曾來

又

刀劍出榆塞鉛槧上蓬山得之渾不費力失亦匹如閑未必古人皆是未必今人俱錯世事沐猴冠老子不分別內外與中閒　酒須飲詩可作鋏休彈人生行樂何事催彼鬢毛斑達則牙旗金甲窮則蹇驢破帽莫作兩般看世事只如此自有識鵷鸞

祝英臺近 同妓遊帥司東園

窄輕衫聯寶轡花裏控金勒有底風光都在畫闌側
日遲春暖融融杏紅深處爲花醉一鞭春色　對嬌
質爲我歌捧瑤觴歡聲動阡陌□似多情飛上鬢雲
碧晚來約住青驄踏花歸去亂紅碎一庭風月

又

笑天涯還倦客欲起病無力風雨春歸一日近一日
看人結束征衫前呵騎馬腰劍上隴西平策　鬢紛
白只可歸去家山無田種瓜得空抱遺書憔悴小樓
側杜鵑不管人愁月明枝上直啼到枕邊相見

轆轤金井　席上贈馬僉判舞姬

翠眉重拂後房深自喚小鬟嬌小繡帶羅垂報濃妝
纔了堂虛夜悄但夜約鼓簫聲鬧一曲梅花尊前舞
徹梨園新調　高陽醉山未倒看鬢飛鳳翼釵褪微
溜秋滿東湖更西風涼早桃源路杳記流水泛舟曾
到桂子香濃梧桐影轉月寒天曉

糖多令　安遠樓小集侑觴歌板之姬黃其姓者乞詞于龍洲道人爲賦此糖多令同柳阜之劉去非石民瞻周嘉仲陳孟參孟容時八月五日也○譜注重過武昌○糖一作唐

蘆葉滿汀洲寒沙帶淺流二十年重過南樓柳下繫

船猶未穩能幾日又中秋　黃鶴斷磯頭故人曾到不舊江山渾是新愁欲買桂花同載酒終不似少年遊

臨江仙 四景

半雨半晴模樣乍寒乍熱天時榴花香逐溼風飛綠雲翻碧浪水急轉前溪　誰知清涼意思珊瑚枕冷先知秋光預若借些兒賸催金粟鬧素魄好揚輝

蝶戀花 贈張守寵姬

簾幕聞聲歌已妙一曲尊前真個梅花早眉黛兩山誰爲掃風流京兆江南少　醉得白鬚人自老□□侯鯖舊也曾年少後夜短篷霜月曉夢魂依約雲山繞

謁金門 京口賦與歌者侑尊

歸不去船泊早春梅渚試聽玉人歌白苧行雲無覓處　翦燭寫詩無語漠漠寒生窗戶明日短篷眠夜雨寶釵空半股

又 秋興

秋無惡愁怯羅衾風弱雨線垂垂晴又落輕煙籠翠箔　休道旅人蕭索生怕香濃灰薄桂子莫愁孤酒約詩情冗落魄

鷓鴣天

樓外雲山千萬里畫眉人隔小簾櫳風垂舞柳春猶淺雪點酥胸暖未融　攜手處又相逢夜闌心事與郎同一杯自勸羔兒酒十幅銷金暖帳籠

柳梢青　送梅妓

泛菊杯深吹梅角遠同在京城聚散匆匆雲邊孤雁水上浮萍　教人怎不傷情屈指人心幾人後夜相思塵隨馬足自逐舟行

好事近　詠茶筅

誰斫碧琅玕影撼半亭風月尚有歲寒心在留數根華髮　龍孫戲弄碧波濤隨手清風發瀼到淚花深處□一甌香雪

清平樂　贈妓

忺憎憎地一捻兒年紀待道瘦來肥不是宜著淡黃衫子　脣邊一點櫻多見人頻斂雙蛾我自金陵懷古唱時休唱西河

醉太平　閨情　○時刻誤潛夫

情高意真眉長鬢青小樓明月調箏寫春風數聲思君憶君魂牽夢縈翠綃香暖雲屏更那堪酒醒

西江月　賀詞　○或刻辛稼軒

堂上謀臣樽俎邊頭將士干戈天時地利與人和燕
可伐與曰可　今日樓臺鼎鼐明年帶礪山河大家
齊唱大風歌同日四方來賀

龍洲詞

改之家於西昌自號龍洲道人爲稼軒之客爲小詞亦多相溷如堂上謀臣尊俎之類是也宋子虛稱爲天下奇男子平生以氣義撼當世其詞激烈讀者感焉花庵謂其詞學辛幼安如別妾天仙子詠畫眉小桃紅諸闋稼軒集中能有此纖秀語耶古虞毛晉識

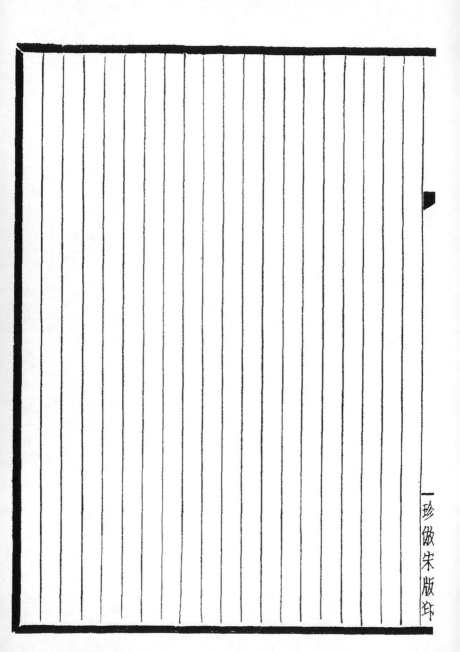

初寮詞

目錄

初寮詞目錄

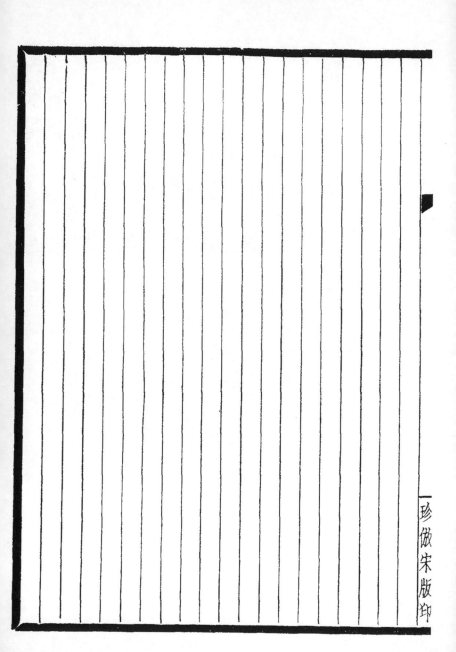

初寮詞

宋　王安中

虞美人 雁門作

千山青比妝眉淺却奈眉峯遠玉人元自不禁秋更算惱伊深處月當樓　分攜不見憑闌際只料無紅淚萬千應在錦回紋囑付斷鴻西去問行雲

又

星郎才思生瑚管四海聲名滿尊前新唱更新妍況有玉人相勸捧酡顏　芙蓉幕下同時客年少那重得且尋幽夢賦高唐莫爲浮名容易卻相妨

又 贈李士美

清商初入昭華琯宮葉秋聲滿草麻初罷月嬋娟想見明朝喜色動天顏　持杯滿勸龍頭客榮遇時方得詞源三峽瀉瞿塘便是醉中宣去也無妨

又 和趙承之送權朝美按伴

文昌郎自文無比風露行千里試尋天上使星看卻見錦衣白晝過鄉關　邊城落照孤鴻外聯壁人相對應吟紅葉送清秋向我舊題詩處更重遊

浣溪紗 看雪作

慵整金釵縮指尖曉奩猶自入疏簾綠窗清冷臉紅

添　妬粉儘饒花六六迴風從鬬玉纖纖不成香暖也相兼

又　柳州作

宮顰慳裁翡翠輕文犀鬆串水晶明颭颭風新樣稱娉婷　帶笑緩搖春筍細障羞斜映遠山橫玉肌無汗暗香清

玉樓春

秋鴻只向秦箏住終寄青樓書不去手因春夢有攜時眼到花開無著處　泥金小字蠻牋句淚溼殘妝今在否欲尋巫峽舊時雲問取陽關西去路　花庵詞選稍異

又　送耿太尉赴闕

堯天雨露承新詔珂馬風生趨急召玉符曾將虎牙軍金殿還陞龍尾道　征西鎮北功成早仗鉞登壇今未老尊前休更說燕然且聽陽關三疊了

綠頭鴨　大名獻宮作

魏都雄鳳凰飛觀雲閒佩麟符荀池元老暫醉西省仙班憩甘棠池澄遠籟詠華黍河卷鶩瀾碧草淒迷丹毫冷落圜扉鈴索鎮長閑繡筵展三台星近鏘玉韻珊珊金尊瀲灩新醅方薦薄暑初殘　政成時歡餘

客散後園朱戶休關度秋風畫闌枕水桂夜月雕檻騎山錦帳籠香鸞釵按曲琵琶雙轉語綿蠻勸行傍眉黃氣先報袞衣還登庸際應褒舊德喜動天顏

哨徧孔德彰作北山移文以譏周彥倫後之托隱求達指終南嵩少爲仕宦捷徑者讀而羞之是足爲勇退者之鼓吹陽翟蔡侯原道恬於仕進其內呂夫人有林下風相與營歸歟之計而未果則屬予以此文度曲且朝夕使家童謳之亦可以見泉石之勝其詞曰

世有達人蕭灑出塵招隱青霄際終始追遊覽老山栖藐千金輕脫如屣彼假容江皐濫巾雲岳纓情好爵欺松桂觀向釋談空尋眞講道巢由何足相擬待詔書來起便驕馳席次早焚烈芰荷衣敲朴諠譊牒訴匆匆抗顏自喜　嗟明月高霞石徑幽絕誰回睇空悵猿驚處淒涼孤鶴嘹唳任別壑爭譏衆峯竦誚林慚澗媿移星歲方浪栧神京騰裝魏闕徘徊經過留憩致草堂靈怒蔣侯麾扃岫幌驅煙勒新移忍丹崖碧嶺重滓鳴湍聲斷幽谷逋客歸何計信知一逐浮榮便喪素守身成俗士伯鸞家有孟光妻豈逡巡眷戀名利

菩薩蠻 六軍閱罷犒飲兵將官

中軍玉帳旌旗繞吳鉤錦帶明霜曉鐵馬去追風弓聲驚塞鴻　分兵閑細柳金字回飛奏犒飲上恩濃燕然思勒功

御街行 賜衣襖子

清霜飛入蓬萊殿別進雲裘輭卻回宸慮念多寒詔語日邊親遣冰蠶綿厚金鵰錦好永夜縫宮線　紅旌絳旆迎星傳喜氣歡聲遠廟堂勳舊使臺賢領袖坐中爭絢天香馥郁君恩歲歲一醉春生面

鷓鴣天 百官傳宣

蒨霧紅雲捧建章鳴珂星使渡銀潢親將聖主如絲語傳與陪都振鷺行　香裊裊珮鏘鏘昇平歌筦趁飛觴明時玉帳恩相續清夜鈞天夢更長

蝶戀花

露桃煙杏逐年新回首東風跡已陳頃刻開花公莫愛四時俱好是長春

曲徑深叢枝裊裊暈粉揉綿破蕊烘清曉十二番開寒最好此花不惜春歸早　青女飛來紅翠少特地芳菲絕豔驚衰草只殢東風終甚了久長欲伴姮娥老

右長春花

無窮芳草度年華尚有寒來幾種花好在朱朱兼白白一天飛雪映山茶

巧翦明霞成片片欲笑還嚬金蕊依稀見拾翠人寒妝易淺濃香別注蜃膏點　竹雀喧喧煙岫遠晚色溟濛六出花飛徧此際一枝紅綠眩畫工誰寫銀屏面

右山茶花

雪裏園林玉作臺侵寒錯認暗香迴化工清氣先誰得品格高奇是蠟梅

翦蠟成梅天著意黃色濃濃對萼勻裝綴百和薰肌香旖旎仙裳應漬薔薇水　雪徑相逢人半醉手折低枝擁髻雲爭翠鬟蕊撚枝無限思玉真未洒梨花淚

右蠟梅花

千林臘雪綴瑤瑰晴日南枝暖獨回知有和羹尋鼎實未春先發看紅梅

青玉一枝紅類吐粉頰愁寒濃與臙脂傅辨杏猜桃君莫誤天姿不到風塵處　雲破月來花下住要伴佳人弄影參差舞只有暗香穿繡戶昭華一曲驚吹

去

右紅梅花

年年節物欲爭新玉頰朱顏一笑頰勾引東風到

池館春前花發自迎春

雪霽花梢春欲到餞臘迎春一夜花開早青帝迴輿

雲縹渺鮮鮮金雀來飛繞　繡閣紗窗人窈窕翠縷

紅絲鬭翦旛兒小戴在花枝爭笑道願人常共春難

老

右迎春花

鴛瓦鋪霜朔吹高畫堂歌竟醉香醪小春特地風

光好豔粉嬌紅看小桃

穠豔夭桃春信漏弄粉飄香楓葉飛丹後酒入冰肌

紅欲透無言不許羣芳鬭　樓外何人揎翠袖翦落

金刀插處濃雲覆肯與劉郎仙去否武陵曲路相思

瘦

右小桃花

又梁才甫席上次韻

翠袖盤花金撚線曉炙銀簧勸飲隨深淺複幕重簾

誰得見餘醺微覺紅浮面　別喚清商開綺宴玉管

雙橫抹起梁州徧白苧歌前寒莫怨湘梅萼裏春都

遠

又

千古銅臺今莫問流水浮雲歌舞西陵近煙柳有情開不盡東風約定年年信　天與麟符行樂分帶綬毬紋雅宴催雲鬢翠霧縈紆銷篆印箏聲恰度秋鴻陣　帶綬毬紋一作綬帶輕裘

又

未帖宜春雙綵勝手點酥山玉筯人爭瑩節過日長心自準遲留碧瓦看紅影　樓外尖風吹鬢冷一望平林霽靄花相映落粉飾雲晴未定朝酲只凭闌干醒

一落索

夢破池塘杳杳情隨春草尊前風味不勝清賦白雪幽蘭調　秀句銀鉤爭妙殷勤東道鸞牋傳與翠娥歌便買斷千金笑

又

欲訪瑤臺蓬島煙雲縹緲清游卻到鳳凰池聽檀板新聲妙　天上除書催早人瞻元老東風煙柳罩河隄更何處深春好

又送王伯紹帥慶陽

塞柳未傳春信霜花侵鬢送君西去指秦關看日近
長安近　玉帳同時英俊合離無定路逢新雁北飛
來寄一字燕山問

玉蝴蝶和梁才甫游園作

御水縠紋風皺畫橋橫處沙路晴時曲塢藏春朱戶
翠竹參差過牆花嬌無限思籠檻柳低不勝垂海棠
枝爲東君愛未敢離披　遲遲日華融麗悠揚絲管
掩冉旌旗喜入繁紅坐來開盡不須吹聽鶯遷還思
上苑約鳳浴應展新池促歸期燕飛蝶舞特地熙熙

水龍吟游御河并過壓沙寺作

魏臺長樂坊西畫橋倒影煙隄遠東風與染揉藍春
水灣環清淺浴鷺翹沙戲魚吹絮落紅漂卷爲游人
盛蹤蘭舟綵舫飛輕棹淩波面　樂事年來乍見趁
旌旗谷鶯嬌囀追隨況有疏簾珠袖濃香紺幰蕭寺
高亭茂林斜照且留芳宴看韶華爛向尊前放手作
梨花晚

臨江仙和梁才甫茶詞

六六雲從龍戲月天顔帶笑嘗新年年回首建溪春
香甘先玉食珍寵在楓宸　賜品暫醒歌裏醉近和
行對台臣宮甌浮雪乳花勻九重清晝永宣坐議東

巡

又 賀州劉帥忠家隔簾聽琵琶

鳳撥鶤絃鳴夜永直疑人在潯陽輕雲薄霧隔新妝但聞兒女語倏忽變軒昂　且看金泥花那面指痕微印紅桑幾多餘暖與真香移船猶自可卷箔又何妨

小重山 湯

重舉金猊多炷香仙方調絳雪坐初嘗醉鬟嬌捧不成行顏如玉玉盌共爭光　飛盡莫催忙歌檀臨闋處緩何妨遠山橫翠爲誰長人歸去餘夢繞高唐

又

椽燭垂珠清漏長酒黏衫袖溼有餘香紅牙雙捧旋排行將歌處相向更勻妝　明月映東牆海棠花徑密迸流光遲留春筍緩催觴蘭堂靜人已候虛廊 酒黏一作醉痕

又 相州榮歸池上作

碧藕花風入袖香涓涓清露浥玉肌涼折花無語傍橫塘隨折處一寸萬絲長　還更擘蓮房蓮心真箇苦似離腸淒波新恨儘難忘分攜也觸事著思量

江神子 韋城道中寄李祖武翟淳老

荷花遮水水漫溪柳低垂亂蟬嘶拾轡何妨臨水照
征衣一扇香風搖不盡人念遠意淒迷　騎鯨仙子
已相知數歸期賦新詩更想翟公門外雀羅稀陶令
此襟塵幾許聊欲向北窗披

徵招調中腔天寧節

紅雲蒨霧籠金闕聖運叶星虹佳節紫禁曉風馥天
香奏九韶帝心悅　瑤階萬歲蟠桃結睿算永壺天
風月日觀幾時六龍來金鏤玉牒告功業

清平樂和晁倅

花時微雨未減春分數占取簾疏花密處把酒聽歌
金縷　斜風輕度濃香閑情正與春長向晚紅燈入
坐嘗新青杏隨觴

又

花枝欹晚過雨紅珠轉欲共東君論繾綣繁豔休將
風捲　歸來凝思閑窗寒花莫□微觴解慢不成幽
夢燕泥驚落雕梁

又

煙雲千里一抹西山翠碧瓦紅樓山對起樓下飛光
流水　錦堂風月依然後池蓮葉田田縹緲貫珠歌
裏從容倒玉尊前

安陽好 有口號

賦盡三都左太冲當年偏說鄴都雄如今別唱安陽好勝日佳時一醉同

安陽好形勝魏西州曼衍山河環故國昇平歌鼓沸高樓和氣鎮飛浮 籠畫陌喬木幾春秋花外軒窗排遠岫竹間門巷帶長流風物更清幽

又

安陽好戟戶府居雄白晝錦衣清宴處鐵梁丹樹畫圖中壁記舊三公 棠訟悄池館北園通夏夜泉聲來枕簟春風花影透簾櫳行樂與何窮

又

安陽好物外占天平曡曡接藍煙岫色淙淙鳴玉曉溪聲仙路馭風行 松路轉丹碧照飛甍金界花開常爛熳雲根石秀小崢嶸幽事不勝清

又

安陽好泮水盛儒宮金字照碑光射斗芸香書閣勢淩空肅肅採芹風 來勸學鄉兗首文翁歲歲青衿多振鷺人人彩筆競騰虹九萬奮飛同

又

安陽好耆舊迹依然醉白垂楊低掠水延松高檜老

參天曾映兩貂蟬　王謝族蘭玉秀當年畫隼朱輪
人繼踵丹臺碧落世多賢簪紱看家傳

又

安陽好負郭相君園綠野移春花自老平泉醒酒石
空存月館對風軒　人選勝幽徑破苔痕擁砌翠筠
侵坐冷穿亭玉溜落池喧歸意黯重門

又

安陽好曲水似山陰咽咽清泉巖溜細彎彎碧甃篆
痕深永晝坐披襟　紅袖小歌扇畫泥金鴨綠波隨
雙葉轉鵝黃酒到十分斟重聽繞梁音

又

安陽好□□又翬飛撥隴旋栽花密密著行重接柳
依依鴛瓦蕩晴輝　池面渺相望是榮歸兩世風流
今可見一門恩數古來稀誰與賦緇衣

又

安陽好千古鄴臺都繐帳歌人春不見金樓鳴鳳夜
相呼輦路舊縈紆　閑引望漳水繞城隅時有漁樵
收故物誰將宮殿點新圖平野漫煙蕪

卜算子 往道山道中作

客舍兩三花並臉開清曉一朵涓涓韻已高一朵纖

纖裊　誰與插斜紅擁髻爭春好此意遙知夢已傳月落前村悄

又　柳州作

燕尾道冠兒蟬翼生衫子欹枕看書臥北窗簟展瀟湘水　團扇弄薰風皓質添涼意誰與文君作粉真只此蓮花是

生查子　柳州作

春紗蜂趕梅宮扇鸞開翅幾摺聚香風一撚生秋意搖搖雲母輕裊裊瑤枝細莫解玉連環怕作風飛起

洞仙歌

深庭夜寂但涼蟾如畫鵲起高槐露華透聽曲樓玉管吹徹伊州金釧響軋軋朱扉暗扣　迎人巧笑道好個今宵怎不相尋暫攜手見淡淨晚妝殘對月偏宜多情更越饒纖瘦早促分飛霎時休便恰似陽臺夢雲歸後

初寮詞

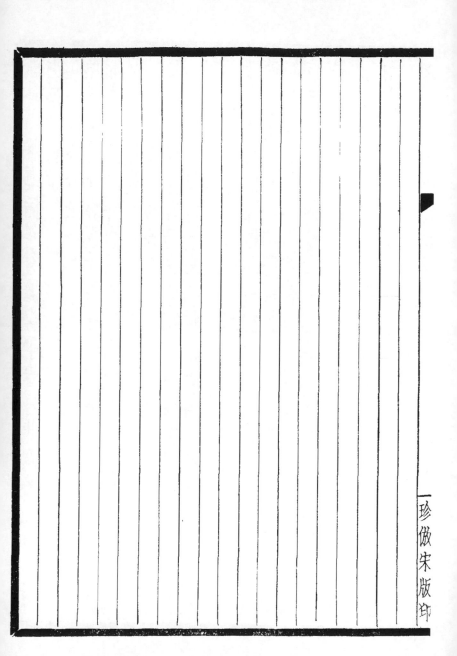

字履道真定人築室自榜曰初寮年十四薦於鄉凡四舉乃登第由東觀入掖垣由烏府至鼇禁皆天下第一或謂其受知於蔡元長密薦於上故恩遇如此相傳有初寮前集四十卷後集十卷惜乎罕見常讀周益公節略極稱其詩文似坡公暮年之作又云黃張秦晁既殁系文統接墜緒莫出公右尤長於制誥李漢老嘆爲徽宗時一人第見譏於先輩或云初爲東坡門下士其後附蔡叛蘇或又云受學於晁以道其後但云晁四丈而不稱先生未知孰是要未可與持正之輩並立矣其破子如安陽好九闋六花冬詞六闋爲時所稱玉林不盡錄豈亦疵其人耶古虞毛晉記

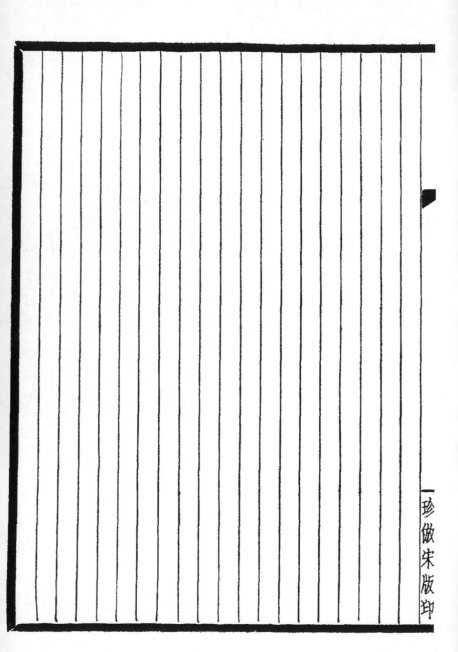

龍川詞

目錄

補目錄

龍川詞目錄

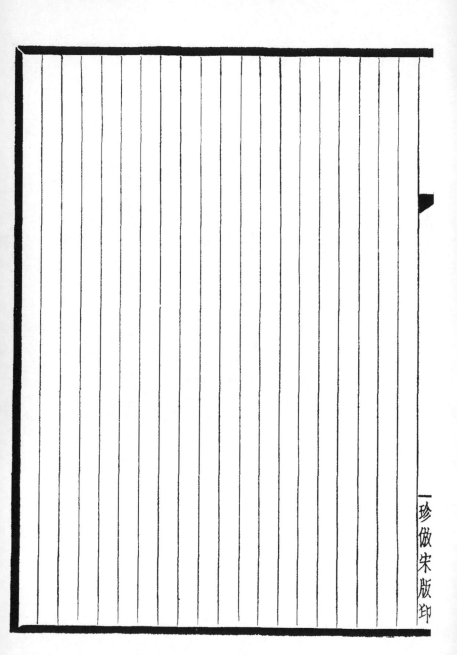

龍川詞

宋　陳亮

水調歌頭　送章德茂大卿使虜

不見南師久，漫說北羣空。當場隻手，畢竟還我萬夫雄。自笑堂堂漢使，得似洋洋河水，依舊只流東。且復穹廬拜，會向藁街逢。　堯之都，舜之壤，禹之封。于中應有，一個半個恥臣戎。萬里腥膻如許，千古英靈安在，磅礴幾時通。胡運何須問，赫日自當中。

又　癸卯九月十五日壽朱元晦

人物從來少，籬菊爲誰黃。去年今日，倚樓還是聽行藏。未覺霜風無賴，好在月華如水，心事楚天長。講論參洙泗，杯酒到虞唐。　人未醉，歌宛轉，興悠揚。太平胸次，笑他磊磈欲成狂。且向武夷深處，坐對雲煙開斂，逸思入微茫。我欲爲君壽，何許得新腔。

又　和吳允成遊靈洞韻

人愛新來景，龍認舊時湫。不論三伏，小住便覺凜生秋。我自醉眠其上，任是水流其下，湍激若爲收。世事如斯去，不去爲誰留。　本無心，隨所寓，觸虛舟。東山始末，且向靈洞與沈浮。料得神仙窟穴，爭似提封萬里，大小幾琉球。但有君才具，何用問時流。

又和趙周錫

事業隨人品今古幾麾旌向來謀國萬事盡出汝書生安識鵾鵬變化九萬里風在下如許上南溟斥鷃旁邊笑河漢一頭傾　嘆世間多少恨幾時平霸圖消歇大家創見又成驚邂逅漢家龍種正爾烏紗白紵馳騖覺身輕尊酒從渠說雙眼爲誰明

念奴嬌至金陵

江南春色算來是多少勝遊清賞妖冶廉纖只做得飛鳥向人偎傍地闢天開精神朗慧到底還京樣人家小語一聲聲近清唱　因念舊日山城個人如畫已作中州想鄧禹笑人無限也冷落不堪惆悵秋水雙明高山一弄著我些悲壯南徐好住片帆有分來往

又登多景樓

危樓還望嘆此意今古幾人曾會鬼設神施渾認作天限南疆北界一水橫陳連崗三面做出爭雄勢六朝何事只成門戶私計　因笑王謝諸人登高懷遠也學英雄涕憑卻江山管不到河洛腥膻無際正好長驅不須反顧尋取中流誓小兒破賊勢成寧問疆對

又送戴少望參選

西風帶暑又還是長途利牽名役我已無心君因甚更把青衫爲客邂逅卑飛幾時高舉不露真消息大家行處到頭須管行得　何處尋取狂徒可能著意更問渠儂骨天上人間最好是閙裏一般岑寂瀛海無波玉堂有路穩著青霄翼歸來何事眼光依舊生碧

賀新郎同劉元實唐與正陪葉丞相飲

脩竹更深處映簾櫳清陰障日坐來無暑水激泠泠知何許跳碎危闌玉樹都不繫人閒朝暮東閣少年今老矣況尊中有酒嫌推去猶著我名流語　大家綠野陪容與算等閑過了薰風又還商素手弄柔條人健否猶憶當時雅趣恩未報恐成辜負舉目江河休感涕念有君如此何愁虜歌未罷誰來舞

又寄辛幼安和見懷韻

老去憑誰說看幾番神奇臭腐夏裘冬葛父老長安今餘幾後死無讎可雪猶未燥當時生髮二十五弦多少恨算世間那有平分月胡婦弄漢宮瑟　樹猶如此堪重別只使君從來與我話頭多合行矣置之無足問誰換妍皮癡骨但莫使伯牙絃絶九轉丹砂

牢拾取管精金只是□□鐵龍共虎應聲裂

又 酬辛幼安再用韻見寄

離亂從頭說愛吾民金繒不愛蔓藤纍葛壯筆盡消入脆好冠蓋陰山觀雪虧殺我一星星髮涕出女吳成倒轉問魯爲齊弱何年月丘也幸由之瑟 斬新換出旗麾別把當時一椿大義拆開收合據地一呼吾往矣萬里搖肢動骨這話霸只成癡絕天地洪爐誰扇鞴算于中安得長堅鐵汜水破關東裂

又 懷辛幼安用前韻

話殺渾閑說不成教齊民也解爲伊爲葛尊酒相逢成二老卻憶去年風雪新著了幾莖華髮百世尋人猶接踵嘆只今兩地三人月寫舊恨向誰瑟 男兒何用傷離別況古來幾番際會風從雲合千里情親長晤對妙體本心次骨臥百尺高樓斗絕天下適安耕且老看買犂賣劍平家鐵壯士淚肺肝裂

滿江紅 懷韓子師尚書

曾洗乾坤問何事雄圖頓屈試著眼階除當下又添英物北向爭衡幽憤在南來遺恨狂酋失算淒涼部曲幾人存三之一 諸老盡郎君出恩未報家何恤念橫飛直上有時還戢笑我只知存飽暖感君原不

論階級休更上百尺舊家樓塵侵帙

桂枝香　觀木樨有感寄呂郎中

天高氣肅正月色分明秋容新沐桂子初收三十六宮都足不辭散落人間去怕羣花自嫌凡俗向他秋晚喚回春意幾曾幽獨　是天公餘香賸馥怪一樹香風十里相續坐對花旁但見色浮金粟芙蓉只解添愁思況東籬淒涼黃菊入時太淺背時太遠愛尋高躅

三部樂　七月送邱宗卿使虜

小屈穹廬但二滿三平共勞均佚人中龍虎本爲明時而出只合是端坐王朝看指揮整辦掃蕩飄忽也持漢節聊過舊家宮室　西風又還帶暑把征衫著上有時披拂休將看花淚眼聞絃骨對遺民有如皎日行萬里依然故物入奏幾策天下裏終定于一

又　七月廿六日壽王道甫

入腳西風漸去去來來早三之一春花無數畢竟何如秋實不須待名品如麻試爲君屈指是誰層出十朝半月爭看摶空霜鶻　從來別真共假任盤根錯節更饒倉卒還他濟時好手封侯奇骨沒些兒嫛婗勃窣也不是崢嶸突兀百二十歲管做徹元分人物

瑞雪濃慢 六月十一日壽羅春伯

蔗漿酪粉玉壺冰醑朝罷更聞宣賜去天咫尺下拜再三幸今有母可遺年年此日共道月入懷中最貴向暑天正風雲會遇有恁嘉瑞　鶴沖霄魚得水一超便直入神仙地植根江表開拓兩河做得黑頭公未騎鯨赤手問何如長鞭尺箠向來王謝風流只今管是

阮郎歸 重午壽外舅

波光渺渺浸晴陂有亭湖岸西芰荷香拂柳絲垂升堂獻壽巵　紅約腕綠侵衣願祝屆期頤花閒妙語欲無詩一年歌一詞

祝英臺近 六月十一日送葉正則如江陵

駕扁舟衝劇暑千里江上去夜宿晨興一一舊時路百年忘了旬頭被人饞破故紙裏是爭雄處　怎生訴欲待細與分疏其如有憑據包裹生魚活底怎遭遇相逢尊酒何時征衫容易君去也自家須住

又 九月一日壽俞德載

嫩寒天金氣爾攬斷一秋事全樣霏微還作小晴意世閒萬寶都成些兒無欠只待與黃花爲地　好招致對此鬱鬱葱葱新蒭未成醉番手爲雲造物等兒

戲也知富貴來時一班呈露便做出人中祥瑞

蝶戀花 甲辰壽元晦

手撚黃花還自笑笑比淵明莫也歸來早隨世功名渾草草五湖卻共繁華老　冷淡家生寃得道旖旎妖嬈春夢如今覺管今歲華須到了此花之後花應少

卜算子 九月十八日壽徐子才

悄靜菊花天洗盡梧桐雨倍九週遭爛熳開　祝壽當頭取　頂戴御袍黃疊秀金稜吐仙種花容晚節香人願爭先覩

垂絲釣 九月七日自壽

菊花細雨蕭蕭紅蓼汀渚景物漸幽風致如許秋末暮又值吾初度　看天宇正澄清欲往登高未也紅塵當面飛舞幾人弔古烏帽牢收取短髮還羞覷壽身近五雲深處

彩鳳飛 一作彩鳳舞 ○七月十六日壽錢伯同

人立玉天如水特地如何撰海南沈燒著欲寒猶暖算從頭有多少厚德陰功人家上一一舊時香案聯經慣　小駐吾州纔爾依然歡聲滿莫也教公子王孫眼見這些兒穎脫處高出書卷經綸自入手不了

判斷

鷓鴣天 懷王道甫

落魄行歌記昔遊頭顱如許尚何求心肝吐盡無餘事口腹安然豈遠謀 纔怕暑又傷秋天涯夢斷有書不大都眼孔新來淺羨爾微官作計周

謁金門 送徐子宜如新安

新雨足洗盡山城袢褥見說好峯三十六峯峯如立玉 四海英遊追逐事業相時伸縮入境德星須做福只愁金詔趣

天仙子 七月十五日壽內

一夜秋光先著柳暑力平明羞失守西風不放入簾幃饒永晝沈煙透半月十朝秋定否 指點芙蕖凝佇久高處成蓮深處藕百年長共月團圓女進酒男稱壽一點浮雲人似舊

洞仙歌 丁未壽朱元晦

秋容一洗不受凡塵涴許大乾坤這回大向上頭些子是鵰鶚搏空籬底下只有黃花幾朵 騎鯨汗漫那得人同坐赤手丹心撲不破問唐虞禹湯武多少功名猶自是一點浮雲鏟過且燒卻一瓣海南沈任拈取千年陸沈奇貨

踏莎行　懷葉八十推官

書冊如仇舊遊渾諱有懷不斷人應異千山上去夢魂輕片帆似下鑾溪水　已共酒杯長堅海誓見君忽忘花前醉從來解事苦無多不知解到毫芒未

南鄉子　謝永嘉諸友相餞

人物滿東甌別我江心識俊遊北盡平蕪南似畫中流誰繫龍驤萬斛舟　去去幾時休猶是潮來更上頭醉墨淋漓人感舊離愁一夜西風似夏不

點絳脣　詠梅月

一夜相思水邊清淺橫枝瘦小窗如畫情共香俱透　清入夢魂千里人長久君知否雨孱雲僽格調還依舊

龍川詞

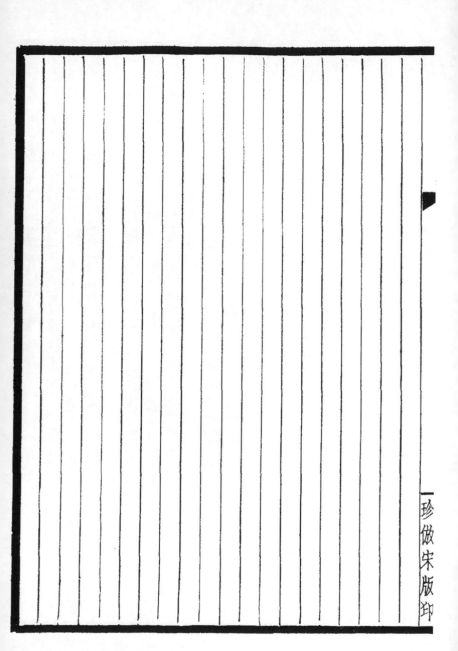

龍川詞補

小龍吟 春恨

鬧花深處層樓畫簾半捲東風軟春歸翠陌平莎茸嫩垂楊金淺遲日催花淡雲閣雨輕寒輕暖恨芳菲世界游人未賞都付與鶯和燕 寂寞憑高念遠向南樓一聲歸雁金釵鬬草青絲勒馬風流雲散羅綬分香翠綃封淚幾多幽怨正銷魂又是踈煙淡月子規聲斷

洞仙歌 雨

瑣窗秋暮夢高唐人困獨立西風萬千恨又檐花落處滴碎空階芙蓉院無限秋容老盡 枯荷摧欲折多少離聲鎖斷天涯訴幽悶似蓬山去後方士來時揮粉淚點點梨花香潤斷送得人間夜霖鈴更葉落梧桐孤燈成暈

虞美人 春愁

東風蕩颺輕雲縷時送蕭蕭雨水邊臺榭燕新歸一口香泥溼帶落花飛 海棠糝徑鋪香繡依舊成春瘦黃昏庭院柳啼鴉記得那人和月折梨花

眼兒媚 春愁

試燈天氣又春來難說是情懷寂寥聊似揚州何遜

不爲江梅 扶頭酒醒爐香灺心緒未全灰愁人最是黄昏前後煙雨樓臺

思佳客 春感

花拂闌干柳拂空花枝綽約柳鬟鬆蝶翻淡碧低邊影鶯囀濃香杪處風 深院落小簾櫳尋芳猶憶舊相逢橋邊攜手歸來路踏皺殘花幾片紅

清平樂 秋晚伯成兄往龍興山中意其登山臨水不無閨房之思作此詞惱之

銀屏繡閣不道鮫綃薄嘶騎匆匆塵漠漠還過夕陽村落 亂山千疊無情今宵遮斷愁人兩處香消夢覺一般曉月秋聲

滴滴金

斷橋雪霽聞啼鳥對林花弄晴曉畫角吹香客愁醒見梢頭紅小 團酥翦蠟知多少向風前壓春倒江嶂人煙畫圖中有短篷香繞

同甫一名同永康人光宗策進士羣臣奏其卷第三
御筆擢第一既知爲同甫大喜又有天留遺朕之詔
其恩遇如此據葉水心集云四十卷今行本止三十
卷想尚多佚遺其最著者莫如上皇帝四書及酌古
論自贊云人中之龍文中之虎真無忝矣第本集載
詞選三十闋無甚詮次如寄辛幼安賀新郎三首錯
見前後予家藏龍川詞一卷又每調類分未知孰是
讀至卷終不作一妖語媚語殆所稱不受人憐者歟
湖南毛晉識

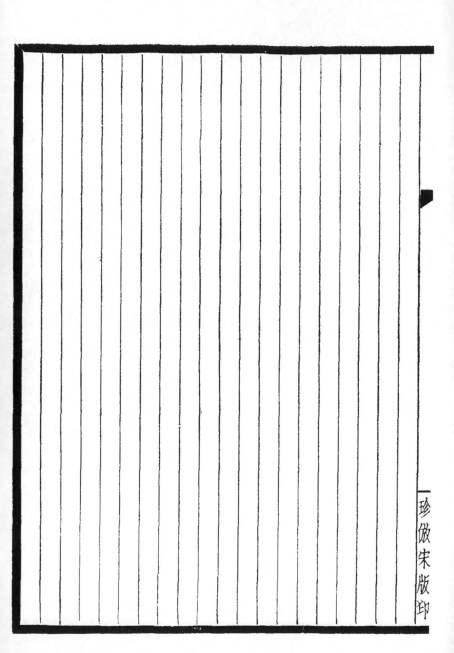

余正喜同甫不作妖語媚語偶閱中興詞選得水龍吟以後七闋亦未能超然但無一調合本集者或云贋作蓋花庵與同甫俱南渡後人何至誤謬若此或花庵專選綺豔一種而同甫子沆所編本集特表阿翁磊落骨幹故若出二手況本集云云詞選則知同甫之詞不止於三十闋卽補此花庵所選亦安得云云全豹耶姑梓之以俟博雅君子湖南毛晉又識

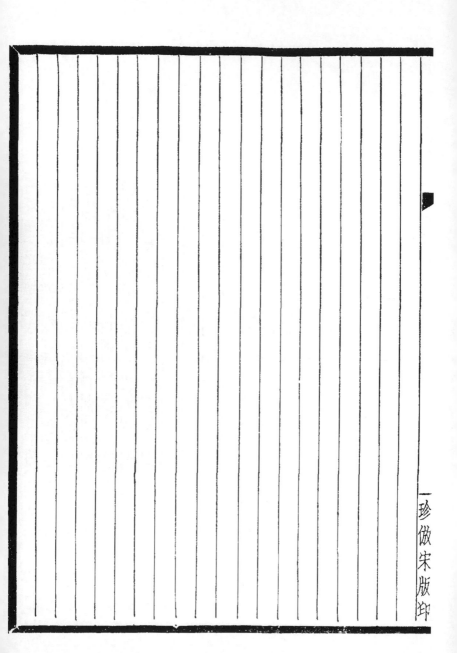

姑溪詞

目錄

菩薩蠻二調　雨中花令二調

留春令一調　踏莎行三調　逸二調

姑溪詞目錄

姑溪詞

宋　李之儀

水龍吟中秋

晚來輕拂遊雲盡捲霽色寒相射銀潢半掩秋毫欲數分明不夜玉琯傳聲羽衣催舞此歡難借凜清輝但覺圓光罩影冰壺瑩真無價　聞道水精宮殿蕙爐薰珠簾高掛瓊枝半倚瑤觴更勸鶯嬌燕姹目斷魂飛翠縈紅繞空冷小研想歸來醉裏鸞篦鳳朵倩何人卸

驀山溪次韻徐明叔

神仙院宇記得春歸後蜂蝶不勝閑惹殘香縈紆深透玉徽指穩別是一般情方永晝因誰瘦都爲天然秀　桐陰未減獨自攜芳酎再弄想前歡拊金尊何時似舊憑誰設與潘鬢轉添霜飛隴首雲將皺應念相思久

又北觀避暑次明叔韻

金柔火老欲避幾無地誰借一簷風鎖幽香愔愔清邃瑤階珠砌如膜遇金篦流水外落花前豈是人能致　擘麟泛玉笑語皆真類惆悵月邊人駕雲軿何方適意幺絃咽處空感舊時聲蘭易歇恨偏長魂斷

成何事

又 采石值雪

蛾眉亭上今日交冬至已報一陽生更佳雪因時呈瑞匀飛密舞都是散天花山不見水如山渾在冰壺裏 平生選勝到此非容易弄月與燃犀漫勞神徒能驚世爭如此際天意巧相符須痛飲慶難逢莫訴厭厭醉

又

晚來寒甚密雪穿庭戶如在廣寒宮驚兩目瑤林瓊樹佳人乘興應是得歡多泛新聲催金盞别有留心處 爭知這裏沒箇人言語撥盡火邊灰攪愁腸飛花舞絮憑誰子細說與此時情歡暫歇酒微醺還解相思否

滿庭芳八月十六夜景修詠東坡舊詞因韻成此

一到江南三逢此夜舉頭羞見嬋娟黯然懷抱特地遣誰寬分外清光發眼迷滉瀁無計拘攔天如洗星河盡掩全勝異時看 佳人還憶否年時此際相見方難漫紅綾偷寄孤被添寒何事佳期再覩翻悵望重疊關山歸來呵休教獨自腸斷對團圓

又有碾龍團爲供求詩者作長短句報之

花陌千條珠簾十里夢中還是揚州月斜河漢曾記醉歌樓誰賦紅綾小研因飛絮天與風流春常在仙源路隔空自泛漁舟　新秋初雨過龍團細碾雪乳浮甌問殷勤何處特地相留應念長門賦罷消渴甚無物堪酬情無盡金扉玉牓何日許重遊

玉蝴蝶九月十日將登黃山遽爲雨阻遂飲散止陳君俞獨不至已而以三闋見寄輒次其韻

坐久燈花開盡暗驚風葉初報霜寒冉冉年華催暮顏色非丹攬回腸蛩吟似織留恨意月彩如攤慘無歡篆煙縈素空轉雕盤　何難別來幾日信沈魚鳥情滿關山耳邊依約常記巧語綿蠻聚愁窠蜂房未密傾淚眼海水猶慳奄更闌漸移銀漢低泛簾顏

早梅芳

雪初晴寒將變已報梅梢暖日邊霜外迤邐枝條自柔輭嫩苞勻點綴綠萼輕裁翦隱深心□□未許清香散　漸融和開欲徧密處疑無間天然標韻不與羣花鬭深淺夕陽波似動曲水風猶嬾最銷魂弄影無人見

謝池春

殘寒銷盡疎雨過清明後花徑款餘紅風沼縈新皺乳燕穿庭戶飛絮沾襟袖正佳時仍晚晝著人滋味真箇濃如酒 頻移帶眼空只恁厭厭瘦不見又思量見了還依舊爲問頻相見何似長相守天不老人未偶且將此恨分付庭前柳

怨三三 登姑熟堂寄舊遊用賀方回韻

清溪一派瀉揉藍岸草毿毿記得黃鸝語畫簷喚狂裏醉重三 春風不動垂簾似三五初圓素蟾鎮淚眼廉纖何時歌舞再和池南

春光好

霜壓曉月收陰斗寒深看盡燭花金鴨冷捲殘衾卯酒從誰細酌餘香無計重尋空把夜來相見夢寫文琴

千秋歲

深簾靜晝綽約閨房秀鮮衣楚製非文繡凝脂膚理膩削玉腰圍瘦閑舞袖回身昵語凭肩久 眉壓橫波皺歌斷青青柳釵遽擘壺頻叩鬢棲清鏡雪淚漲芳尊酒難再偶沈沈夢峽雲歸後

又

柔腸寸折解袂留清血藍橋動是經年別掩門春絮亂欹枕秋蛩咽檀篆滅鴛衾半擁空牀月　妝鏡分來缺塵汙菱花溹斷騎遠鳴機歇密封書錦字巧綰香囊結芳信絕東風半落梅梢雪

又

萬紅暗晝占盡人間秀怎生圖畫如何繡宜推簫史伴消得東陽瘦垂窄袖花前鎮憶相攜久　淚裛回紋皺好在章臺柳洞戶隔憑誰叩寄聲雖有雁會面難同酒無計偶蕭蕭暮雨黃昏後

又

休嗟磨折看取羅巾血殷勤且話經年別庭花番悵望簷雨同嗚咽明半滅燈情夜夜多如月　無復傷離缺共保冰霜潔不斷夢從今歇收回書上絮解盡眉頭結猶未絕金徽泛處應能雪

又

中秋才過又是重陽到露乍冷寒將報綠香摧渚芰黃蜜攢庭草人未老藍橋謾促霜砧搗　照影蘭釭暈破戶銀蟾小尊在眼從誰倒強鋪同處被想卸歡時帽須信道狂心未歇情難老

又

深秋庭院殘暑全消退天幕迥雲容碎地偏人罕到
風慘寒微帶初睡起翩翩戲蝶飛成對　歎息誰能
會猶記逢傾蓋情鬢遣心常在沈沈音信斷冉冉光
陰改紅日晚仙山路隔空雲海

臨江仙

知有閬風花解語從來秖許傳聞光明休詠漢宮新
擁身疑有月襯步恨無雲　莫把金尊容易勸坐來
幾度銷魂不知仙骨在何人好將千歲日占斷四時
春

又

九十日春都過了尋常偶到江皐水容山態兩相饒
草平天一色風暖燕雙高　酒病厭厭何計卸飛紅
□送無聊鶯聲猶似耳邊嬌難回巫峽夢空恨武陵
桃

江城子

惱人天氣雪消時落梅飛日初遲小閣幽窗時節聽
黃鸝新洗頭來嬌困甚才試著夾羅衣　木梨花拂
淡臙脂翠雲欹斂雙眉月淺星深天淡玉繩低不道
有人腸斷也渾不語醉如癡

又

今宵莫惜醉顏紅十分中且從容須信歡情回首似
旋風流落天涯頭白也難得是再相逢　十年南北
感征鴻恨應同苦重重休把愁懷容易倒書空只有
琴尊堪寄老除此外盡蒿蓬

又

闌干拍徧等新紅酒頻中恨匆匆投得花開還報夜
來風惆悵春光留不住又何似莫相逢　月窗何處
想歸鴻與誰同意千重婉思柔情一旦總成空彷彿
幺絃猶在耳應爲我首如蓬

清平樂　橘

西江霜後萬點暗晴畫璀璨寄來光欲溜正值文君
病酒　畫屏斜倚窗紗睡痕猶帶朝霞爲問清香絕
韻何如解語梅花

又

蕭蕭風葉似與更聲接欲寄明璫非爲怯夢斷蘭舟
桂楫　學書只寫鴛鴦卻應無奈愁腸安得一雙飛
去春風芳草池塘

又　聽楊妹琴

殷勤仙友勸我千年酒一曲履霜誰與奏邂逅麻姑
妙手　坐來休歎塵勞相逢難似今朝不待親移玉

指自然癢處都消

又 再和

當時命友曾借鄰家酒舊曲不知何處奏夢斷空思纖手 卻應去路非遙今朝還有明朝漫道人能化石須知石被人消

又

仙家庭院紅日看看晚一朵梅花挨枕畔玉指幾回拈看 擁衾不比尋常天涯無限思量看了又還重嗅分明不爲清香

浪淘沙 琴

霞捲雲舒月淡星疏摩徽轉軫不曾虛彈到當時留意處誰是相如 魂斷酒家壚路隔雲衢舞鸞鏡裏早妝初擬學畫眉張內史略借工夫

卜算子

我住長江頭君住長江尾日日思君不見君共飲長江水 此水幾時休此恨何時已只願君心似我心定不負相思意

憶秦娥 用太白韻

清溪咽霜風洗出山頭月山頭月迎得雲歸還送雲別 不知今是何時節淩歊望斷音塵絕音塵絕帆

來帆去天際雙闕

蝶戀花

天淡雲閑晴晝永庭戶深沈滿地梧桐影骨冷魂清如夢醒夢回猶是前時景　取次杯盤催酩酊醉帽頻欹又被風吹正踏月歸來人已靜恍疑身在蓬萊頂

又

玉骨冰肌天所賦似與神仙來作煙霞侶枕畔拈來親手付書窗終日常相顧　幾度離披留不住依舊清香只欠能言語再送神仙須愛護他時卻待親來取

又

萬事都歸一夢了曾向邯鄲枕上教知道百歲年光誰得到其間憂患知多少　無事且頻開口笑縱酒狂歌銷遣閑煩惱金谷繁華春正好玉山一任尊前倒

又

爲愛梅花如粉面天與工夫不似人間見幾度拈來親比看工夫卻是花枝賤　見得歸來臨几硯盡日相看默默情無限更不嗅時須百徧分明銷得人腸

斷

浣溪沙 梅

翦水開頭碧玉條能令江漢客魂銷只應香信是春潮 戴了又羞緣我老折來同嗅許誰招憑將此意問妖嬈

又 爲楊妹作

玉室金堂不動塵林梢綠徧已無春清和佳思一番新 道骨仙風雲外侶煙鬟霧鬢月邊人何妨沈醉到黃昏

又 再和

依舊琅玕不染塵霜風吹斷笑時春一簪華髮爲誰新 白雪幽蘭猶有韻鵲橋星渚可無人金蓮移處任塵昏

又

昨日霜風入絳帷曲房深院繡簾垂屏風幾曲畫生枝 酒韻漸濃歡漸密羅衣初試漏初遲已涼天氣未寒時

西江月 橘

昨夜十分霜重曉來千里書傳吳山秀處洞庭邊不夜星□初徧 好事寄來禪侶多情將送琴仙爲憐

佳果稱嬋娟一笑聊回媚眼

又

醉透香濃斗帳燈深月淺回廊當時背面兩悵悵何況臨風懷想　舞柳經春秖瘦遊絲到地能長鴛鴦半調已無無腸忍把幺絃再上

又

念念欲歸未得迢迢此去何求都緣一點在心頭忘了霜朝雪後　要見有時有夢相思無處無愁小窗若得再綢繆應記如今時候

鵲橋仙

風清月瑩天然標韻自是閨房之秀情多無那不能禁常是爲而今時候　綠雲低攏紅潮微上畫幕梅寒初透一般偏更惱人深時更把眉兒輕皺

又

宿雲收盡纖塵不警萬里銀河低掛清冥風露不勝寒無計學雙鸞並駕　玉徽聲斷寶釵香遠空賦紅綾小砑瘦郎知有幾多愁怎奈向月明今夜

踏莎行

綠偏東山寒歸西渡分明認得香風處風輕雨細更愁人高唐何在空朝暮　離恨相尋酒狂無素柳條

又折年時數一番情味有誰知斷魂還送征帆去

又

還是歸來依前問渡好風引到經行處幾聲啼鳥又催耕草長柳暗春將暮　潦倒無成疎慵有素且陪野老酬天數多情惟有面前山不隨流水來還去

鷓鴣天

節是重陽卻斗寒可堪風雨累尋懽雖辜早菊同高柳聊揖殘蕉共小蘭　浮蛆嫩炷煙盤恨無鸞唱舞催鸞空驚絶韻天邊落不許韶顏夢裏看

又

濃麗妖妍不是妝十分風豔奪韶光牡丹開就應難比繁富猶疑過海棠　須仔細更端相爛霞梳暈帶朝陽千金未足酬真賞一度相看一斷腸

又

避暑佳人不著妝水晶冠子薄羅裳摩綿撲粉飛瓊屑濾蜜調冰結絳霜　隨定我小蘭堂金盤盛水繞牙牀時時浸手心頭熨受盡無人知處涼

又

收盡微風不見江分明天水共燈光由來好處輸閑地堪歎人生有底忙　心既遠味偏長須知粗布勝

無裳從今認得歸田樂何必桃源是故鄉

朝中措

臘窮天際傍危闌密雪舞初殘表裏江山如畫分明不似人間　功名何在文章漫興空嘆流年獨恨歸來已晚半生孤負漁竿

又

暮山環翠繞層闌時節歲將殘遠雁不傳家信空能嘹唳雲間　客程無盡歸心易感誰與忘年早晚臨流凝望幾帆催卸風竿

又

翰林豪放絕拘攔風月感彫殘一日荊溪仙子筆頭喚聚時間　錦袍如在雲山頓改宛似當年應笑溧陽衰尉鮎魚依舊懸竿

阮郎歸

朱唇玉羽下蓬萊佳時近早梅惜花情味久安排枝頭開未開　魂欲斷恨難裁香心休見猜果如何遜是仙才何妨入夢來朱脣玉羽湖湘閒謂之倒掛子嶺南謂之梅花使十二月半方出

採桑子

相逢未幾還相別此恨難同細雨濛濛一片離愁醉

眼中　明朝去路雲霄外欲見無從滿袂仙風空託
雙鳧作信鴻

如夢令

回首蕪城舊苑還是翠深紅淺春意已無多斜日滿
簾飛燕不見不見門掩落花庭院

臨江仙金陵凌歊臺感懷

偶向凌歊臺上望春光已過三分江山重疊倍銷魂
風花飛有態煙絮墜無痕□□□□□□□□□
舊恨仍存清愁滿眼共誰論卻應臺下草不解憶王
孫

又景修席上再賦

難得今朝風日好春光佳思平分雖然公子暗招魂
其如擡眼看都是舊時痕　酒到強尋歡日路坐來
誰爲溫存落花流水不堪論何時絃上意重爲拂桐
孫

醜奴兒謝人寄蠟梅

春風似有燈前約先報佳期點綴相宜天氣猶寒蝶
未知　嫩黃染就蜂鬚巧香壓團枝淡注仙衣方士
臨門未起時

青玉案用賀方回韻有所禱而作

小篷又泛曾行路這身世如何去去了還來知幾度多情山色有情江水笑我歸無處　夕陽杳杳還催暮練淨空吟謝郎句試禱波神應見許帆開風轉事諧心遂直到明年雨

更漏子 借陳君俞韻

暑方煩人似愠悵望林泉幽峻情會處景偏長心清聞妙香　寶幢低金鏁碎竹影桐陰窗外新事舊愁新空嗟不見人

漁家傲

洗盡秋容天似瑩星稀月淡人初靜策杖縈紆尋遠徑披昏暝隄邊犢母閑相並　遙想去舟魂欲凝一番佳思從誰詠憔悴歸來如獨醒知何境沈沈但覺煙村迥

南鄉子

春後雨餘天婭姹黃鸝勝品絃榴葉千燈初報暑階前秪有茶甌味最便　身世幾蹁蹮自覺年來更可憐欲問此情何所似緣延看取窗間墜柳綿

又 夏日作

綠水滿池塘點水蜻蜓避燕忙杏子壓枝黃半熟鄰牆風送荷花幾陣香　角簟襯牙牀汗透鮫綃晝影

長點滴芭蕉疎雨過微涼畫角悠悠送夕陽

又

睡起繞回塘不見銜泥燕子忙前圃花梢都綠徧西牆猶有輕風遞暗香　步嬾恰尋牀臥看遊絲到地長自恨無聊常病酒淒涼豈有才情似沈陽

又端午

小雨溼黃昏重午佳辰獨掩門巢燕引雛渾去盡銷魂空向梁間覓宿痕　客舍宛如村好事無人載一尊唯有鶯聲知此恨殷勤恰似當時枕上聞

又

淚眼轉添昏去路迢迢隔院門角黍滿柈無意舉凝魂不爲當時澤畔痕　腸斷武陵村骨冷難同月下尊強泛菖蒲酬令節空勤風葉蕭蕭不忍聞

驀山溪 少孫詠魯直長沙舊詞因次韻

青樓薄倖已分終難偶尋徧綺羅間謂無箇眼中翹秀江南春曉花發亂鶯飛情漸透休辭瘦果有人相候　醉鄉路穩常是身偏後誰謂正歡時把相思番成紅豆千言萬語畢竟總成虛章臺柳青青否魂夢空搔首

減字木蘭花

亂魂無據黯黯只尋來處路燈盡花殘不覺長更又
向闌　幾回枕上那件不曾留夢想變盡星星一滴
秋霖是一埜

又

隄長春晚冉冉渾如雲外見欲語無門略許鶯聲隔
岸聞　錦屏繡幌猶待歸來留一餉何事遲遲直恐
遊絲惹住伊

又

瑩中詞云世間拘礙人不堪時渠不改古有斯人
千載誰能繼後塵　春風入手樂事自應隨處有
與衆熙怡何似幽居獨樂時
觸塗是礙一任浮沈何必改有箇人人自說居塵不
染塵　漫誇千手千物執持都是有氣候融怡還取
青天白日時

又次韻陳瑩中題韋深道寄傲軒

瑩中詞云結廬人境萬事醉來都不醒鳥倦雲飛
兩得無心總是歸　古人逝矣舊日南窗何處是
莫負青春郎是昇平寄傲人
莫非魔境強向中間我獨醒一葉纔飛便覺年華太
半歸　醉云可矣認著依前還不是虛過今春有媿

斜川得意人

又得金陵報喜甚從趙景修借酒

揉花催柳一夜陰風幾破牖平曉無雲依舊光明一片春　揪衣起走欲助喜歡須是酒惆悵空尊擬就王孫借十分

天門謠次韻賀方回登采石蛾眉亭

方回詞云牛渚天門險限南北七雄豪占清霧斂與閑人登覽　待月上潮平波灩灩塞管輕吹新阿濫風滿檻歷歷數西州更點

天塹休論險盡遠目與天俱占山水斂稱霜晴披覽正風靜雲閑平瀲灩想見高吟名不濫頻扣檻杳杳落沙鷗數點

好事近與黄魯直於當塗花園石洞聽楊妹彈履霜操魯直有詞因次韻

魯直詞云一弄醒心絃情在兩山斜疊彈到古人愁處有真珠承睫　使君來去本無心休淚界紅頰自恨老來憎酒負十分蕉葉

相見兩無言愁恨又還千疊別有惱人深處在懵騰雙睫　七絃雖妙不須彈惟願醉香頰只恐近來情緒似風前秋葉

又

春到雨初晴正是小樓時節柳眼向人微笑傍闌干堪折　暮山濃淡鎖煙霏梅杏半明滅玉斝莫辭沈醉□歸時斜月

又再和

上盡玉梯雲還見一番時節惆悵舊時行處把青青輕折　倚闌人醉欲黃昏飛鳥望中滅天面碧琉璃上印彎彎新月

浣溪沙和人喜雨

龜坼溝塍草壓隄三農終日望雲霓一番甘雨報佳時　聞道醉鄉新占斷更開詩社□排巇此時空恨隔雲泥

又

雨暗軒窗晝易昏強欹纖手浴金盤卻因涼思謝飛蚊　酒暈羨君如鵠舉寒鄉憐我似鵾蹲由來同是一乾坤

又

聲名自昔猶時鳥日月何嘗避覆盤是非都付鬢邊蚊　邂逅風雷終有用低徊囊檻要深蹲酒中聊復比乾坤

菩薩蠻

五雲深處蓬山杳寒輕霧重銀蟾小枕上挹餘香春風歸路長　雁來書不到人靜重門悄一陣落花風雲山千萬重

又

青梅又是花時節粉牆閑把青梅折玉鐙偶逢君春情如亂雲　藕絲牽不斷誰信朱顏換莫厭十分斟酒深情更深

雨中花令

休把身心撋就著便醉人如酒富貴功名雖有味畢竟因誰守　看取刀頭切藕厚薄都隨他手趁取日中歸去好莫待黃昏後

又王德循東齋瑞香花

點綴葉間如繡開傍小春時候莫把幽蘭容易比都占盡人間秀　信是眼前稀有消得千鍾美酒只有些兒堪恨處管不似人長久

留春令

夢斷難尋酒醒猶困那堪春暮香閣深沈紅窗翠暗莫羨顛狂絮　綠滿當時攜手路懶見同歡處何時卻得低幃昵枕盡訴情千縷

踏莎行

紫燕銜泥黃鶯喚友可人春色暗晴晝王孫一去杳無音斷斷腸最是黃昏後　寶髻慵梳玉釵斜溜凭闌目斷空回首薄情可□□□□□□□□□□

姑溪詞

端叔趙郡人辟爲中山幕府因代范忠宣作遺表得罪編置當塗卽家焉自號姑溪居士客春從玉峯得姑溪詞一卷凡四十調共八十有八闋惜卷尾踏莎行爲鼠所損耳中多次韻小令更長於淡語景語情語如鴛衾半擁空牀月又如步嬾恰尋牀臥看遊絲到地長又如時時浸手心頭熨受盡無人知處涼卽置之片玉漱玉集中莫能伯仲至若我住長江頭君住長江尾日日思君不見君共飮長江水眞是古樂府俊語矣叔暘不列之南渡諸家得無遺珠之恨耶

古虞毛晉識

西元二〇二二年一月一日重製一版

宋六十名家詞 冊三（明毛晉輯）

平裝四冊基本定價參仟元正
（郵運匯費另加）

發行人 張敏君

發行處 中華書局

臺北市內湖區舊宗路二段一八一巷八號五樓（5FL., No. 8, Lane 181, JIOU-TZUNG Rd., Sec 2, NEI HU, TAIPEI, 11494, TAIWAN)

客服電話：886-8797-8396

公司傳真：886-8797-8909

匯款帳戶：華南商業銀行西湖分行
179100026931

印刷：維中科技有限公司
海瑞印刷品有限公司

No. N3054-3

國家圖書館出版品預行編目(CIP)資料

宋六十名家詞/(明)毛晉輯. -- 重製一版. -- 臺北市 : 中華書局, 2022.01

冊 ; 公分

ISBN 978-986-5512-75-0(全套 : 平裝)

833.5 110021469